Alonso del Castillo Solórzano

Aventuras del bachiller
Trapaza

Barcelona **2023**
Linkgua-ediciones.com

Créditos

Título original: Aventuras del bachiller Trapaza.

© 2023, Red ediciones S.L.

Diseño de cubierta: Mario Eskenazi

ISBN rústica: 978-84-9816-592-0.
ISBN ebook: 978-84-9897-128-6.

Sumario

Brevísima presentación

La vida
Alonso de Castillo Solórzano (Tordesillas, Valladolid, 1584-Zaragoza, 1648?). España.

Su padre estuvo al servicio del duque de Alba. Escribió novelas cortesanas y picarescas, versos satíricos y jocosos, y obras teatrales influidas por Lope de Vega. Como poeta su principal obra es Donaires del Parnaso (1624-1625).

Castillo Solórzano fue un autor barroco que introdujo en sus novelas picarescas un escenario urbano y un protagonista femenino, sin la intención satírica propia de este género. Sus relatos están marcados por las *novellas* italianas.

[Preliminares]

Aprobación del Canónigo Pedro de Aguilón

He visto este libro intitulado Aventuras del Bachiller Trapaza, por comisión del muy ilustre señor doctor don Juan Domingo Briz, Prior y Canónigo de la Santa Angélica y Apostólica Iglesia del Pilar, primera Catedral de Zaragoza, Vicario General en ella y su diócesis, por el ilustrísimo Don Pedro Apaolaza, Arzobispo de Zaragoza, del Consejo de Su Majestad, etc. Nada contiene repugnante a nuestra Santa Fe ni buenas costumbres antes como lucido parto del ingenio y prendas del autor, en el lenguaje enseña al retórico, en la modestia al prudente, en la disposición al humanista, en la dulzura al divertido y, por esmalte, en la utilidad al cristiano. Por lo cual se le debe dar licencia para que salga a luz.

Dada en este Santuario del Pilar. Julio 22. 1635.

Doctor Pedro de Aguilón y Briz.

IMPRIMATUR

El Prior del Pilar, Vicario General.

Aprobación

Por comisión del excelentísimo señor Don Pedro Fajardo, Marqués de los Vélez, etc., Virrey y Capitán General en el Reino de Aragón, he visto este libro titulado Aventuras del Bachiller Trapaza, su autor, don Alonso de Castillo Solórzano. Y a más de no haber encontrado en él cosa contra las regalías de Su Majestad ni que desdiga de las buenas costumbres, he hallado envuelta en sus embustes y chistes tanta seriedad de verdadera doctrina que puede o reformar aquéllas, o instruillas, modo de enseñar no menos provechoso que apacible; como Grecia que redujo a cuentos y fábulas donosas lo más grave y serio de mejor filosofía.

Esto siento y que se le debe licenciar la impresión.

En Zaragoza, a 18 de octubre 1635.

Don Diego Amigo.

Don Felipe, por la gracia de Dios Rey de Castilla, de Aragón, de las dos Sicilias, de Jerusalén, etc.

Don Pedro Fajardo de Zúñiga y Requeséns, Marqués de los Vélez, de Molina y Martorell, Señor de las Baronías de Castelví de Rosans, Molín de

Rey y otras en el Principado de Cataluña, Adelantado Mayor y Capitán General en el Reino de Murcia, Marquesado de Villena, Arcedianato de Alcaraz, Campo de Montiel, Sierra de Sigura, y sus partidos, Lugarteniente y Capitán General en el presente Reino de Aragón.

Por tenor de las presentes, de nuestra cierta ciencia, y por la real autoridad de que usamos, deliberadamente y consulta, en nombre de Su Majestad, damos licencia, permiso y facultad a don Alonso de Castillo Solórzano para que pueda imprimir y vender, y hacer imprimir y vender en el presente Reino de Aragón y en cualquiere parte dél un libro intitulado Las aventuras del Bachiller Trapaza, por cuanto tiene la misma licencia para imprimirlos del Ordinario desta ciudad y diócesis de Zaragoza, y que habiéndolos mandado reconocer, no se ha hallado en ellos cosa contra nuestra Santa Fe Católica. Por lo cual mandamos de parte de Su Majestad a cualesquiere ministros y oficiales suyos mayores y menores, y otras personas sujetas a nuestra jurisdición, constituidos y constituideros, que no pongan estorbo ni dificultad alguna en lo susodicho, al dicho Alonso de Castillo Solórzano o quien su poder tuviere; si demás de la ira e indignación de Su Majestad, en pena de mil florines de oro de Aragón de bienes del que lo contrario hiciere, exigideros y a sus reales cofres aplicaderos desean no incurrir. Y mandamos asimismo que la presente licencia se imprima en el principio de cada uno de dichos libros.

Datt. en Zaragoza, 26 de octubre de 1635.

El Marqués de los Vélez

Adelantado

V. Mendoza.

Dñs Locumt. gñlis mandavit mihs Ioanni Pérez de Hecho, vissa per Mendoza regentem.

Dedicatoria al ilustrísimo señor don Juan Sanz de Latrás, conde de Atarés, etc.

Tiene V.S. tan granjeado el respeto y amor en las voluntades de todos con su generosa sangre, con su prudencia, afabilidad y agrado que, acrecentando el número, soy yo uno de los que manifiestan este debido respeto y afición, con la muestra que hago de uno y otra, en ofrecerle este pequeño volumen, si no digno en la esencia de él, al sujeto del dueño que deseo me patrocine, por lo menos acertado en la elección de su autor; pues si los escritores antiguos buscaron, para amparo de sus escritos y autoridad de sus obras, personas en quien concurriesen sangre, nobleza y claro ingenio, ¿en quién se hallan mejor que en V.S.? Pues su ilustrísima casa vemos, desde su antiguo origen, cuánto tiempo ha que honra este reino con ascendientes tan ilustres, que por sus muchos merecimientos granjearon las voluntades de los reyes para hacerles mercedes y favores, y tan señalados que entre ellos fue el uno el tener sus mismas armas y timbre por honroso blasón de su prosapia.

Su claro ingenio da por sí satisfacción bastante, pues siempre, acompañado de su prudencia, es el régimen de sus acciones, conque en todas acumula alabanzas y adquiere aplausos de cuantos le experimentan y conocen; y así, debo estar muy gozoso de ofrecer a los pies de V. S. este trabajo. No el título dél desmerece por lo faceto, que obras de este genio se han ofrecido a grandes príncipes y señores, y no las han desestimado por eso, antes admitídolas y honrádolas; que, si por la corteza manifiestan donaire, su fondo es dar advertimientos y doctrina para reformar vicios, como lo usaron los antiguos escribiendo fábulas.

Dígnese V. S. de recibir este servicio y de ampararle con su autoridad para que su autor, reconocido deste favor se aliente a tomar la pluma más bien cortada para emplearla en obras de mayores fondos, que consagre a sus plantas.

Guarde Dios a V. S. como deseo.

Servidor de V.S.,

Don Alonso de Castillo Solórzano.

Prólogo

¿Qué importa, lector amigo, que yo me valga en este prólogo de los epítetos que dan los escriptores de libros en llamar a los que los leen píos, amables y bien intencionados, sin conocerlos, pareciéndoles que aquellas gratulaciones captan su benevolencia? Yo veo que en esto se cansan, pues si tienen lo que les atribuyen, sabrán usar de ello por su benignidad, y si les falta, no degenerarán de su condición.

Tú, lector, verás lo que tú quisieres en tu retiro o en la publicidad donde leas este trabajo; si le censurares, no te han de acusar por ello a la Inquisición, ni menos perjudicas la obra, pues no es corónica ni libro tocante a alguna ciencia, sino un discurso sobre la rota vida de un embustero, escrita con el fin de que se guarden de los tales, pues ficciones semejantes son avisos prevenidos a los daños que suceden.

Su autor te ruega no mires a la corteza dél, sino al fondo que tiene de aprovechar; suple sus faltas con tu cuerda de disimulación, para que se aliente a servirte con otro trabajo más a satisfación tuya. Vale.

Jesús María Joseph

Capítulo I. Cuéntase el origen del Bachiller Trapaza y quién fueron sus padres

Tiene la ilustre y antigua ciudad de Segovia entre los lugares de su dilatada jurisdición, al de Zamarramala, que dista media legua della; lugar muy conocido por las buenas natas que en él se hacen, conque adquiere por este regalo fama en las dos Castillas. Ésta fue patria del ridículo asunto deste libro, del héroe jocoso desta breve historia y del más solemne embustero que han conocido los hombres.

Para comenzar por su origen, a fuer de legal coronista y fiel escritor (porque no es razón que se callen los padres de tan memorable sujeto), tuvo este principio.

A la fama de lo bien que se labran los paños en Segovia (de cuyo trato hay riquísimos mercaderes), acuden oficiales (necesarios para esto) de todas partes, entre los cuales vino de Tierra de Campos un pelaire, cuyo nombre era Pedro de la Trampa, mozo brioso, alentado, y que sabía tan bien jugar diestramente la espada y daga los días de fiesta como las dos cardas los de trabajo. En pocos días, dando muestras de su aliento y de su buen humor (que le tenía extremado), ganó las voluntades de muchos de su oficio, que se congregaban en la casa de un rico mercader. Era el gallo entre todos, el que componía las pendencias, el que como a oráculo era obedecido, de manera que así por esto como por lo bien cuidadosamente que asistía a trabajar, que era lo más importante, el mercader le estimaba y hacía de él más confianza que de todos, de modo que le hizo su capataz.

Entre las labradoras que acuden a Segovia de sus aldeas circunvecinas a vender lo que en ellas cultivan o crían para el regalo de los de la ciudad y provecho suyo, acudía los más de los días a casa del mercader Olalla una labradora de Zamarramala con frescas natas que traía a vender. Era la moza rolliza de carnes, alta de cuerpo, buena cara, y, sobre todo, mujer muy jovial y de más despejo que de aldea. Pasaba a la casa deste mercader, por donde los oficiales trabajaban en sus paños, y quien más solemnizaba su brío, su donaire y las partes de la moza, era nuestro Pedro de la Trampa, diciendo della muchas alabanzas, victoreándola con grandes voces, a cuya imitación todos sus compañeros hacían lo mismo.

No hay mujer, por humilde que sea, que, si ha nacido con razonable cara, no tenga por ella alguna vanidad que la dé presunción; ésta se fue aumentando en Olalla, aplaudida de los oficiales de la carda y celebrada en particular del capataz de todos ellos. No quiso pecar en desagradecida por no granjear nombre de ingrata.

Y así, viendo que Pedro era el polo por quien aquella máquina cardadora se gobernaba, era quien movía sus aplausos, quien comenzaba sus hipérboles, cobróle un poco de afición que le manifestó en traerle a escondidas de sus padres los días que venía a Segovia, tal vez natas y tal sabrosos requesones, que a hurtadillas de sus compañeros le daba; conque al mozo levantó los pensamientos para tratar de servirla con no pocas muestras de amor.

Era el padre de Olalla un labrador ya anciano; tenía su poca de hacienda en Zamarramala, y su ganado de que hacía las natas; no tenía más que otra hija menor que Olalla, que acudía con otra moza de servicio al beneficio de la leche, y Olalla era quien la vendía en Segovia. Llamábase este labrador Pascual Tramoya, antiguo linaje de aquel lugar, seguro de calumnias en lo limpio, por donde admiro que a las cosas de poca firmeza y menos seguridad se les den nombre de tramoyas, porque si de aquí se tomó la denominación, vino muy violenta.

Con la afición que Pedro de la Trampa y Olalla Tramoya se cobraron, yendo cada día en aumento, se vieron algunas veces tan a solas, que a Olalla le estuvo mal ser tan fácil con quien era el mismo atrevimiento, de suerte que volvió a casa de su padre con menos entereza que salió; sucesos que pasan cada día por quien estima poco el recato.

A las excusas que Olalla daba de su tardanza, siendo mal creídas de su padre, le respondía: «Hija, trapaza me parece ésta; trapaza es». Que éste era un usado bordoncillo en el viejo, a cada cosa que le parecía no llevar color de verdad, las faltas que hacía a la administración de los quesos, Olalla aumentó en las que bastaron a declarar un preñado de cuatro meses, que por ser visto de su padre, trató de averiguar el autor de aquella obra quién era. Encerró a su hija, apretóla en que le confesase quién la había quitado su honor por darle sucesor a la casa de los Tramoyas; y ella, temiendo su rigor, confesó el agresor de aquel delito con no poco empacho; que si así le tuviera al ruego de Pedro, no hubiera uniones de las Trampas y Tramoyas.

Díjole el origen desta afición, dónde se había comenzado; y como el labrador fuese amigo del mercader, partióse luego a la ciudad y diole cuenta de la desgracia de su hija, pidiéndole que, en la mejor forma que viese, se tratase della con fin de casamiento, que él venía muy confiado en que, teniéndole a él de su parte, acabaría con que Pedro no rehusase el casarse con su hija, pues tan bien le estaba.

Llamó el mercader al mozo, encerróse con él a solas en su aposento, díjole cómo había sabido aquella afición y el efecto que había tenido, la queja del padre de Olalla, cómo venía en que se casase con su hija, y que de no lo hacer, estaba determinado de llevarlo por justicia.

No se turbó Pedro a lo que le dijo su amo; antes, con gentil despejo, negó no deberle nada a Olalla, a quien afirmaba no conocer en más particularidad que cuando venía a vender sus natas, que otro de sus compañeros habría hecho el daño que a él le atribuían.

De nuevo le rogó el mercader no rehusase cosa que le estaba tan bien como el casamiento de Olalla, afeándole el que negase una cosa que era tan pública entre sus compañeros como festejarla y ser regalado della, que él le ofrecía de su parte no faltarle jamás mientras viviese, y, además desto, ayudarle para su casamiento en todo cuanto pudiese por la afición grande que le había cobrado. Ninguna destas ofertas movieron en el pecho de Pedro para desdecirse de lo que había dicho.

El padre, que estaba oyendo todo esto en otro aposento más adentro de aquél, visto que Pedro negaba lo que tan sabido era, salió adonde estaban los dos, diciéndole al mercader:

—Señor, trapaza, trapaza es ésta; este hombre es el autor de la trapaza; la moza la confiesa; vuesa merced vea el modo que se debe tener para no trapacearme el honor.

Era el mercader buen cristiano y amigo antiguo dél Pascual Tramoya: veía que Olalla no eligiera a Pedro por autor de su preñado si hubiera otro delinquido en su fábrica. Dejó cerrado el pelaire en aquel aposento, y él y Pascual dieron cuenta al teniente de corte, y Pedro fue puesto en la cárcel «por enamoradito, que no por ladrón».

En muchos engendra aborrecimiento una mujer gozada, de esto tenemos muchos ejemplos, así en las historias divinas como en las humanas. Aborreció Pedro en tanta manera a quien antes aplaudía y celebraba que propuso de morir antes que ser su marido.

Fuese haciendo información destas aficiones y en pocos días se halló más que se buscaba, porque hubo testigos que los vieron juntos muchas veces hablarse a solas y aún más, que por la honestidad de la leyenda se calla. Con esto fue condenado nuestro Pedro de la Trampa a que no le valiese la que intentaba hacer con Olalla; y así le mandaron que se casase con ella y que, de no lo hacer, la dotase en una buena cantidad, que se le señaló; y en caso que todo faltase, fuese al charco de los atunes a servir a Su Majestad, al remo y sin sueldo por tiempo de seis años.

Mala cara le hizo a la notificación desta sentencia; dijo que la oía y que respondería a lo que se le mandaba. Ya él se temía desto que tocaba con las manos, y como mozo travieso había concertádose con otros presos de romper una noche la cárcel; teniendo instrumentos con qué hacerlo, parecióle que la ocasión le obligaba a acelerar lo concertado; y así, una noche, habiendo limado una reja alta, con no poco trabajo la dejaron arrimada, porque de día no se viese que estaba quitada. Llegó la noche y, teniendo cuerdas entre él y otros seis cómplices en desear la libertad (que el que menos sentencia tenía era Pedro, porque los más la tenían de muerte), trataron de descolgarse en el silencio de la noche.

No faltó quien desto diese aviso al alcaide de la cárcel, el cual quiso cogerlos en el hecho; y así previno gente para que los recibiese en la parte que se descolgasen. El primero que por fuerza le cupo salir fue a Pedro. Era mozo algo rollizo de carnes y pesado; y aunque ágilmente se descolgó, la cuerda no era tan fuerte como requería el peso que sustentaba; a la mitad del trecho se rompió, conque nuestro hombre dio en el suelo una mala caída, rompiéndose las dos piernas y un brazo; y fue tan grande el dolor que sintió, que comenzó a dar grandísimas voces quejándose. Acudió el alcaide y demás gente, así por la parte de afuera como dentro de la cárcel; por allá recibieron los delincuentes, por la calle vieron a Pedro con el destrozo de su cuerpo que se ha dicho. Pidió luego confesión; lleváronle a casa de un cirujano que caía cerca de allí, donde fue curado; confesáronle y, sabiendo el confesor por lo que estaba preso, le persuadió que cumpliese con la obligación que le debía a Olalla, porque Dios le diese salud.

Estaba tan fatigado, que antes de amanecer le dieron todos los sacramentos; y, venido el día, siendo avisado Pascual y su hija, vinieron a la ciudad, donde se desposaron delante del párroco y testigos. Esta boda tuvo el fin en mortuorio, porque a medio día murió Pedro, que como fue ofensor de quien tenía nombre de Tramoya, salióle tan mal la de su libertad que quebró como las demás tramoyas a costa suya.

Quedó Olalla viuda antes de velada y con la costa de hacer a su marido el entierro, que ella dio por bien empleado a trueque de quedar bien su honra. Fue el consuelo de su viudez un hijo que le nació a los nueve meses, y el hechizo de su anciano abuelo. Pusiéronle por nombre Hernando, que hijo de padres, uno Trampa en apellido y otro Tramoya, hubo contemplación que debía llamarse Trapaza, como cosa muy propincua a ser efecto de los dos apellidos; así le llamaron con este supuesto nombre mientras vivió.

Criábase Hernando como hijo de viuda y nieto único de abuelo, que con esto está dicho que no se criaba bien, pues el amor que a los tales se tiene es causa de que salgan con esta crianza voluntariosa y de condición. Con todo eso, el anciano a los cuatro años quiso que el nieto aprendiese las primeras letras; y así, para que fuese con comodidad de él, se mudó de Zamarramala a Segovia, donde en su arrabal tomó casa, dejando el cuidado del ganado a otra hija y a su yerno, que ya la había casado por no verse en otra como la de Olalla.

Desde niño comenzó Hernando a dar muestras de lo que había de ser cuando mayor, porque tal travesura de muchacho no se vio jamás: ninguno estaba seguro de él, porque a unos descalabraba, a otros hurtaba las meriendas, a otros tomaba las cartillas o libros en que leían, sin haber alguno de todos ellos que no tuviese queja de él y fuese a darla al maestro, el cual le castigaba severamente, pero no aprovechaba.

Aprendió brevemente a leer y escribir, porque con todas estas travesuras, el rato que ocupaba en las letras le aprovechaba más que a los otros por tener vivo ingenio. Con las travesuras que hacía se le confirmó a Hernando el nombre de Trapaza, que por donaire le habían puesto, y quedósele de tal manera que por otro ninguno era conocido sino por éste.

Viendo el abuelo de nuestro Hernando a su nieto con buen ingenio, le pareció que aprendiese la gramática en el estudio de la Compañía, la que con buena educación de aquellos padres (que en esto y en todo lo tocante a buena enseñanza se la ganan a todos), se prometía la enmienda del muchacho. No le costaron pocos azotes el ser travieso y el inquietar a sus compañeros a hacer burlas a otros, que fue severamente castigado de sus maestros. Inclinóse un poco al juego, cosa que aborrecen sumamente los padres de la Compañía en los discípulos que enseñan, porque es un vicio de que resultan otros muchos como se ha visto con experiencias, pues por jugar un tahúr, ¿qué no emprenderá para buscar dinero?

Hernando se dio a este vicio en el tiempo que acababa la gramática, y dolíanse los padres dél, porque había salido gallardo estudiante y grandísimo poeta, si bien los más versos latinos que hacía eran a imitación de los de Marcial, que con no le haber oído en su aula, porque no le leen, se había dado mucho a ello, saliendo gran marcialista solo por hacer versos satíricos.

También los comenzó a hacer en romance con un buen natural, de manera que con él descubría que había de ser buen poeta si lo usaba; pero más cursaba en el libro de Juan Bolay que en los que le habían de hacer hombre.

Por demasiado de pernicioso e inquieto le echaron los padres de su estudio, aconsejando a su abuelo que tratase de tener mucha cuenta con él, que si usaba el ejercicio de los naipes se malograría un buen ingenio. Supo el abuelo cómo estaba suficiente para oír ciencia, y quiso que oyese cánones en Salamanca, atreviéndose al gasto que hiciese en aquella insigne Universidad, porque el viejo estaba rico del ganado que tenía y podía su bolsa sufrir este gasto. Díjole a su nieto el intento que tenía con estas razones:

—Hernando, ya tenéis quince años y más, en los cuales hubiérades dado buena cuenta deste tiempo, saliendo buen gramático si el vicio del juego no os distrayese. Atribúyolo a la poca experiencia que tenéis con tan poca edad. Yo deseo que continuéis los estudios, porque sería malograr un buen ingenio como el vuestro dejándole en este estado; y así será bien que, pues estáis suficiente para aprender ciencia, la vayáis a oír a Salamanca, adonde es mi voluntad que estéis con más porte que el que un humilde labrador puede sustentar. Esto quiero que me agradezcáis con solo tratar de mudar de vida en cuanto al juego, porque las travesuras, ellas se os quitarán, conociendo en la parte en que habéis de asistir hijos de muchas madres; que si no procediéredes como debéis, hallaréis quien os sepa hacer lo que os ha de estar mal. El juego ha sido siempre destruición de la juventud y polilla de las haciendas. Vemos que por él muchas muy caudalosas han perecido juntamente con la opinión de sus poseedores, dando en mayores vicios. Quien conociere esto no hará bien en seguir lo que le ha de estar tan mal. Mi poca hacienda podrá sustentaros limitadamente en Salamanca, pero no con el divertimiento del juego, que a tanto no se estiende. Conociendo esto será bien que os ajustéis a tratar no más que de estudiar y valer por vuestro ingenio, que de más humildes principios que el vuestro hemos visto levantadas casas por las letras. Supuesto esto, será razón que en mis postreros años me deis buena vejez. Esta senda, si en los dos polos que he dicho se gobierna vuestro proceder, que es en estudiar con cuidado y en no jugar. Esto os baste para advertencia; que pues tenéis buen entendimiento, ya echaréis de ver que mis amonestaciones se enderezan a vuestras medras.

Oyó atentamente Hernando la plática de su anciano abuelo; prometióle de seguir sus provechosos documentos, enmendándose en el juego y aprovechándose en los estudios, conque se dispuso su partida para Salamanca antes que se llegase el tiempo de comenzar el curso, por prevenir posada y lo necesario.

Capítulo II. De cómo Hernando fue a Salamanca a estudiar; la dicha que tuvo en el camino y con el porte que se trató, y en un empleo amoroso, con lo demás que sucedió

Víspera de la Asunción de Nuestra Señora partió Hernando de la Trampa de Segovia, mudando el apellido de su padre por malsonante y olvidando el de la madre por lo mismo. Y así tomando el de Quiñones, sin licencia de la casa de los condes de Luna, se vistió deste apellido, y en una buena mula caminó a Salamanca. Diole el abuelo el dinero bastante para el medio curso, informado de personas que habían estado en aquella Universidad lo que costaba estar en ella con cama y posada, desde San Lucas hasta diez y ocho de abril. La madre no quiso dejar de dar su donativo a su hijo, y así, de lo que tenía ahuchado le dio cincuenta escudos y consejos de madre, que valen mucho y cuestan poco. Si nuestro licenciado los siguiera, juntamente con la instrucción del abuelo, mucho le valieran para sus estudios; pero al mismo paso que se iba alejando de su patria, se le alejó la memoria desto, y la juventud y mala inclinación del juego hicieron su oficio. Dos jornadas había andado, y en el fin de la tercera le cogió la noche en Villoria, lugar del conde de Ayala.

Hallóse en aquella villa en un mesón, en compañía de dos tratantes de ganado mayor, que eran obligados de dos carnicerías y iban a emplear su dinero en bueyes y vacas para el abasto dellas, llevando muy gentil dinero. El diablo es sutil, el dinero hacía cocos, y armóse un juego de pintas en el mesón, conque no hubo cuerdo a caballo.

Este fue el Lotos de nuestro flamante licenciado, porque con el brindis de una baraja no se acordó de los consejos de su abuelo; y así se dispuso a hacerles tercio en el juego. No eran los tratantes muy astutos en él, y hacíales ventaja nuestro Hernando, conque en menos de dos horas les ganó a los dos más de mil y quinientos escudos en oro y plata.

Dejóse de jugar, y ellos, viendo que un mozuelo les hubiese ganado mucha parte de su caudal, con que habían de conservar su trato y crédito, quisieron atribuir lo que fue ventura a destreza de flor; y así, encerrándose con él en un aposento, le dijeron:

—Señor galán, vuesa merced se ha valido hoy más que de su buena suerte, jugando con ventajas; desto se han visto muchas muestras, y la mayor es durarle la dicha tanto sin disminución. Bien pudiéramos dar cuenta a la justicia de lo mal que nos ha ganado nuestro dinero, mas no queremos hacerle daño. Lo que pretendemos es que vuesa merced dé este dinero que ha ganado, sabe Dios cómo, y se lleve para el camino cien escudos y lo demás nos lo devuelva, y esto sin altercar con nosotros razones ni contradecirnos; y mire que le estará mejor tomar lo que le ofrecemos en paz que no tener dudoso lo que le sacaremos por la guerra.

A otro de menos despejo que Hernando turbaran las razones de los perdidosos; mas él, que siempre tuvo buen despejo, no le faltando aquí, les dijo:

—Señores míos, yo he sabido perder y ganar muchos reales sin valerme de flor ninguna; y ahora que me veo fuera de mi patria, había de andar más cuerdo en esto, cuando su sospecha de vuesas mercedes fuera cierta, que no lo es, pues usar de mal trato con quien no conozco es ponerme a riesgo de una afrenta. La que vuesas mercedes me hacen en decirme que les he ganado con flor, sufro por verme solo y en parte que no tengo de la mía quien me ayude. Yo les he ganado a vuesas mercedes su dinero muy honradamente, y hallo que la fullería es la que vuesas mercedes me hacen queriendo quitármele, pues no hay mayor ventura que restaurar lo perdido cuando se puede con violencia y poder. Yo aceptara el partido que me ofrecen de haber incurrido en alguna flor; pero como no le he usado, les desengaño, que no le tengo de dar, véngame lo que me viniere.

Habían estado escuchando estas razones desde la puerta el mozo de mulas que traía Hernando (que era alentado y picado de valiente) y un hombre de armas, que también pasaba a Salamanca, y de allí a Ciudad Rodrigo, y viendo la superchería de los tratantes, no quisieron pasar por ella, y así, oyendo la última resolución del mancebo, entraron en el aposento, diciendo el hombre de armas:

—Este caballero ha ganado el dinero con limpias manos, habiéndole sido favorable la suerte; y si le fuera contraria perdiera el suyo; y así, vuesas mercedes no tienen razón de pedirle lo que es injusto. Él hace bien en no venir en lo que vuesas mercedes quieren, y yo estoy de su parte para lo que se le ofreciere y no le faltaré de su lado.

Acudió el mozo de mulas y dijo:

—Será mejor que vuesas mercedes escusen ruido, porque nos han de oír los sordos si emprenden que su intento tenga efecto.

Hubo algunas voces sobre esto, y casi estuvo el caso a riesgo de sacar las espadas.

Temieron los tratantes perderlo todo, que no eran muy de la hoja, y así se reportaron, ofreciendo la mitad del dinero al ganancioso.

Antes que él respondiese, tomó la mano el hombre de armas, diciendo que ni un maravedí se les había de volver; conque se retiraron cada uno a su alojamiento, y no tuvieron a poca suerte los de la pérdida el salir así de la cuestión, porque el defensor de Hernando atemorizaba con la vista, y estaba con mucha razón colérico, y el mozo de mulas no lo mostraba menos.

Los dos y Hernando se entraron en su aposento, y el licenciado agradeció al hombre de armas el favor que le había hecho y, en recompensa dél le dio (demás del barato que le había dado cuando era mirón del juego) treinta escudos, por haber acudido con tanto cuidado a su defensa y al mozo de mulas le dio veinte.

Durmió nuestro ganancioso poco aquella noche, discurriendo sobre qué era lo que haría de aquel dinero. Era vano y muy quimerista, y parecióle que debía de entrar en Salamanca con otro porte del que pensaba tener, pues la fortuna le había sido tan favorable. Y mudando de camino, volvióse atrás, yéndose a la noble Valladolid, adonde hizo hacer dos vestidos muy galanes de camino y compró también una vuelta de cadena; tomó un criado, y con nuevos bríos no quiso pasar plaza de Hernando de Quiñones, sino que añadió a esto un don que no le tenía de costa más que el ponérsele, y dijo ser un caballero de la casa de los Quiñones de León, si bien nacido en Canaria, donde tenía a su padre. Para desconocerse más, se puso antojos y comenzó a cecear un poco; desto no dio parte al mozo de mulas, porque en Segovia no lo publicase; mas, despedido dél y pagado en Salamanca, comenzó en este porte a tratarse. Anduvo por la ciudad algunos días vestido de camino, y, como era de buen talle, todos ponían los ojos en él, y del criado se informaban quién era.

Suelen los estudiantes que son de patrias lejos de Salamanca quedarse en ella por el tiempo de las vacaciones, y había en la ciudad algunos caballeros de varias partes, entre los cuales estaban dos de México, cuyos padres gustaron de que viniesen a España a estudiar en Salamanca, y, acabados sus cursos, que pretendiesen dos becas de las de los Colegios Mayores para que de allí ascendiesen a más superiores puestos, como lo hacen los que llegan a éste. Éstos trabaron grande amistad con nuestro flamante don Hernando de Quiñones, por haber tomado posada cerca de la suya.

Portábanse los indianos pomposamente, como hijos de dos caballeros los más ricos de México, con quien nuestro licenciado no podía competir, y para no descaer de la autoridad que había entablado, portábase cuerdamente con su ganado dinerillo, y esto le era freno para no tratar de jugar, poniéndose a riesgo de perderle y dar con todo en el lodo.

En cuanto a seguir los modos caballerescos, lo hizo nuestro joven tan bien con su buen despejo que, no le conociendo proceder de tan humilde gente, le tuviera cualquiera por un ilustre caballero procedido de otros tales. Era osadísimo y presto en los buenos dichos que tenía, conque presto le calificaron por un muy fino cortesano.

Siendo un día convidado de dos amigos para ir a una huerta a holgarse allá todo el día, se halló en esta holgura, donde se gastó (mientras duró una muy grande comida) muy buen humor, porque como toda era gente moza la que allí había, trataron de lo que la juventud pide, que son donairosos dichos y sazonados cuentos; desto hubo abundancia en la boca de nuestro don Hernando de Quiñones, conque se ganó las voluntades de todos. Divirtiéronse después por la huerta, y ya cuando se cansaron, retirándose otra vez a la casa della, se introdujo juego del hombre. No jugó nuestro licenciado, pero cuando el hombre se acabó y hubo unas pintillas, no se pudo abstener de no jugar a ellas, aventurando a perder doscientos reales en plata, que era lo que traía, y no más, porque jugar sobre la palabra estále mal a cualquier tahúr; jugaban dos genoveses, hombres ricos que tenían grueso trato en aquella ciudad y grandes correspondencias en su patria, en Milán, Venecia, Nápoles, Sicilia, Flandes, Francia y Alemania.

Al principio comenzóse de poco el juego, y en él tenía el héroe deste libro perdidas las tres partes del dinero que traía; mas volviéndose sobre sí, mudóse la suerte, y siéndole aún más favorable que con los tratantes, les tuvo en poco tiempo ganado tres mil escudos en oro y joyas; desquitáronsele de algo, mas con todo se acabó el juego con ganancia de más de dos mil escudos, todo en moneda. Dio muy grandes baratos, y volvieron con esto a la ciudad, muy contento el ganancioso de la buena suerte que había tenido.

Otros días le brindaron para jugar los mismos, mas él se disculpó dando bastantes excusas, con que se eximió de volverse a ver con ellos; y para obviar el jugar, cuando se veía con moneda para lucir todo aquel curso, mientras llegaba San Lucas, quiso hacer un viaje en forma de romería a Nuestra Señora de la Peña de Francia, que dista catorce leguas de Salamanca, santuario adonde toda aquella tierra acude con mucha devoción por los prodigiosos milagros que esta soberana señora hace cada día; previniéndose de galas, así él como su criado, tomó otro, y en tres mulas y la que llevaba el mozo que los servía, partieron de Salamanca un lunes por la mañana a los primeros de setiembre, porque a ocho que es la Natividad de la Emperatriz de los cielos, era su fiesta en aquel alto sitio.

En dos días llegaron a él, y siendo hospedados en buena parte de una grande hospedería que allí tienen los religiosos de Santo Domingo, entró en ella al tiempo que de otro aposento, cerca del que se le señaló, salía una dama acompañada de dos ancianos escuderos y de tres criadas que la seguían. Iba vestida de lama verde, guarnecido el vestido con muchos alamares bordados, capotillo y sombrero con plumas verdes y doradas. Cuando salió, no había puéstose un rebozo de un volante de plata con que cubría el rostro, de suerte que nuestro flamante caballero pudo verle muy a su gusto, admirando una singular hermosura que le dejó muy sin libertad.

Hízole una gran cortesía, a que le correspondió la dama con otra, poniendo en él los ojos y al mismo tiempo cubriéndose el rostro con el volante por no ser vista, aunque ya dejaba hecho el daño en el pobre joven, el cual quedó tan absorto con el impensado encuentro que no tuvo aliento para decirla nada, y así se quedó turbado a la puerta de su aposento, y la dama pasó a la iglesia, donde iba a oír misa.

Brevemente la siguió el nuevo rendido de su beldad, porque habiéndose limpiado el polvo del camino y quitádose las botas y las espuelas, se fue a la iglesia acompañado de sus criados. Vio a la puerta della uno de los ancianos escuderos que acompañaban a aquel serafín, al cual le preguntó quién era la dama, y él le dijo llamarse doña Antonia María de Monroy, hija de don Enrique de Monroy, caballero de Salamanca, de la familia más noble de aquella ciudad, cuyo padre había un año poco más que era muerto, y ella era heredera de un rico mayorazgo suyo.

—Pues, ¿cómo no se casa? —preguntó el aficionado mozo.

A eso dijo el escudero:

—Porque aún tiene edad para esperar a eso, porque mi señora desea que el que fuere su esposo concurran en él las partes que debe tener un perfecto caballero, pues su merced las tiene de tan perfecta dama.

—Así es —dijo don Fernando, alias Trapaza— que tal me ha parecido a mí.

No quiso saber más del escudero, conque entró en la iglesia, y buscando en ella a la dama, la vio sentada cerca del altar mayor, donde está la Virgen, porque allí se esperaba que saldría presto misa. Tomó asiento en un banco enfrente de la dama, y ella puso los ojos en él con alguna atención, no poco contento el galán de verse mirar, porque venía muy para ello, que llevaba un bizarro vestido de lama noguerada, muy cuajado de golpes de galones de oro que le hacían muy vistoso, aderezo de espada dorado con tahalí bordado, sombrero con plumas nogueradas y negras, y cabos negros y noguerados de jubón, medias y figas. Los dos criados iban de librea verde y parda, muy conformes y muy cerca de su amo, que la puntualidad de los intrusos a la caballería apetece esto.

Poco atento estuvo el galán a la misa por estarlo mucho a la dama, pesándole de que el rebozo le quitase gozar del bien que el descuido le dio; pero con todo, con los ojos le dio a entender lo bien que le parecía, por no apartarlos della en cuanto estuvo en su presencia.

Acabada la misa, y viendo todo lo que hay que ver en aquel devoto templo, la dama se salió a un llano que tiene el monasterio, donde a la festividad de aquel célebre santuario acuden de su comarca como a feria de todo género de oficiales; y así había tiendas de diversas mercancías, entre las cuales había dos de plateros que tenían en ellas muy curiosas y ricas joyas de oro y bien labradas piezas de plata. Llegóse a ellas la dama, y comenzaron a mostrarla algunas joyas que estuvo mirando con curiosidad.

A este tiempo llegó nuestro galán, y pareciéndole lance forzoso usar de una galantería con la dama, lo primero que tomó fue un Cupido con su arco y aljaba, vendado los ojos; era de diamantes, hecho con grande primor. Alabólo mucho y aprobó la dama su buen gusto, diciéndole era rica joya, pero costosa para quien de veras le admitía por huésped.

—Paréceme, señora —dijo el galán—, que experiencias os tendrán con ese escarmiento, pues sabéis el daño que este poderoso dios hace.

—Ninguna —dijo ella— tengo para haberle conocido, pero la noticia me hace sabidora de sus efectos.

—¡Quién pudiera decir eso! —dijo él—. Que es tan presto en sus ejecuciones que no ha muchas horas que sé yo quién se vio libre y ahora no podrá decir eso, si bien por la causa se puede todo llevar.

—Sucesos son que avienen a los galanes —dijo ella—, pero más lo saben encarecer que sentir.

—Ésa es la mala opinión en que las damas nos tienen —dijo él—, y de que haya algunos de esa condición no lo niego; pero muchos que pasan por este rigor no dicen tanto como sufren, y yo soy uno déstos, que, por haber visto lo que ahora no se me concede, tendré muchos días que acordarme desta devota romería.

—Lástima es que en pecho devoto se haya atrevido a entrar el Amor —dijo ella—, porque no los busca así, antes muy dispuestos a que le reciban. Así lo estaríades vos, y esperando huésped, fuera muy desagradecido a no hacerse dueño de vuestro pecho.

—A saber yo —dijo él— que tal dicha me había de venir, desde que nací estuviera deseando afectuosamente el amor con tan divino objeto como el vuestro.

Sintió la dama que se le declarase; y así, lo que hizo fue hacerle una cortesía y volverle las espaldas, con cuya ausencia se halló el novel amante lastimadísimo, y más por no haber ofrecido la joya a aquella dama antes de haberla hablado, por presumir que entendería que su plática fue por excusar esta oferta; y así la compró luego, costándole doscientos escudos, que pagó de muy buena gana.

¿Quién duda que le clavaría el platero mejor que le estaban los diamantes en el oro, pues vendía aquella joya a persona que era ésta la primera que ponía en precio? Siguiendo fue a la dama, porque se hallaba mal sin tal vista. Ella dio su paseo por aquel llano, viendo todo lo que había en él, y después retiróse a la hospedería. Viendo esto, el galán se anticipó con mucho cuidado a recibirla cuando entraba en su aposento, y allí le dijo estas palabras:

—Aunque mi atrevimiento exceda de los términos que debo tener, el ser romería y tiempo de feria me da permisión a ofrecéroslas con esta niñería, si bien indigna dádiva a tal persona. Quien tan bien sabe lo que la ofrezco y conoce el huésped que le va, se sabrá muy bien guardar de sus tiros, aunque a mí me estaría mal tal recato cuando vivo con alguna esperanza de gozar mucho más de asiento el bien que aquí de paso.

Tomó la joya la dama, diciendo:

—Por las causas que prevenís, a la osadía permito por esta vez el tomar esto por ferias, con advertimiento de que no me prendaré sin haber visto muchas causas para hacerlo; esto por consejo de una amiga mía, bien acuchillada en lances de amor, y tomo por galantería el que publicáis por conocerme, que no podré ser causa de tal efecto.

Había ya informádose un escudero de uno de los criados de nuestro galán quién era, y sabido dél ser don Hernando de Quiñones, hijo segundo de un caballero de la Gran Canaria, poderosísimo, el cual seguía las letras en Salamanca. Y desde el poco tiempo que lo supo no le mostraba mala cara, porque no hay mujer que no estime ser querida y festejada; y así le habló tan apaciblemente y tomó la joya, con la cual se entró en su aposento.

No quiso entrar en el suyo el joven sin hacer buscar primero algún regalo que la enviar, que no fue dificultoso, pues encargándose dél el procurador del convento, a quien acudía todo cuanto pisaba el monte y ocupaba el aire, que habitaba en aquella sierra, le proveyó de conejos y perdices en abundancia; los labradores que acudían a la feria, de cabritos y otros regalos, conque la hizo un copioso presente que se pudo dar sin vergüenza de quedar corto.

Estimó la dama el regalo, y por un escudero suyo le rindió las gracias dél; conque pudo aquella tarde hacerle una visita el enamorado galán. En ella, con buen despejo, se declaró algo más, y ella no desestimó el ofrecimiento que la hizo de servirla; preguntóle cuándo era su partida, y díjole ser otro día después del de la fiesta. Llegóse este día, y pareciéndole que acompañarla por el camino era dar mucha nota, se adelantaba y la aguardaba donde había de comer y dormir, habiéndola hecho prevención de los mayores regalos que hallaba; esto sin verla en todo el camino, conque la fue obligando de manera que en la dama despertó una inclinación que casi iba caminando a ser amor, y lo fuera si, enterada por otra relación, viera conformidad con la que había hecho el criado. Remitíalo para Salamanca, y así pasó por sus jornadas bien regalada, hasta llegar a su patria.

A la entrada de la ciudad se manifestó su amante precursor y de nuevo le dio las gracias de su cortejo y finezas, prometiéndole, a importunación suya, que le avisaría cuando hubiese ocasión para visitarla, porque ésta no la había todas veces, por tener deudos principales a quien debía guardar respeto; conque se despidió el galán muy contento y con muy verdes esperanzas de ser favorecido de la dama. Tal fue la vanidad deste Ícaro segoviano: querer volar con débiles alas a esfera que le había de causar precipicios.

Desde aquel día comenzó a servir a esta dama con grande secreto, acudiendo también a regalarla.

De nuevo hizo información ella de quién era el fingido caballero y halló la misma que le hizo el criado a su escudero por haber corrido así la voz en Salamanca. En todas aquellas vacaciones se dio nuestro amante un lindo verde de caballería, acompañándose con lo más granado de la ciudad y no dejando perder ocasión alguna en que saliese doña Antonia María sin seguirla. Esto con grande disimulación, de modo que tuvo suerte esta señora en que fuese servida con tanto recato y disimulación, cosa muy poco usada en estos tiempos.

Atrevióse el cuidadoso amante a escribirla y a hacer negociación, como uno de sus escuderos la diese el papel, argentóle de prosa muy culta y crespa, imploró auxilio de su pena, significóla bastantemente, mas sirvió de poco, porque no tuvo respuesta déste ni de otros que le siguieron por la misma estafeta. Eran bien admitidos, pero no para tener respuesta dellos; juzgó a demasiado recato lo que debía de ser entretenimiento, y así se determinó a pasearla de noche su calle.

Una entre otras, que era al principio de octubre, donde aún no habían hecho pausa los calores, sucedió estar la hermosa doña Antonia a un balcón de su casa, gozando del fresco y entreteniéndose con una arpa, a cuyo son, después de haber hecho algunas diferencias en ella, mostrando su destreza, cantó este romance:

La prisión de un jilguerillo
dilatan redes menudas,
adonde sin libertad
llega a sentir su clausura.
 Ni amor ni celos le afligen,
que no son penas de burlas,
cuando en la prisión cantando
con esto las disimula.
 Rompió Lisardo la jaula
que su libertad usurpa,
y dándosela ligero,
el aire peinan sus plumas.
 Pajarillo que libre te miras
de prisiones de acero y marfil,
vuela, vuela, rompe los aires
y mira por ti,
que si vuelves a verte cautivo,
como yo, volverás a sentir.

Acabó esta letra con sonorosos pasos de garganta, de modo que para el prendado amante que la escuchaba fue aumentar cadenas a su prisión, con aquella gracia más que en su adorado objeto conoció. Quiso festejarla una noche con darla una música, considerándola aficionada a esto, y así previno para allí a dos noches un músico a que escribió esta letra, que a una bien templada guitarra cantó, alabando la superior gracia que tenía en cantar, que también quiso que conociese que tenía él la del saber hacer versos, en que mostraba un fácil natural. Dijo, pues, el músico así, oyéndole la dama:

La dulzura de tu canto,
las cuerdas de tu instrumento,
hechizos son de las almas,
prisiones son de los cuerpos.
 Ocioso se mira el arco

del rapacillo de Venus
después que tu voz suave
es del oído recreo.

   Que a lo airoso de sus fugas
y al donaire de sus quiebros,
no hay rebelde voluntad
sin rendirle vencimiento.

   Quien ponderó que las plantas
movió con su voz Orfeo,
a oír la tuya divina
diera a su alma silencio.

   Que es tan dulce y agradable
en lo sonoro y lo diestro,
que es suspensión de las aves,
calma de los elementos.

   Poco desvelara a Ulises
poner en prueba su ingenio,
si de sirena tan bella
oyera dulces acentos.

   Pues aunque viera el peligro,
empeñándose en el riesgo,
a costa de ser cautivo,
te diera oídos atentos.

   Como cocodrilo llamas
con tu voz al pasajero,
que es su dulzura el halago
para intentar el empeño.

   ¡Con qué suavidad encanta
lo blando de tu veneno!
¿Quién vio daño tan gustoso?,
¿Quién vio gusto tan acerbo?

   La herida que el áspid hace
dicen que acaba durmiendo,
gustosa pena es tu voz,

pues que le imitas en esto.
Sin libertad un rendido,
Celia, te descubre el pecho.
para que pues fuiste el daño,
vengas a ser el remedio.

Cantó este romance el músico muy a satisfación del que le llevaba, porque su voz era muy buena y su destreza muy grande.

Bien entendió la dama que el fingido caballero amante suyo le daba aquella música, y que así aquella letra como otras que con ellas se cantaron se habían hecho de propósito para ella, y hallábase obligada a sus muchas finezas, si bien imposibilitada a pagárselas, porque del año pasado había quedado prendada de un caballero de Segovia que la había galanteado todo el tiempo que duró el curso, y ahora le aguardaba que viniese por carta de aviso que tenía dél, que había ido a ver a sus padres y a su hermano mayor, que estaba muy enfermo días había, y éste le envió a llamar.

Llamábase este caballero don Enrique de Contreras, noble apellido en la antigua ciudad de Segovia; era hijo segundo de la casa de don Gutierre de Contreras, su padre, y esto le obligaba a estudiar. A éste favorecía la hermosa doña Antonia, muy pagada dél, que a no haber esto de por medio, tantas finezas había hecho nuestro supuesto caballero, que titubeara el edificio, engañada la dama con lo que publicaba la voz de Salamanca de la fingida nobleza de este amante.

Capítulo III. De la aventura que le sucedió a Trapaza con un caballero de su tierra, por donde fue conocido

Llegóse el día de San Lucas, y dos días después llegó a Salamanca don Enrique, tan enamorado de su doña Antonia como había partido. Volviéronse a comunicar los dos amantes, conque nuestro licenciado fue puesto en olvido, de suerte que ni papel ni regalo fue admitido más en su casa. Antes le fue advertido que no se acordase más della si no quería que le fuese mal.

Perdía con esto el juicio, porque estaba muy enamorado, y con esta picazón del desdén de la dama, trató de investigar la causa que le apartaba de su gracia; pero por diligencias que en ello puso, ninguna alcanzó a saber el fondo del galanteo de su compatriota.

Algunas veces se encontraba con él en la calle, mas como su autoridad y antojos desmentían su bajo nacimiento, ni don Enrique le conocía, ni él estaba tan descuidado en esto que se dejase conocer dél, pues le había de estar mal para la máquina que había levantado. Solo de lo que trataba era pasear la calle de doña Antonia, darla músicas y intentar que leyese razones de sus papeles, cosa que desde la venida de don Enrique no pudo conseguir.

Viendo esto, le determinó su osadía a un empeño, de que salió muy mal, que fue querer saber de boca de la dama qué causa le obligaba al desdén que padecía; y así, un día, se fue acompañado de sus dos criados a su casa, y pidiendo licencia para visitarla, le fue concedida de la dama para desengañarle en ella de que no se cansase más en servirla. Entró a la pieza del estrado, y diera turbación a otro que no tuviera tanto despejo el verse en la presencia de tanta beldad. Diéronle silla, y habiendo preguntado por la salud a la dama y sabido della que la tenía buena, le dijo estas razones:

—Si amor, señora mía, no disculpase atrevimientos, yo había delinquido en éste de manera que era muy grande la pena que debía corresponder a él: él me ha forzado a pisar osadamente los umbrales de esta casa y a saber qué causa ha podido estorbar que mis castos deseos no prosigan con servicios, habiéndome puesto límite a mis pasos y advertimiento a mis peligros. En lo primero me recato por gusto vuestro, y también en lo segundo me refreno por lo propio, que si no, valor tengo para oponerme a los mayores riesgos que se ofrecieran, sabiendo ser gusto vuestro que os sirva. Esto me ha obligado a quererlo saber de vuestra boca, haciéndoos esta visita: merezca yo que me digáis lo que os pregunto, para que lo que me dijéredes sea difinitiva sentencia de mi muerte o aumento de mi vida.

Hizo aquí pausa, y la dama le respondió a sus razones desta manera:

—Es tan hidalgo el amor, señor don Fernando, que cuando se conoce fino en un sujeto, aunque sea humilde, no se desprecia de mujer ninguna, porque ser querida no sé que a nadie le pueda estar mal si ya no es que esto lleve intentos descaminados, como querer un inferior por este medio ascender a mayor estado, y que él iguale las calidades; algunas veces lo ha hecho con personas que por demasiada pasión han cerrado los ojos para no mirar a su sangre y han abierto la puerta a solo su gusto que, después, se ha convertido en pena. Esto no lo hago símil a vuestra pretensión, pues vuestra calidad y finezas merecían, no el empleo de favorecerme, que es poco, sino más superior beldad, mayores partes y más riquezas. No las admito, porque hay causas que me obligan a no lo hacer; que quien tan cuerdo es como vos, habiendo oído mi salva, juzgará que es amor antiguo. No me puedo declarar más que esto; solo os advierto que, no lo habiendo de por medio, no fuera desestimada vuestra voluntad.

En tanto que en estas pláticas estaban los dos, don Enrique, amante desta dama, como habemos dicho, había llegado a su casa, y habiéndole dicho una criada, tercera de sus amores, que su ama estaba ocupada con una visita, quiso, receloso, saber quién era el que se la hacía. En breve tuvo relación de la calidad del visitante y de cómo era pretensor de aquella beldad, con el origen de su conocimiento y las finezas que sobre él había hecho.

Quiso don Enrique conocerle, y entrándole la criada por otra puerta que venía a dar junto al estrado donde estaban los dos, pudo desde allí ver al flamante caballero, que acertó por su desgracia a estar sin anteojos, y al punto lo conoció. Y viendo que, con aquel embeleco que había fabricado, pretendía engañar así a la dama como a todos, irritado de la cólera, salió de donde estaba a la presencia de los dos y dijo a su dama:

—Vuesa merced, señora doña Antonia, ha vivido hasta ahora en un engaño, informada siniestramente deste embelecador que le habrá dicho ser un gran caballero, y con la osadía de desvergonzado se habría querido subir a mayores y engañar a quien no le conoce.

Vos, hombrecillo vil y bajo —dijo volviéndose a él—, ¿no sabéis que soy de Segovia, lugar donde nacisteis, y sois hijo de tan humildes padres que la mayor honra que tuvo el vuestro fue ser peraile, y vuestra madre vendernos natas de Zamarramala, su patria, lugar de pocas casas? Pues, ¿con qué fundamentos queréis en esta ciudad haceros caballero y ostentar nobleza? Si esta intención se enderezara a valer más, siendo humilde, conquistando con eso voluntades, pasáramos por ello; pero mostrar bríos, mentir nobleza y aficionaros de quien no merecéis ser lacayo de su casa es cosa para que se os castigue; y porque me está mal hacerlo en la presencia de quien estimo y quiero tanto, os dejo libre con advertimiento de dos cosas, de que vais avisado: la primera es que no paseéis esta calle, pena de que os matarán a palos los lacayos desta casa y los míos, y la segunda, que tengo de decir a la nobleza que en Salamanca estudia, que no sois don Hernando de Quiñones, caballero de Canaria, como habéis publicado, sino Hernando Trapaza, hijo de Pedro de la Trampa y de Olalla Tramoya.

Ya estaba en pie el cuitado Hernando, oyendo esto tan cortado de miedo que no tuvo esfuerzo para replicar en nada al enojado don Enrique; y así, callando, tomó la puerta del aposento, escalera y la puerta de la casa, reventando de pena; halló allí a sus criados que conocieron su disgusto, y, sin hablarles palabra, se fue a su posada confuso y avergonzado. Bien pensaron sus criados que de algún disfavor o desprecio le procedía aquel disgusto; y así, como súbditos, callaron y le siguieron.

Lo primero que hizo en llegando a casa fue decir a uno dellos que le buscase luego otra posada en barrios apartados de las escuelas, donde él estuviese solo, porque unos días no determinaba ir a oír ninguna lición, que él la trasladaría en casa de sus cartapacios.

Obedeció el criado, y a la Puerta del Río le buscó una casa acomodada para su persona, adonde se pasaron aquella noche, mudando la ropa de ella luego.

Allí estaba triste y melancólico, sin hacer más que estarse en la cama lo más del día.

Don Enrique comenzó luego a publicar en escuelas el embeleco de su compatriota: de suerte que los que le tuvieron en predicamento de caballero deseaban verle para tratarle como a pícaro. Bien se temía él desto, y así se guardaba de verse en estos riesgos, en que había de peligrar más su fama y cobrarla de nuevo de embustero. Solo sentía haber perdido ser amante de doña Antonia.

Don Enrique se casó dentro de pocos días con ella, porque viniéndole nueva de que su hermano mayor era muerto, siendo él el heredero del mayorazgo, dejó los hábitos de estudiante, y vistiéndose de seglar, en breve tiempo se vio esposo de aquella bizarra y hermosa dama, cosa que sintió mucho nuestro retirado Hernando. Lo que hacía era pasar su vida a solas, servido de sus criados, hasta que supieron el embuste de su amo: conque corridos de haber servido a otro peor que ellos, se despidieron avergonzados de su empleo.

Quedó solo con su ama, a la cual encargó le buscase un muchacho que le sirviese; hízolo como le había menester. Era de quince años, el más agudo del orbe y el más entremetido que alecionaron bufones ni hipócritas. Entre las gracias que tenía era una ser el mayor fullero de la Europa. En breves días lo supo su amo, y en el encerramiento que tenía, no quiso perder el saber aquella habilidad; y así la aprendió, saliendo único en la fullería y diestro en toda flor, cosa que, para no ser engañados, aprenden algunos que después se valen della cuando necesitan de ventura.

Con haber salido tan diestro el amo, quiso con su criado (que se llamaba Domingo de Vargas y Varguillas ordinariamente) verse en algún juego.

Ofrecióse haberle en un mesón cerca de su posada, de aquéllos que están a la Puerta del Río, donde se hallaron unos hombres que habían vendido cantidad de carneros y habían hecho dellos mucho dinero.

No quiso acudir aquí nuestro licenciado con el hábito de estudiante, sino con un vestido de color, coleto de ante, sombrero valón, espada y daga de guardamano, valona caída, todo a lo soldado.

Desta manera entró muy casualmente en la posada al aposento donde jugaban los dos ganaderos y un clérigo forastero. Era el juego largo y de pintas, y jugaban los tres liberalmente. Estúvose un rato nuestro escolar viendo los toros desde afuera y, por lo que ya sabía de su criado Varguillas, vio cuán cándidos tahúres eran los que estaban en la palestra de Juan Bolay.

Entróse por un lado, abriendo un bolsillo en que tenía treinta doblones de a cuatro, con que hizo cebar los ojos de los tahúres.

Contólos primero y luego comenzó a parar de poco; perdió algunas suertes de industria, en que le ganarían cosa de doscientos reales y, fingiéndose picado, en la primera vez que le tocó tener el naipe pidió que le parasen largo: era ya dueño del armandijo, como dicen, y comenzó con su flor a hacer suertes y los tahúres a picarse, de suerte que en aquella encartada ganó lindo dinero.

Perdió el naipe y pasó a otro, conque se fue desde allí encendiendo el juego, que vino a durar hasta más de las dos de la noche, que se alzó Trapaza con ganancia de mil escudos en plata y oro. Con esto y haber dado barato a todos se fue a su posada, dejando a los tahúres abrasados y dando al diablo a quien le había abierto la puerta.

No faltó entre esta gente quien viese el juego y conociese al disfrazado estudiante; no se manifestó éste, porque estaba indiciado de ciertas travesuras en Salamanca y así andaba huyendo de la justicia. Fue siguiendo al ganancioso para saber su posada y reconocióla informándose de quién estaba en ella para hacer lo que después se sabrá.

Nuestro Hernando, contento como una pascua con la ganancia, se retiró a su posada con su criado Varguillas, a quien hizo el día siguiente un vestido de barato de lo que había ganado, premio merecido por haberle enseñado las flores con que se aprovechó.

Dejémosle en su retiro, cuidadoso de no salir adonde había de ser conocido por Trapaza, y no por don Hernando de Quiñones, mientras hablamos de una burla que se le trazaba.

Capítulo IV. De cómo Trapaza fue burlado, con pérdida de su dinero, y cómo esto le obligó a salir en público, desnudo del don, y pasar de gorrón en Salamanca, con otras cosas

Aquel estudiante fugitivo que vio escondida la ganancia del retirado Hernando convocó tres o cuatro gorrones de su profesión, y éstos a otros, y habiéndose llegado la Pascua de Navidad, en que desde su víspera hay vacaciones de estudio, hasta pasado el día de los Reyes, como entonces tratan los estudiantes de divertirse en algunas posadas, salieron algunos disfrazados con ridículos trajes y con ingeniosas letras que daban. Estos gorrones trazaron de hacer una máscara danzada con hachetas; era de ocho, que con lucidos vestidos de varios trajes y dos instrumentos que les tocaban, que eran vihuela y arpa, salieron a danzar a diferentes casas algunas noches, divirtiendo a la gente dellas, porque eran todos ligeros danzarines y diestros.

Una noche, que era la que tenían trazada para hacer su hecho contra nuestro Hernando, después de haber estado en algunas casas y danzado en ellas, a las doce de la noche vinieron a la posada del retirado estudiante.

Estaba entonces acostado, y así llamaron a su puerta. Salió Varguillas a ver quién llamaba; fuele dicho que una máscara venía a divertir al señor don Hernando de Quiñones. Respondió estar acostado y indispuesto y que no podía abrirles; mas ellos, dejándose de réplicas, con llaves maestras que siempre traían por ahorrar de estorbos, abrieron la puerta, entraron y volviéronla a cerrar. Con esto subieron hasta una sala correspondiente a una alcoba en que estaba la cama del señor que había de gozar de la fiesta. Alteróse mucho de ver aquella gente en su casa sin haberla abierto; pero como todos le hiciesen grandes cortesías, y después dellas, al son de los instrumentos danzasen más de media hora, fuese sosegando algo. No dejaron lazo por hacer, con mucho concierto, como si al mismo rey se hiciera aquella fiesta. Acabada, uno de los enmascarados se llegó a la cama y dijo al mirón:

—¿Qué le ha parecido a Vuesa Merced nuestra danza con que le hemos divertido?

Respondió él:

—Certifico a Vuesas Mercedes que es la más linda cosa que he visto en mi vida y que merecía haberla visto el gran monarca de las Españas, porque es cosa digna de tal presencia.

—Pues con esa aprobación —replicó el danzarín— y darnos Vuesa Merced todas las llaves de sus escritorios y cofres, nos daremos por premiados.

Alteróse sumamente el festejado; y queriendo resistir lo que le pidían, le dijeron:

—Esto ha de ser; Vuesa Merced no resista lo que le ha de estar bien hacer de gracia, si no quiere que le salga costosa la fiesta.

Temió en cuanto hombre a muchos que le amenazaban con la muerte y, por excusarla, dio de buena gana las llaves, conque en breve espacio le dejaron escritorio y arcas limpios de moneda y ropa, sin dejarle más que el jubón que tenía puesto. Y habiendo hecho a su placer líos de todo, con buen compás de pies se bajaron por la escalera y se fueron, dejándole cerrada la puerta, que no había necesidad dello, pues estaba la casa segura ya de ser robada.

No osó el pobre paciente dar un grito ni mover el labio para quejarse. De los dientes adentro eran las penas, viendo que le habían robado más de dos mil escudos en dineros y joyas, y todos sus vestidos, y dejádole en carnes, que no quedó sino solamente con cincuenta escudos que siempre traía pegados al jubón en un bolsillo de terciopelo carmesí.

Lo que aquella noche se lamentaron a tres voces Hernando, Varguillas y su ama, no es para decir. No tenían remedio; y así, de sus puertas adentro fueron tristes lamentaciones.

Alguna gente del barrio vio entrar la danza y salir, y luego oír las quejas del dolorido estudiante; y así, a la mañana publicaron el hurto, que llegó a oídos del alcalde mayor, el cual vino a hacer averiguación dél a la casa del perdidoso. No publicó tanto cómo había sido por no dejar abierta la puerta a preguntarle de dónde tenía tanto dinero: confesó haberle llevado cien escudos y sus vestidos y el modo con que se lo robaron. Quedóse sin ello, y aunque hicieron algunas diligencias, fueron sin fruto, porque los ladrones anduvieron tan cautos que supieron hacer su hecho muy bien y ocultar el dinero y todo lo demás, de manera que no se supo más del hurto.

Volvamos a nuestro pobre escolar, robado de su dinero y alhajas, apeado de su autoridad y dilatado por toda Salamanca entre aquéllos que le vieron en astillero de caballero, que no lo era, sino Hernando a secas; y si algún apellido le daban era el de Trapaza, como derivado de los dos de sus difuntos padres.

Estuvo, pues, algunos días lamentando su desdicha, acompañándole Varguillas, el cual, como oía decir que no era caballero, se le atrevió un día, y se lo dijo con lindo despejo, cosa que sintió mucho Hernando, y lo que pudo responderle fue:

—Mis deseos buenos fueron, Vargas; mi dicha no me ayudó. Y así, ya no quiero que de hoy en adelante seas mi criado, sino mi compañero; la autoridad vaya afuera; una bizarría bien se puede hacer, pero caer en el yerro... Desde mañana aparezco de gorrón en las Escuelas, suelto la presa a los donaires y me desfrunzo, que estaba opreso con la autoridad a que me había subido el más regocijado humor de España.

Cumplió su promesa, pues sacando de la ropería el día siguiente un vestido de gorrón y otro para Varguillas, se presentaron muy galanes en el patio de Escuelas, cosa que hizo muy grande novedad a los estudiantes que le conocían.

Con todos se comunicó luego y, curándose en salud, les dijo cómo había intentado hacer lo que muchos que se han salido con ello, que era introducirse a caballeros; pero que en él estaba violenta la autoridad y ya no podía más sufrirla.

Con esto les dijo tantos donaires, que por lo bufón regocijó la Escuela y granjeó muchas voluntades para adelante, quedando con el nombre del bachiller Trapaza desde aquel día, y así le llamaremos.

Era notablemente entremetido, el solicitador de los votos para las cátedras, el que daba los tratos a los nuevos que comienzan a cursar, el que cobraba las patentes, el que rotulaba a los catedráticos. Finalmente, el divertimiento de todos, pues con sus agudos dichos y sazonados donaires se llevó el primer lugar del gracejo y le podían venir a pidir instrucciones los confirmados bufones de la casa real para parecer menos fríos.

Solo un despejo como el del sujeto desta historia se pudo atrever a quedarse en Salamanca en menor esfera de la en que se quiso introducir; pero, si no lo hiciera, ¿qué materia tuviera este volumen para llegar a crecer en provecho de los que tratan de divertirse?

Había llegado a Salamanca un barbero italiano que, desterrado de Madrid (donde al presente está la Corte del gran Felipe Cuarto, monarca de las Españas), se vino a esta ciudad. Era único en su facultad de quitar barbas y esmerábase sobre todos en la curiosidad, porque las aguas de olor que tenía eran muy finas y muchas, las lejías para la barba muy olorosas, los jabonetes muy suaves, la herramienta muy sutil y, sin esto, este era grande hombre de limpiar los dientes. Tenía consigo dos oficiales que acudían a afeitar a la gente ordinaria y a asistir en la tienda; y él solo iba a las casas de caballeros conocidos, haciéndose pagar muy bien su curiosidad dellos.

Enfadó su presunción al bachiller Trapaza y al ver que tan interesado fuese el italiano; y así concertó con otros amigos gorrones de su humor que fingiesen haber venido un caballero indiano del Perú a estudiar en Salamanca (cuya persona quería él hacer) y que le llamaba para hacerle la barba.

Previnose de unos lindos calzones y jubón de color, de una capa de grana con oro, de un bonete de cama muy fresco, con sus puntas, y a la casa de un ciudadano (que se aderezó con ricas colgaduras y cama para el propósito) fue llamado nuestro barbero, diciéndole antes quién era el que le llamaba y que en él tendría un lindo parroquiano.

Acudió con diligencia, llevándole su plata un criado y todo lo que era necesario para hacerle la barba; entró adonde le estaba Trapaza aguardando, y en la primera sala fue detenido de cuatro estudiantes que hacían papeles de criados aquel día. Quitóse la capa y aguardó a que saliese el caballero que esperaba, entreteniéndose con los estudiantes, a quien dio cuenta de las personas calificadas a quien afeitaba en la Corte, que, según iba diciendo, no había título ninguno a quien no hubiese sobarbado.

Todo lo estaba escuchando Trapaza y esto le daba mayores ganas para que saliese burlado de sus manos. Salió en la forma dicha a la sala y, haciéndole el italiano grandes sumisiones, como todos los de su nación las saben hacer (hablo de la gente humilde), ocupó una silla y mandó que le sacasen un peinador. Estaba ya prevenido, que se había buscado prestado, muy conforme a la persona que representaba Trapaza. Antes de ponérselo, le dijo con mucha gravedad:

—Maestro, ¿hase lavado las manos? Que yo soy muy asqueroso y deseo que en este ministerio me vengan muy limpios los maestros.

—Estoylo tanto —dijo el barbero— que esta mañana, sin haber hecho barba ninguna, me he lavado dos veces las manos para venir aquí.

—Veamos —dijo el socarrón.

Mostróselas, y él dijo:

—¡Jesús, Jesús! ¡Vade retro! ¡Lávese, lávese! ¡Hola! ¡Dadle al maestro recaudo para que se lave, no me llegue con esa basura al rostro!

Corrióse el italiano y le dijera algo, pero como le pretendía granjear para su tienda, no osó ni hizo más que obedecer. Ya los criados le tenían prevenida una fuente y un aguamanil de plata para que se lavase. Alzóse las vueltas, y, al recibir el agua, venía tan hirviendo que le escaldó las manos, de modo que comenzó a dar gritos.

—¿Qué es eso? —dijo Trapaza.

—Hanme abrasado —dijo el barbero— estos criados de vuesa merced con el agua que me han echado.

—Pues, ¿qué pensaba el rapista —dijo el socarrón—, que se había de lavar con agua fría quien ha menester mudar el pellejo para tocarme al rostro? Así se acostumbran lavar los barberos que me afeitan; y síguense de aquí dos provechos. El uno es que se mondan el cuero de las manos para tocarme con cuero nuevo, y el otro, que los ensayo por si fueren al purgatorio o al infierno, que ya habrán hecho algunas caravanas de penas.

Calló el barbero a todo esto, viendo que le estaba bien sufrir esta pena por el interés de hacer una barba que le había de ser bien pagada. Comenzó, pues, a hacérsela, y a cada rapadura quería que se lavase las manos. Hízolo muchas veces, y después de haberle cansado de mil impertinencias, desde las nueve de la mañana hasta las doce, cuando le tuvo hecho el pelo y la barba, que era poca, le limpió con mucha prolijidad los dientes, en que tardó otra hora larga, volviéndose a lavar las manos antes.

Después que hubo acabado su obra le mandó pagar; diole un criado un cuarto segoviano, poniéndosele disimuladamente en la mano. Tomólo el barbero pensando que era doblón en el tacto, que la fe de entender que un caballero que él juzgaba tan principal le hizo pensar era oro lo que era cobre.

Salió de casa y ya estaba prevenido lo que le había de suceder por poco confiado, porque como mirase la moneda que le habían dado y viese ser solamente un cuarto, presumió que el criado le hacía aquella burla, aprovechándose de lo que su amo le había mandado dar y que le salía cara, tras de haber trabajado cuatro horas largas y sacar de allí quemadas las manos.

Volvió, y subiendo a la sala, encontróse con el pagador de la barba y díjole:

—Señor galán, vuesa merced me ha dado por mi trabajo este cuarto: debe de haber sido yerro; suplícole que me dé lo que su dueño mandó darme.

El bellacón le respondió muy en sí:

—Señor maestro, lo que don Guacoldo, mi señor, le ha mandado dar, le di, y aquí no hay yerro ninguno.

—Pues, ¿cómo —replicó el barbero— a mí se me da un cuarto por una barba tan prolija como la que acabo de hacer?

Salió a este tiempo el señor Guacoldo y díjole muy airado:

—Sí, maestro, y aun os la he pagado muy bien, que yo no doy más que dos maravedís por cada vez que me afeitan. ¿Es poco que podáis tener en vuestra tienda puestas mis armas y, a título de ser mi barbero, ganar de comer, sino quererme llevar lo que a todos? A vos básteos la honra de hacerme la barba y ser mi rapista.

—Muy bien medraré con eso —dijo el barbero, comenzando a conocer la burla que se le hacía.

—¿Cómo?, ¿cómo? —dijo don Guacoldo—. ¿Desacato contra mis barbas? ¡Hola, familia! ¡Salga este rapador punido de vuestras manos!

Apenas dijo esto cuando cuatro fornidos escolares gorrones sacaron de adentro una manta y, tendido en ella el pobre italiano, le comenzaron a hacer coger el fresco y, de camino, a que se comunicase con las vigas del techo.

Duró la fiesta media hora, con no pocas voces del paciente, o impaciente diremos mejor, y risa de los circunstantes.

Quedó tendido en la manta, y luego un bellacón de los cuatro dijo:

—Lástima es que se nos resfríe el señor cortapelos; yo voy por un bonete que tengo de cuando fui manteísta, para abrigarle.

Sacó luego uno tan mugriento que esto le bastara por castigo; pero untóle con trementina y encajósele hasta los ojos. Con eso y ponerle la capa y sombrero encima, le despidieron, yendo muy bien pagado con el bamboleo del manteamiento, cuya burla se divulgó luego por Salamanca, haciendo autor della al bachiller Trapaza, que por otro nombre llamaban don Guacoldo.

Era tan burlón nuestro bachiller Trapaza, que a cualquiera que él supiese que trataba desto, le andaba a buscar para hacerle alguna burla. Esto le sucedió con un compañero suyo, que antes que se manifestase Trapaza al mundo, era el que se llevaba la fama de hacer solemnes burlas en Salamanca.

Originóse una que le hizo de haber este licenciado escupido sangre todo un día y haber dicho que se sentía indispuesto. Viendo la ocasión como la podía esperar nuestro Trapaza, fuese al matadero con Varguillas, que le hizo cómplice en la burla. Allí cogieron sangre de carnero, la cantidad que bastaba para llenar della unas tripas de vaca; mezcláronla con una yerba que tenía propiedad de tener la sangre siempre líquida sin que se cuajase, aunque fuese en dos días. Llenas las tripas, se las pusieron encima del primer colchón de la cama del estudiante burlón, de manera que sola estaba la sábana de debajo; encima y de camino pusieron los cordeles de la cama en falso, desatados de su lugar.

Con esta prevención se vio con el achacoso licenciado, el cual todavía se quejaba de que escupía sangre. Díjole nuestro Trapaza:

—Vos hacéis mal en andar en pie con tan mal color y con este penoso achaque, y no os lo he querido decir hasta ahora por no daros pena, pero un amigo mío murió de eso mismo en menos de un cuarto de hora, por no querer hacer cama y curarse.

Era imaginativo el enfermo, y así, luego que oyó esto a Trapaza, tomó su consejo y díjole que se iba a acostar.

Era esto a las tres de la tarde, en un día muy festivo en Salamanca. Desnudóse y, al echarse en la cama, como los cordeles estaban en falso, hundióse, cayendo de golpe en ella, con cuyo peso él se asustó y las tripas reventaron, bañándose de sangre todo, la cual, como la viese, dijo en alta voz:

—¡Válgame Nuestra Señora, que he reventado!

Pidió a voces confesión, a que acudieron los de casa; vieron la mucha sangre esparcida por las sábanas y a él, certificando que había abiértosele un lado y que luego le trajesen un confesor.

Fue mucho la detenida risa en Trapaza y Varguillas no disparar y hacerle con esto sabidor de que aquélla era solemne burla; mas reportáronse y trataron de acudir a buscarle confesor, a lo menos a fingir que hacían esta piadosa diligencia, dando cuenta de la burla a los compañeros de la posada, que la celebraron mucho por ser todos interesados en ella, como burlados del paciente.

Algunos se quedaron con él exhortándole que hiciese actos de contrición, que él hacía muy de voluntad con arrepentimiento de sus culpas; éste, poniéndose las manos en los dos costados con mucha fuerza, pensando que por allí se le habían de salir las entrañas. Así le tuvieron más de una hora larga, y al cabo della hizo Varguillas que entraba de fuera y le dijo:

—Como hoy hay procesión general, no se halla un religioso en su convento, si no le sacamos de la procesión.

Pidió con nueva instancia que se le trajesen, no dejando de su presencia un devoto crucifijo, encomendándose muy de veras a él.

Un amigo suyo, que acertó a llegar a esta sazón, viéndole tan afligido y no sabiendo el engaño, acudió luego a llamar a un cirujano amigo suyo. Venido el maestro, le hizo revolver de un lado con mucho tiento y, alzándole la camisa, le miró con una luz y no le halló herida alguna; y presumiendo que el daño estaría en el otro costado, le miró también, pero hallóle sin lesión ninguna, si bien lleno de miedo.

Aseguróle que no tenía nada, conque se atrevió a hacerle levantar para ver de dónde procedía tanta sangre; y, alzando las sábanas, vieron el mondongo exprimido que tenía debajo, conque acabaron de desengañarse, que era célebre burla que le habían hecho, prohijándosela luego al bachiller Trapaza, como a sujeto que profesaba esto.

Grandísimo fue el sentimiento del burlado, y juró que no se iría alabando dello; y así, desde aquel día comenzó a trazarle cosa con que le sirviese de venganza.

Todos le daban trato de la burla, que había muy pocos en Salamanca que la ignorasen, y esto era dar más espuelas a vengarse de la que había calificado con nombre de injuria.

Capítulo V. De la causa que le obligó a dejar a Salamanca

Las burlas de Trapaza le daban fama en Salamanca más que sus estudios, pues, llevado del aplauso que le hacían, trataba más de divertirse y desvelarse en dar un cómo que en estudiar un texto. Desdicha de los que no corresponden al cuidado con que sus padres les socorren para que valgan más, de lo que ellos hacen poco caso, tratando de sus divertimientos y no darles gusto.

Bien se pensaba el abuelo de Trapaza que su nieto era ya un Baldo y un Jasón, cuando él cuidaba poco de imitarles, bufonizando con los señores que asistían en aquel estudio, traveseando con sus iguales: todo era valentía, todo era juego y nada se estudiaba.

Andaba Trapaza muy alcanzado de dinero, porque al juego no le iba bien; los amigos se cansaban de prestarle; en cuanto a las estafas, no hacía herida que todos le tenían conocido. Con esto dio en arrimarse a un caballero andaluz, llamado don Lorenzo Antonio; era muy rico por la Iglesia, que tenía más de dos mil escudos de beneficios simples, que con todo llegarían a tres mil de renta.

Éste era mozo galán y con solas las primeras órdenes; acudía muy de ordinario a su casa Trapaza, y, como le tenía don Lorenzo por alentado, según corría fama en Salamanca, escogióle para su acompañante en un martelo que tenía, sirviendo a una dama de mucho porte en aquella ciudad, de quien estaba muy enamorado. Era de ella correspondido, más por los regalos que le hacía y dádivas que le daba que por su talle y persona, porque demás de ser muy corto de vista y obligarle eso a traer antojos, era tan pequeño que apenas salía del suelo: tanta era su pequeñez que era señalado por ella en Salamanca.

Era Trapaza el tercero de estos amores, quien llevaba los presentes, quien le acompañaba de noche y por quien se gobernaba en todo don Lorenzo, pues como acudiese a la casa de la dama muchas veces, enamoróse de una criada que tenía, de buena cara, llamada Estefanía, que también era tercera destos amores, y a dos coros andaba este amor. Concertáronse los sirvientes y trataron de cercenar los presentes al galán caballero; y así, de todo lo que él enviaba a su dama le quitaba la mitad. No se descubrió esto hasta un día que, habiendo don Lorenzo sacado una pieza entera de tabí de aguas azul a su dama, para que se hiciese un vestido, y de lo que sobrase unas enaguas guarnecidas con finos pasamanos de Milán, parecióle a Trapaza hacer una sangría a este presente, dejando de la pieza lo necesario para un vestido, y todo lo demás que quedaba aplicarlo para dádiva de la señora Estefanía. Comunicólo con ella y vino en que se quitase, como había ordenado su amante Trapaza, y así se hizo.

Comunicáronse después los amantes, y vínose a descubrir la sangría, que le estuvo muy mal para la salud de las enaguas. Apretó, pues, el caballero en que le había de volver el tabí Trapaza, y él declaró tenerlo Estefanía; por lo cual él cayó en desgracia de don Lorenzo para no entrar más en su casa y Estefanía salió de la de su ama.

Concertáronse los dos de vivir juntos, ya que habían sido expulsos por un delito. Tenía algunos reales Estefanía; tomó un cuarto de la casa, y con achaque de tomar puntos a medias y soletarlas, pasaba a la sombra del respeto de Trapaza, el cual se ofendió tanto de don Lorenzo, que le pareció no se vengaría dél si no le hacía una sátira. Púsolo por obra, y a la pequeñez de su cuerpo la escribió con buenas ganas de acertar; diósela a un músico de una compañía que entonces representaba en Salamanca, y en un día de comedia nueva, en que estaba el patio con mucha gente, la cantó.

Decía así:

> Hombrecillos, hombrecillos,
> los de menguada estatura,
> contra vuestra menudencia
> se desacata mi musa.
> Desprecios de los humanos,
> escoria de las criaturas,
> átomos de los vivientes,
> y de los hombres granuja.
> Quejándose están las almas
> que vuestros cuerpos ocupan,
> de que se toman alforzas
> con tan estrecha clausura.
> Hace la naturaleza

de todo pequeño burla,
pues le acomoda las barbas
tan cerca de la basura.
  Su pincel, que forma grandes
también pequeños dibuja,
que así nacen de una tierra
los melones y las chufas.
  Condenado está un pequeño,
aunque de ingenio presuma,
a ser hongo racional,
pues de varón tiene dudas.
  Para buscar a uno déstos,
que le derribó su mula,
fue necesario acribarle
entre la arena menuda.
  A su cama se ligaba
uno déstos, y era astucia,
porque le sacó una noche
por una oreja una pulga.
  A un pigmeo que le ofende
un sastre en su casa busca,
mas él pudo en un dedal
tener su persona oculta.
  Pasar puede aquesta gente,
que no embaraza ni abulta,
por ser de materia poca
entre sabandijas muchas.
  Y quéjense los pequeños
de ser cortos de ventura,
pues naciendo para hombres,
se quedaron a ser chufas.

  Apenas acabó el último verso el músico cuando Trapaza, que estaba atento aguardando esta ocasión, dijo a voces disimulando la suya:

—¡Víctor, don Lorenzo, Antonio!

De nuevo se alborotó el patio con esto, mirando al caballero que estaba en un aposento oyendo la comedia, y fueron tantos los silbos de la gente de a pie, que se hubo de retirar adentro para que se acabase la comedia, que faltaba della una jornada.

Quedó el caballero picado y acudió al músico a saber, quien le confesó que el bachiller de Trapaza había sido el autor della.

Trató desde aquel día de vengarse dél, conociendo no haberla hecho menos que dirigida a su menguada persona, y valióse para esto del estudiante burlado, contrario de Trapaza, que se ofreció a darle dos cuchilladas, porque en lo de muerte no vino bien don Lorenzo, por si llegaba a ser sacerdote no tener que pedir dispensación.

No estaba Trapaza tan falto de amigos que luego no le diesen aviso de lo que se le trazaba y, aconsejándole que pues el curso se acababa de allí a un mes, se fuese y no pareciese donde le sucediese algún peligro.

Vio que le aconsejaban bien, y por no irse solo persuadió a Estefanía que le acompañase. Queríale bien la moza y no lo rehusó, con lo cual dejaron a Salamanca un sábado en la noche, tomando la derrota de Sevilla con el dinerillo que Estefanía tenía guardado.

Capítulo VI. En que se cuenta la jornada de Trapaza a la Andalucía y cuéntase en el carro una novela, y cómo por un estraño accidente fue preso

Tres determinaciones conformes del bachiller Trapaza, de Estefanía y de Varguillas, se dispusieron a caminar, dejando a Salamanca por Andalucía. Para esto se valieron del bagaje de un carro, bergantín terrestre, que anda en corso, siempre aquellos pantanosos caminos de invierno y aquellos páramos desiertos en verano.

Concertaron, pues, tres lugares en donde poco antes hicieron lo mesmo un médico y dos hombres de Valladolid. El médico, que acababa de sacar licencia de la Corte para comenzar a esgrimir recetas, y quiso pasar por Salamanca y ver aquella insigne y célebre universidad, habiendo estudiado en la de Alcalá.

Los dos hombres, que eran hermanos, venían de acabar un pleito en Valladolid, y pasaban a Sevilla a aguardar a otro hermano suyo que había de venir del Perú en la flota que se esperaba.

Pues, acomodada esta gente con otra mucha ropa que cada uno acomodaba en el carro y la que el carretero llevaba por su cuenta, comenzaron sus jornadas camino de Sevilla, por el que dicen de la Plata. Iba Estefanía en predicamento de mujer de Trapaza, y así todos por esto la guardaban respeto, si bien su alegría y desenfado provocaban deseos de romper este decoro, y en el médico más que en ninguno, que le había parecido bien la moza. Ella era la levadura de las conversaciones, quien las movía, el regocijo de todos, porque su buena voz deleitaba y entretenía el cansancio de un carro, que es cosa bien intolerable aguardar a la flema con que camina y a la prolijidad de los carreteros y mozos dél.

Para entretener este tiempo, quiso el médico divertir los caminantes compañeros suyos; y así les dijo:

—En un camino largo, y que lo es más con la caballería que llevamos, ha de haber de todo para divertirnos: tiempos hay para cantar, tiempos para rezar y tiempos para la conversación. Cuando tal vez esto falta por ser cosa de novedad, se suele variar esto con referir algún suceso o leído en verdaderas historias o en libros ingeniosos que la inventiva formó para recreo de los ánimos y divertimiento de las ocupaciones.

Yo me ofrezco los ratos que faltaren los discursos que de diferentes pláticas se movieren, a entretener ese rato con algún cuento o novela con que
pasemos el camino; que, como he leído tanto, así de lo italiano, en que tantas se han escrito, como en español, que de poco acá los han sabido imitar
y aun exceder, no faltaré a lo que aquí prometo con mucho gusto.

Todos le agradecieron el deseo con que procuraba quererles divertir y le
estimaron, y así, para comenzar a cumplir con su promesa, oyéndole todos
atentos, y más Estefanía, a quien deseaba agradar, dijo así:

Novela

«Gobernaba el Imperio de Roma el invicto Valeriano, cuyo esfuerzo era
temido de sus enemigos y cuya afabilidad amada de sus vasallos. Para aliviar
las cargas deste gobierno, libró el peso de los negocios en Claudio, caballero romano, cuya persona era estimada en Roma, así por su noble sangre
como por sus heroicas hazañas; pues, desde que ciñó espada, que fue en
la edad de diez y seis años, se halló en la guerra y, en todas las ocasiones
más peligrosas que se ofrecieron, mostró con gran valor ser patricio de
Roma, ganando honrosos trofeos de sus contrarios y fuerzas y aun reinos
al Imperio.

Esto le puso en el primer lugar de la Corte, porque conocido por su valor,
su talento y partes tan dignas de estima, el emperador le admitió en su privanza y era su segunda persona, despachándose por su mano los negocios
de más peso, las consultas y cosas tocantes a la cesárea persona, que es
necesario y aun preciso tener un monarca privado para que alivie sus cuidados y minore sus ocupaciones.

Era Claudio de gentil disposición, hermoso de rostro, afable, discreto, cortés y amigo de todos; de manera que aquel lugar que tenía le ocupaba sin
contradicción de envidia alguna, que es la mayor felicidad en la privanza.

Por ver en él partes de tan perfecto caballero, Otavia, hermana del César,
puso los ojos en él con afición, de manera que en varias ocasiones se lo dio
a entender los ojos, intérpretes de las almas.

Discreto era Claudio y había penetrado el amor de la hermosa Otavia;
mas no se le dio jamás por entendido por parecerle que en aquel sujeto era
muy peligroso el empeño; pues, si se engolfaba en él amando a Otavia, ha-

bría de hacerle perder la gracia del emperador, de quien sabía que deseaba casarla con Decio, su primo, que estaba entonces en el gobierno de España; y querer él turbar con su galanteo esto era perderse. Por esto no quiso admitir los halagos amorosos de la hermosa Otavia, desviándose de todas las ocasiones que se ofrecían por venirle a estar tan mal el esperarlas, conque la dama aumentaba sentimientos, pues veía de conocidos que huía della y pasaba todas las noches en continuo desvelo, no perdiendo del pensamiento a Claudio, de quien estaba firmemente enamorada.

Sucedió salir un día a caza el emperador por divertirse, y hallóse en ella su hermana con sus damas, y Claudio, que no faltaba del lado del César. Pues, como la caza se comenzase, que era de venados, cada uno discurrió por la parte que más gusto tuvo.

Claudio hubo de seguir la vereda que Otavia había tomado, por tener orden del César que no se apartase de su lado. Descubrieron los sabuesos por allí el rastro de un ciervo, al cual hallaron a muy pocos pasos; siguiéronle, y tras él Otavia y Claudio, llevando la dama intención de apartarse cuando pudiese de aquel puesto para lograr la ocasión que deseaba.

Alcanzaron los perros al ciervo, y haciéndole trofeo de sus presas, dieron alivio a su cansancio en el cristal de una fuente que se les ofreció. A su imitación, Otavia, que vio muerto el ciervo, se apeó en brazos de Claudio, y, atando los caballos a una encina, se sentaron en la verde hierba, margen de aquella clara fuente, adonde Claudio no pudo rehusar el venir, por mandárselo el emperador, que bien sabía por las acciones de la hermosa Otavia que se había de hallar muy atajado con ella.

Después que hubieron hablado los dos gran rato en algunas cosas Otavia le dijo así:

—Maravillada estoy, Claudio, de una cosa que, si no la oyera platicar en Roma, no la creyera, y es que siendo en esta ciudad la persona más lucida della, la más bien querida, no hayas dado al niño Amor feudo con dama que merezca que la sirvas. Esto digo porque oyendo hablar de muchos caballeros mozos los empleos que tienen y las damas a quien sirven, en tratando de tu persona, todos convienen en que no tienes amor. Quisiera saber si esto proviene de algún escarmiento, que no puede ser menos, porque estar una juventud tan florida, una gala tan bien vista y, finalmente, un caballero de tantas partes sin dama, arguye que mal pagado de alguna, sentido de su sinrazón, no quieres poner los ojos en otra, que suele ser el remedio contra este pesar.

Aquí calló Otavia, dando lugar a que Claudio respondiese así:

—Hermosa Otavia, no se debe maravillar quien viéndome en el puesto que estoy (más por favor del César que por méritos míos), no me ve servir dama alguna de Roma, siquiera para emplearme en ella con el vínculo del matrimonio, pues de propósito huyo de los lances de amor que se me pueden ofrecer para verme en estos empeños. Éstos suelen ser efectos de la ociosidad; y como en mí no la hay con los importantes negocios en que el César me encarga, y de que le tengo de dar cuenta cuando quiere aliviar conmigo sus cuidados, nunca ha tenido el amor lugar para mostrarme objetos en quien de veras emplee la vista, a quien le suceda la afición. Buscarlos tampoco lo hago, por ver cuán contrarios son divertimientos amorosos a ocupaciones de ministro, pues con ellos diera mala cuenta de lo que el César me tiene encomendado; yo deseo su acierto, que no le tuviera a no portarme así.

—Satisfecha me has dejado con la disculpa del ministro —dijo ella—, pero con eso no sé cómo lo podrás dar de mal entendido a una dama que sé yo con certeza que desea que tú pongas tu afición en ella, dándote para este motivo acciones que tú has visto en sus ojos.

—Mi desconfianza —dijo él— me ha hecho poco advertidos los míos, y así, habrán pecado de groseros en no haber reparado en tanta dicha.

—No la debes de juzgar por tal —dijo Otavia—, pues has hecho poco caso della, pues no es persona la que se ha atrevido a tal que ha ensayado estos papeles en otra parte, porque su estado y autoridad se lo defendieran, y aun para lo que ha hecho (que es demasía) le ha costado harto en vencer antes su pasión.

Finalmente, de palabra en palabra, Otavia vino a declararse con Claudio; y aunque él estimó mucho el sobrado favor que le hacía, y ponderó con hipérboles su estimación, le dijo cuán contra el gusto de su hermano sería el favorecerle, pues sabía de Su Majestad cuán diferentes propósitos tenía, pues le había comunicado el empleo que quería hacer de su persona en Decio, su primo, y que sobre ello le había ya escrito.

Mostró Otavia disgusto a este consorcio por no ser Decio muy conforme a su voluntad, que era hombre soberbio y no muy bien querido. Por esto, de nuevo le mostró con resolución deseos de que la sirviese, facilitándole que por aquel camino subiría a ser colega de su hermano, pues Amor había hecho otros mayores milagros.

Con este ánimo que le puso a Claudio, desde aquel día comenzó a gozar lícitos favores de Otavia, hasta llegar a verse a una reja de un jardín muchas noches. Pero siempre Claudio la servía con una grande desconfianza de poder alcanzarla por esposa, sabiendo que su casamiento se trataba con veras y casi estaba ya concertado, que, por estar España con algunas alteraciones, no venía Decio della a acabarlo a efetuar.

En esto estaban los dos amantes, muy enamorada Otavia, y Claudio muy dudoso de lograr aquel empleo, cuando, ofreciéndose unas grandes fiestas en Roma que se hacían al dios Júpiter, acertó a hallarse Claudio en su templo con el César, donde vio una singular belleza, una perfecta hermosura, una bizarra dama, que con su beldad excedía a cuantas celebraba la juventud romana.

Era recién venida de Francia, donde Atilio, su anciano padre, había estado gobernando aquel reino por el César, y por su mucha edad se había retirado a Roma, donde quiso colgar el acero y descansar. Era Porcia el consuelo de su senectud, el alivio de sus achaques y, finalmente, todo su gusto y contento.

A esta dama (que era de lo más principal de Roma) miró Claudio con tanto cuidado y desvelo, que desde aquel día le puso en él su estremada hermosura.

En cuanto asistió en el templo y se hicieron aquellos solemnes sacrificios a Júpiter, procuró con los ojos dar a entender Claudio a la hermosa Porcia el nuevo cuidado en que su hermosura le había puesto, y con tanto afecto la miraba, que ella hubo de reparar en ello, de manera que la obligó a preguntar a una amiga que la acompañaba quién era Claudio, que, como tan recién venida, no le conocía.

La amiga la informó muy a lo largo de las partes de aquel caballero, del puesto que ocupaba y de cómo era toda la privanza del emperador; todo esto haciendo las partes de Claudio, porque era muy aficionada suya.

No desestimó Porcia el verse mirar con tanto afecto y conocer, por las demostraciones del caballero, proceder esto de afición; y así, en su pensamiento (pareciéndole bien la persona de Claudio) propuso, si perseveraba en servirla, de favorecerle, pues empleada en la segunda persona del Imperio, no podía más desear.

Desde aquel día procuró Claudio servir a Porcia con mucho secreto, porque no viniese esto a oídos de Otavia, con quien también se comunicaba, sin faltar noche alguna del jardín, adonde se veía con ella y era favorecido en lo lícito y honesto. Llegó, pues, Claudio a tanto con Porcia que, favorecido della, no se acordaba si había Otavia en el mundo para amarla; si bien por la razón de estado la hablaba, que temía que, de no hacerlo, le podía descomponer con el César, su hermano.

En este tiempo murió Atilio, padre de Porcia, dejándola muy rica; hiciéronse las exequias a la usanza de su gentilidad. Porcia se retiró algunos días de comunicarse con Claudio; mas, pasado el sentimiento, él llegó a entrar en su casa, dándole primero la mano de esposo, conque pudo llegar a los brazos de su amada Porcia y gozarse con ella; esto con secreto siempre, por el temor que tenía de Otavia, de cuya afición había Claudio dado parte a su esposa, y con su licencia, no desistido del galanteo, asegurándola que había de durar poco, pues se esperaba presto la venida de Decio, su primo.

En tanto que pasaban estas cosas, Camilo, un fuerte capitán y experto soldado que gobernaba la Panonia superior, que hoy es Hungría, se rebeló contra el César, queriendo hacerse dueño y señor absoluto de aquel reino. Tuvo aviso desto el emperador y quiso en persona partir de Roma y castigar este desacato, sin bastar ruegos de su hermana para que no hiciese esta jornada.

Convocó sus legiones, y con ellas y nuevo ejército que en breve hizo, partió de Roma a toda priesa por no dar lugar al rebelde para que se fortificase con su tardanza. En la jornada hubo de ir Claudio, porque el emperador jamás le apartaba de sí para que le aliviase las cosas del gobierno.

Mucho sintieron Otavia y Porcia su ausencia; con la una mostró el caballero verdadero sentimiento de su partida, y con la otra fingió tenerle, deseando a la vuelta hallar en Roma a Decio, para que, casado con su prima, le diese lugar a dar parte de su casamiento al emperador, de su empleo, y hacer con la hermosa Porcia sus bodas.

Llegó el César a Hungría; halló en Belgrado (que es su metrópoli) fortificado a Camilo; sitió la ciudad, y habiendo sufrido tres asaltos en que se vio casi rendida, se defendía valerosamente.

No faltó quien, viendo la tiranía de Camilo contra su natural señor, no procurase entregarle la ciudad y aun la persona del traidor; y tratando esto secretamente con el César, vino por trato a dársele entrada en Belgrado. Y una noche, cuando menos se pensó Camilo, al ejército imperial le fueron abiertas las puertas, conque ganó la ciudad, dando muerte a los valedores del rebelde y a él poniéndole en prisión; y para escarmiento de otros, de allí a dos días le fue cortada la cabeza en un público cadahalso a vista de todo el ejército imperial que asistió a esta justicia.

Con esto alcanzó el César a toda Hungría y la volvió a su dominio, poniendo gobernador de su mano en persona de mucha satisfacción.

Parecióle al César dar cuenta a su hermana deste feliz suceso, y comunicó con su privado Claudio la persona que podía ir a darle la nueva.

Él, que deseaba verse pronto en los brazos de su esposa, se ofreció a llevarla, cosa que estimó el emperador, pareciéndole que a aquello se ofrecía Claudio por autorizar más la embajada; y así se lo agradeció y partió de Hungría por la posta, acompañado de solos doce capitanes que le quisieron ir sirviendo en aquella jornada.

Llegó, pues, Claudio a Roma una noche algo tarde: esto de propósito por no ir luego a Palacio a verse con Otavia; y así se fue a casa de su esposa, donde contar el contento que recibió con su visita fuera alargar más este discurso.

Estuvo aquella noche y otras dos, encargando a los capitanes que también asistiesen encubiertos, mientras él hacía muchas galas con que ver a Otavia. Algunos de ellos sabían que no le faltaban para hacer lucidamente su visita, sino que esto era ocasión para gozar de su esposa, que ya ellos sabían muy bien su secreto consorcio; y así, como eran doce, entre ellos hubo alguno tan poco sufrido que quiso pasear por Roma, contraviniendo la orden de Claudio.

Fuéronle con estas nuevas a Otavia, y mandó llamarle; supo dél por extenso la victoria de Hungría, y aun más de lo que quisiera, pues le dijo cómo Claudio la traía la nueva y la causa de habérsela encubierto dos días, que era por haberse visto con su esposa.

Tiernamente sintió esto Otavia; despidió al capitán diciéndole que no dijese a Claudio que ella sabía su venida, y con la pena que le había dado esta nueva, se retiró a su cuarto, donde a solas comenzó a manifestar con llanto su sentimiento, culpando de ingrato y fementido a Claudio; y todo el amor que hasta allí le tenía, con lo que supo de su empleo, se le convirtió en odio.

Entre tiernos suspiros y sollozos la halló Publio Emilio, un anciano cónsul a quien había dejado el César por gobernador de Roma, entretanto que volvía de Hungría, y éste asistía siempre en Palacio. Ya él sabía la venida de Claudio y estrañaba la detención suya en dar las buenas nuevas a Otavia, sin penetrar por qué había hecho esta tardanza. Pues como Emilio hallase a Otavia llorando, pidióle la causa de eso, y ella, fiándose dél, se la dijo, ponderándole el grande amor que le tenía a Claudio y cómo deseaba que su hermano el César viniese en que él fuese esposo suyo no obstante que lo trataba con Decio, su primo. Finalmente, ella le pidió parecer en lo que debía hacer en aquel caso, vengándose de Claudio y su esposa.

El consejo que Emilio la dio fue que en su persona de Claudio no se vengase, por ser la privanza de su hermano y en quien todo el pueblo romano tenía puestos los ojos; pero que, venido a su presencia, le hiciese llevar preso con guarda hasta la casa de su esposa, adonde le obligase el rigor a que la quitase la vida para que, quedando libre, pudiese después casar con él como deseaba.

Parecióle bien a Otavia este consejo, y así aguardó a que viniese Claudio a verla, dando orden a Emilio de lo que había de hacer conforme lo tratado.

Vino, pues, Claudio acompañado de sus capitanes con toda la bizarría que pudo ostentar, y fuele dada entrada donde estaba Otavia, que le recibió debajo de su dosel con grande severidad. Hízole relación muy por extenso del suceso de la victoria; diole cuenta cómo al César le dejaba con buena salud y con deseos muy grandes de dar la vuelta brevemente a Roma.

Lo que a esto respondió Otavia fue levantarse de la silla en que estaba y decir a Claudio:

—Cuando los monarcas gustan de que se guarden sus órdenes y mandatos, es inobediencia grande no seguirlos con toda la puntualidad que les mandan las ejecuten. Ya esta nueva la tenía sabida dos días ha, y fuera razón que el primero que me la dijera fuérades vos, sin deteneros adonde sabéis y todos sabemos.

Con esto le volvió las espaldas, dejando a Claudio admirado, así desto como del airado semblante con que esto le dijo, como de que ya supiese su empleo.

Pesóle extrañamente de haber excedido del mandato del César, y de que por esto se manifestase su empleo, que era bien, antes de haberle hecho, darle razón de todo a dueño que tanto le favorecía. Volverse quería a su posada cuando Emilio entró donde estaba y, apartándole de aquellos capitanes, le dijo estas razones:

—Señor Claudio, prudencia vuestra fuera, cuando tanta dicha habíades tenido en ser favorecido de la hermosa Otavia, agradecer su favor y saber conservaros en su gracia, pues vemos que amor suele igualar estados con matrimoniales uniones y ser disculpa de graves yertos. Otavia tenía intento de haceros dueño suyo persuadiendo al César, su hermano, a esto, y de no venir en ello, no dar la mano a Decio, su primo, porque vos viniérades a poseerla. Habéis pagado ingratamente su amor casándoos de secreto con Porcia, lo cual tiene sabido, y para castigo desto, traigo orden de Su Alteza que cincuenta soldados, que afuera os aguardan, os lleven preso a la casa de Porcia, donde Mario, que es quien viene por cabo desta gente, os fuerce a que por vuestras manos deis la muerte a vuestra esposa. Esto bien sé que se os hará duro si la tenéis amor; pero habráse de hacer, pena de perder vos y ella las vidas.

Con esto, sin aguardar respuesta de Claudio, el anciano Emilio le volvió las espaldas. Entraron aquellos soldados guiados de Mario y, quitando la espada a Claudio, le llevaron a su casa.

No esperaba la hermosa Porcia tener tan mal día como tuvo, la cual, viendo a su esposo (que entró primero solo, dejando la gente atrás), le recibió con los brazos abiertos y muchas caricias; a ninguna mostró Claudio semblante afable, cosa que le causó novedad a su esposa. Y preguntándole la causa de su mesura no acertó a responderla palabra, sino solo lo que hacía era levantar los ojos al cielo y dar tiernos suspiros.

De nuevo instó Porcia con blandos ruegos a que la dijese la causa de aquella novedad que en él hallaba, y él le resistía el decírsela, hasta que las lágrimas de Porcia rompieron el silencio de su esposo, el cual la dijo todo lo que pasaba, el mandato de Otavia y el orden que Mario traía para que luego se ejecutase. Lo que respondió la valerosa matrona a esto fue (sin hacer mudanza de nuevo sentimiento) decirle:

—Quiéroos tanto, querido esposo mío, que viendo que de mi muerte resultan los aumentos vuestros, aumentando con esto la esperanza de mejoraros de esposa, que en vez de defender mi inocente vida, os ruego que apresuréis mi fin. Aquí estoy, sacad el puñal y dad el principio a vuestra dicha. Ea, ¿en qué dudáis? Dadme la muerte, que como sea por vuestra mano, dulce ha de ser para mí; no os turbe el amor que me tenéis para estorbar la ejecución della; bien mío, de rodillas os lo suplico.

Esto decía aquella hermosa romana con tanto afecto, que no solo enternecía a su esposo, pero a algunos de los soldados que venían al cumplimiento desta rigurosa acción, que les estaban escuchando por orden de Mario.

Claudio oía a su esposa estas cosas tan absorto que parecía un mármol en el movimiento: solo no tenía de piedra el derramar lágrimas; de hilo en hilo bañaba su rostro, impidiéndole la pena el poder hablar a su esposa.

Resultó, pues, en no ser ejecutor de tal ofensa y de morir antes mil muertes que hacer la de su amada esposa. Estaba abrazado con ella, llorando entrambos, cuyo espectáculo enterneciera a un risco.

Desta suerte estuvieron una larga hora; de suerte que Mario, cansado de esperar (por ser poco afecto a Claudio), entró donde estaban, diciendo:

—Señor Claudio, ya es mucho durar en lo que se os tiene mandado. Yo deseo volver presto a Otavia a darle las nuevas de que habéis muerto a Porcia. Resolveos luego en quitarla la vida, si no queréis perder la vuestra.

Aquí se enfureció Claudio, y loco de cólera, sacando el puñal, acometió a Mario diciéndole:

—Primero, viles ministros de tan sangrienta ejecución veréis en vosotros hecha la que deseo, que mi esposa pierda el vivir.

De poco le sirvió esto, porque mandando Mario a sus soldados que se abrazasen con Claudio sin ofenderle, él, excediendo de su comisión, se abrazó con su esposa; y para abreviar con su muerte, sin oír ternezas suyas, viendo una galería que caía al claro Tíber (río que atraviesa a Roma) la arrojó por ella a él, saliendo donde estaba Claudio, a quien dijo lo que había hecho. De nuevo se enfureció el lastimado caballero, deseando perder la vida a manos de aquellos soldados; mas ellos se la guardaron, llevándole a una torre hasta ver qué era lo que mandaba Otavia que se hiciese dél.

Volvió Mario con la nueva de lo que había hecho. Otavia le agradeció su resolución y mandó que con Claudio se tuviese mucha cuenta, de modo que no le faltasen personas que guardasen la suya, porque no se quitase la vida.

El pesar de ver muerta a Porcia le volvió el juicio, de modo que sin él andaba por las calles de Roma, diciendo mil males de Otavia y lastimándose de la muerte de su esposa, la cual fue el cielo servido que, sustentándose en las aguas con las basquiñas, pudo ir la corriente del Tíber abajo hasta venir a dar enfrente de una amena quinta del César, de donde salieron dos hortelanos suyos que la libraron del peligro de las aguas y la recogieron en su casa en compañía de dos hermanas suyas. Allí, en hábito tosco de villana, se estuvo hasta ver en qué paraban sus desventuras, no diciendo a nadie quién era ni aun a los restauradores de su vida.

Volvió el César de su jornada, y una milla antes de llegar a Roma, supo cómo Claudio, su privado, había perdido el juicio, cosa que sintió en extremo, porque le amaba tiernamente.

La causa de este accidente le dijeron haber sido una caída que había dado corriendo las postas, que a los reyes suele ocultárseles lo más público cuando no salen a saber lo que pasa en sus Estados.

No quiso aquel día llegar a Roma y quedóse en aquella quinta donde estaba Porcia, a quien fue fuerza ver. Y aunque adornada de pobres paños y con la tristeza de saber que su esposo había perdido el juicio, todavía su hermosura no se pudo encubrir. Contentóle al César mucho y deseó ocasión para hablarla a solas. Dispuso esto Fausto, un caballero romano de la Cámara del César, porque, despejando la gente de la quinta, dio lugar a que el emperador se fuese por el jardín hacia la parte donde Porcia estaba, a quien halló componiendo un ramillete de las flores que de un hermoso plantel cogía. Y viéndola el César en este curioso ejercicio, la dijo:

—Hermosa villana, ¿para qué os cansáis en fabricar de flores ese oloroso ramillete, si ellas sobran donde están las rosas de esas mejillas, el azahar de esa frente, los claveles de esos labios y los jazmines de vuestras manos? Dejad esa ocupación, y en esa clara fuente ved que todo lo que os digo está con la perfección que la divina mano quiso poner en ello, para que todo junto fuese imán de voluntades y rendimiento de corazones.

Desentendida se hizo Porcia destas razones, respondiendo al César con algunas toscas y simples, no al propósito que él se las dijo.

Volvió de nuevo a darle alabanzas y a encarecerle primores, mas de todo se reía Porcia, haciendo de la simple, conque al César le pareció que con tan rústico sujeto (en quien estaba mal empleada tanta hermosura) eran excusadas hipérboles en su alabanza; y así, pagado de lo hermoso cuanto desazonado de lo grosero de su entendimiento, quiso librar en fuerza lo que no había de alcanzar por persuasiones, presumiendo que tales sujetos nunca por finezas se vencen, como incapaces de entender ni estimar tales agasajos. Ejecutar quiso esto, mas halló en Porcia notable resistencia, hablándole siempre toscamente.

Temió que diera voces, y así la dejó con pensamiento de hacer que Fausto de su parte la regalase y con dádivas ablandase aquella rustiqueza. Aquella noche durmió en la quinta y esotro día hizo su solemne entrada en Roma con un grandioso triunfo, como acostumbraban los emperadores que venían victoriosos de ganar provincias y reinos.

Llegó con este majestuoso acompañamiento a Palacio, donde le esperaba la hermosa Otavia, su hermana, alborozada con su venida, si bien temerosa algo de que no se supiese el castigo de Porcia, de quien procedía el delirio de Claudio.

Luego que el César supo de la buena salud de su hermana, estando los dos hablando de la pasada guerra, oyeron unas descompuestas voces en la antecámara de Palacio con los porteros della. Preguntó el César qué ruido era aquél, y fuele dicho que Claudio, llevado de la furia de su delirio, porfiaba a querer entrar en su cuarto contra la voluntad de los porteros. Quiso el emperador, a costa de su sentimiento, verle y mandó que le diesen entrada.

Entró Claudio, rotos los vestidos, inquieto el semblante, espeluzado el cabello, y arrojóse a los pies del César, como a pedirle justicia, besándoselos muy a menudo.

Hallábase allí Emilio, el cual dijo al emperador que, desde que Claudio había perdido el juicio, su tema había sido aquélla de andar quejándose de un agravio y pidiendo justicia. Esto dijo para prevenir que no se le diese crédito a cuanto dijese.

Quiso oírle el César, y mandándole levantar; en mal compuestas razones comenzó a quejarse de Otavia, de cruel, de tirana de su gusto y, finalmente, en metáforas, dijo su crueldad, el agravio que se le había hecho y la muerte de su esposa, sin nombrarla, enfureciéndose.

Disimuló cuanto pudo Otavia y no mudó semblante a estas cosas; antes mostraba sentimiento de ver así a Claudio, el cual dijo tras de lo pasado mil desatinos, conque el emperador le mandó quitar de su presencia y que fuese llevado a la quinta donde estaba Porcia, para que allí fuese curado con mucho regalo, por si esto le volvía en su acuerdo.

Atáronle las manos con esposas y con grillos a los pies, fue llevado a la quinta, entregándosele a un caballero que tuviese cargo de regalarle con mucho cuidado.

Supo Porcia que su esposo estaba en la quinta y huyó cuanto pudo de no verse en su presencia, porque temía que, si se descubría, Otavia no la quitase la vida, acabando con todo; pues mejor era aguardar a ver sano a Claudio y con el tiempo esperar mejor suceso.

Con todo, no pudo un día encubrirse a los ojos de su esposo, que la vio junto a un estanque; y así como reconoció a su esposa, imaginando que en espíritu volvía al mundo a verle, la dijo:

—¡Oh tú, beldad superior, espíritu de aquella hermosura que adoraban mis ojos para llorar su desdichada muerte, dime si vienes por orden de los soberanos dioses a consolar mi aflicción, a dar salud a mi perdido juicio! Que no dudo que por hacerme este bien, compadecidos de mí, te hayan dado licencia para que, rompiendo los claros cristales del Tíber (sepulcro funesto de tu inocente vida), has venido a ser alivio de mis penas, descanso de mis congojas y sosiego de mi inquietud.

Íbasele acercando Claudio, y temiendo Porcia que, si se le descubría, pudiera ser, en vez de sosiego, rematar del todo con su juicio, quiso llevarle el humor y condescender con su tema, y así le dijo:

—Claudio, yo soy tu esposa, que por mandato de Júpiter he dejado mi solio de cristal (donde me colocó desde que Mario fue mi homicida), para darte consuelo. Esto ha permitido el dios supremo. No me toques, que será profanar mi pureza; solo te consuela con verme, y si acaso pasas el límite de la compostura, tocándome tus brazos, no dudes que se ofenda aquella excelsa deidad y que no consienta que yo te consuele más.

Mucho sintió Claudio el impedimento que le ponía, y por no ser transgresor de los mandamientos de Júpiter, se abstuvo de gozar siquiera de los brazos de su esposa.

En este tiempo fue echado de menos de su guarda; y así bajó al jardín a buscarle, dándole voces, las cuales oídas de Porcia, dijo a su esposo:

—Buscándote vienen, Claudio; no conviene que otro que tú me vea, porque se enojará Júpiter; queda en paz, que yo tendré cuidado de verte a solas.

Encarecidamente se lo rogó que esto hiciese Claudio, conque Porcia se entró por lo espeso de unas murtas y se le encubrió, tomando el camino para la casa del hortelano.

En esta plática que tuvo la preguntó Claudio que cómo venía en hábito de villana, a lo cual, hallándose algo atajada Porcia, la salida que dio a esto fue decirle que Júpiter la mandaba que viniese en aquel traje; el porqué no dio razón, porque no era bien querer saber los secretos de un soberano dios, de una súbdita suya.

Desde aquel día mostró más sosiego Claudio; las nuevas desto le dieron al emperador mucho contento, y esa tarde quiso ir a verle con su hermana Otavia, previniendo a Fausto que le tuviese hablada a la villana y persuadida a que no resistiese a su gusto; que por fuerza o de grado había de venir a sus brazos.

Previnose lo necesario para estar en la quinta algunos días. Fue el César, su hermana y algunas damas suyas con el resto de los criados necesarios para su servicio. Llegaron y vieron a Claudio más sosegado, y preguntándole la causa, decía que el espíritu de su esposa le había visitado y consolado.

Ignoraba el César que la tuviese, y así lo que él hablaba concertado, a él le parecía que era mayor locura; con todo, se holgaba de verle con más sosiego.

Después que aquel día hubieron comido, habiendo sabido el César que Porcia estaba sola en el jardín, por aviso que desto le dio Fausto, fue a la parte donde estaba, y hallándola cerca de un intrincado laberinto que formaban unas verdes murtas, después de haber intentado con persuasiones que condescendiese con su deseo, viendo ser en balde esto para vencerla, libró a sus fuerzas el hacerlo, y viniendo con ella a los brazos, trató de resistirse cuanto pudo.

Acertó a venir por allí Claudio y vio al César con el espíritu que juzgaba ser de su esposa, de aquella manera y con voces comenzó a decir:

—¿Qué haces, invicto emperador? No profanes con tu violencia la beldad de un espíritu que goza ya de más perfecta vida. Mira que ofendes a los dioses.

Vio Porcia que en tal lance no era bien aventurar a su esposo contra el César, a quien tanto debía, y así le dijo:

—Supremo monarca, invicto emperador del orbe, refrena tu intento, que no conoces quién soy y dame atentos oídos para que me escuches lo que después de sabido te ha de admirar.

Ya lo estaba el César de ver un nuevo semblante de la que juzgaba por villana, y las compuestas razones con que le hablaba; y juzgando desto misterio, se apartó della y dio lugar a que, lo más sucintamente que pudo, Porcia le hiciese relación de los amores de Otavia y Claudio, y cómo por no ofender a Su Majestad él intentó casarse, sabiendo que su estado no era justo igualarle a su grandeza; que, sabido esto de Otavia, había procedido con el rigor que se ha dicho; cómo Mario la arrojó en el Tíber; cómo el cielo había permitido que no pereciese en él, debiéndole la vida al jardinero de aquella quinta.

Finalmente, le contó todo lo succedido hasta entonces, declarando con esto la causa de haber perdido el juicio Claudio; y arrojándose Porcia a sus pies, le suplicó se sirviese de que no perdiese a Claudio, mas que antes le permitiese que hiciese vida maridable con ella.

Admirado dejó al César la relación de Porcia, de la que él estaba tan ajeno. Vio en Claudio diferente semblante, pues, con saber que Porcia estaba con vida y era aquélla que tenía presente, se le asentó el juicio, volviendo a su ser primero.

Ofrecióles el emperador hacer mercedes, pero mandóles que tuviesen secreto por entonces, por amor de su hermana, con que no pensaba darse por entendido en nada, porque aguardaba a su primo Decio por hora. Él fue el iris destos nublados, pues los sosegó con su venida aquella noche.

No pudo Otavia replicar a la voluntad del César ni lo hiciera viendo a Claudio sin juicio; dio la mano a Decio, y después de sus bodas, se hicieron en público las secretas de Claudio y Porcia, con alguna pena de Otavia por ver que su poder no había sido bastante ni a quitarla a ella la vida ni a mudarle a él la afición».

Mucho gusto dio a los oyentes la bien repetida novela del médico, que procuró con su crespa prosa agradar a todo el auditorio, y en particular a la graciosa Estefanía, a quien se había inclinado a hurto de su respeto al bachiller Trapaza.

Llegaron aquella noche a Trujillo, ciudad por donde iba el carretero, porque había de dejar allí alguna ropa y tercios que en Salamanca le habían encomendado. Pararon en el mesón de los carros, adonde cada uno buscó su rancho. Trapaza, Estefanía y Varguillas se acomodaron en un aposento y los demás en otros dos, que el mesón era capaz para muchos huéspedes.

El siguiente día, el carretero comenzó a ir llevando los tercios que le habían encomendado a personas de aquella ciudad, entre los cuales llevó un arca grande a un Sebastián Antonio, ciudadano de Trujillo, juntamente con una carta; cargó con ella un ganapán, yendo detrás dél el carretero con su carta en la mano.

Halló en casa a la persona a quien iba; y habiéndosela dado, él, confuso por no conocer la letra, leyó estas razones:

«Al portador (que es el ordinario de Sevilla) he encargado lleve esa arca a vuesa merced; no lleva la llave della; pero yo doy licencia para que vuesa merced la abra y ponga en cobro todo lo que dentro encierra, que brevemente nos veremos en esa ciudad y conocerá vuesa merced en mí un verdadero amigo y servidor. Leonardo de Pisa».

Confuso le dejó al ciudadano el no conocer a aquél que le escribía; y porque el carretero pedía el recibo y porte de su arca, que no se le había pagado el que se la dio en Salamanca, quiso el ciudadano saber si en el arca había valor de treinta reales que le pedía por haberla traído; y así, delante dél, pidió un martillo, y quitando la cerradura del arca, alzando la tapa della, halló (¡cruel espectáculo!) no menos que a un hermano suyo muerto a estocadas, vestido en hábito de estudiante y cubierto el cuerpo con algunas hierbas olorosas, que éstas y el ser en tiempo de invierno preservaron al cuerpo de no venir con mal olor.

Luego que el ciudadano conoció al difunto, con el dolor de tal objeto, comenzó a dar voces, asiendo del carretero, a las cuales se llegó alguna gente de la vecindad y, entre ella, un alguacil, que se suelen aparecer en tales ocasiones, trayéndose de runfla un escribano y dos corchetes.

Vieron éstos el difunto, y sabiendo que el carretero tenía mosca por ser muy conocido en aquella tierra, agarraron dél y pusiéronle en la cárcel, con ver que la misma acción de haber traído allí la arca manifestaba su inocencia. Con todo, por convenir que se supiese dél quien era el que le había encomendado la arca y qué señas tenía, fue puesto a la sombra, y sabiendo dél qué personas había traído en su carro y dónde se habían apeado, fueron a prenderlos a todos.

Entraron en el mesón cuando acertó a estar Estefanía y Varguillas con la huéspeda en su aposento; prendieron al médico, a los dos hermanos y a nuestro Trapaza, lo cual, visto por Varguillas y Estefanía, bajáronse a un sótano del mesón y en un nicho dél (que era de peña cavada) se escondieron entre mucha leña.

Embargaron toda la ropa de los caminantes; solamente se escapó una arca pequeña de Estefanía, que, luego que se apeó, dejó encomendada a la huéspeda y estaba en su aposento.

Los cuatro y el carretero fueron puestos en la cárcel con prisiones, no sabiendo los caminantes por qué los hubiesen traído allí, hasta que después se lo dijo el carretero.

Dejémoslos en su clausura y volvamos al hermano del difunto que, con él en casa, venido por tan extraño camino, estaba lamentando su temprana muerte.

Tenía rotas las dos piernas; pero esto no se le había hecho por ofensa, sino después de muerto, para que, dobladas, pudiese el cuerpo venir en el arca; tenía tres estocadas mortales, que de cualquiera dellas muriera, según eran penetrantes. Vinieron los deudos (que tenía muchos y honrados en aquella ciudad) a llorar al difunto y a consolar a su hermano. Hízosele aquel día, por comenzar a oler mal el cuerpo, el entierro, acompañándole a él todo lo noble de la ciudad, que era el difunto muy bien querido en ella.

Este joven estaba estudiando en Salamanca cánones y leyes, y era aquél el primer año que cursaba, parando en el curso de su vida.

Comenzóse a proceder contra el carretero y caminantes; a él le pusieron a cuestión de tormento, y antes que se le diesen, dijo que un día antes de su partida para Sevilla (donde era ordinario muy cosario en aquel camino), había llegado a él un estudiante alto de cuerpo, moreno de rostro, preciado de mostachos, acompañado de otro estudiante, que le pareció ser el que estaba preso con él (esto dijo por nuestro Trapaza), y que concertó que le llevase hasta aquella ciudad un arca de ropa, por la cual le pagarían treinta reales en Trujillo. Tomó recibo de la arca, diole aquella carta, y trújolo todo a quien venía el sobrescrito de la carta.

Esto dijo; con todo llevó el tormento muy cruel, mas no le pudieron sacar otra cosa. Fue llevado de allí, y puesto en su lugar el bachiller Trapaza, bien ajeno de lo que le estaba esperando. Fuele preguntado de dónde era, dijo que de Segovia, dijo su nombre propio y postizo, conque el alcalde mayor coligió que debían de convenir sus costumbres con lo de Trapaza; confesó la facultad que oía en Salamanca, y llegado a lo que le culpaba el carretero de venir acompañado con el estudiante que trujo la arca al carro, lo negó como quien no se había hallado en tal concierto. Por lo que el carretero dijo, no se libró Trapaza del tormento, y así se le dieron más cruel que al otro.

Era animoso el pobre y sufrió el dolor con grande tolerancia, y en vez de quejas, comenzó a brotar sátiras contra los escribanos y jueces. Ya el lector podrá entender qué tecla tocaría si seguía la opinión vulgar el atormentado, no la verdad que pasa, pues hay escribanos legalísimos y jueces rectos, limpios de manos, a pesar de la malicia de los que, por no ver uno diferente déstos, piensan que todos son unos.

Finalmente, el señor Trapaza se llevó un lindo tormento, conque le dejaron muy mal parado y casi estropeado, pero con negativa, que no confesó nada de lo que le preguntaban.

También con los demás presos procedieron, si no con el rigor de tormen-to, con las amenazas dél; mas convinieron todos en que, habiendo dado su dinero, se acomodarían en aquel carro, no tomando en la boca a Estefanía ni a Varguillas, que en esto anduvieron cuerdamente, pues ya que se habían escapado de la justicia, no era bien, por nombrarlos, ponerlos en prisión.

Fuese prosiguiendo en el proceso contra el carretero, como sabían que tenía qué gastar, y por este respecto, Trapaza pasó por la misma calamidad de la prisión; los demás se libraron, y tomó cada uno su derrota a donde más bien le estuvo, yendo el médico lastimado de no saber de Estefanía, que se holgara de llevársela consigo por lo que le estaba aficionado.

El hermano del difunto envió a Salamanca a saber cómo había sido su muerte, y lo que se pudo averiguar, que la noche que faltó dijo a un amigo suyo que iba a verse con una mujer que conocía, sin nombrarle quién fuese, y que desde aquel día no pareció más; que la ropa y libros todo estaba allí para cuando enviasen por ello.

Esto se averiguó con autoridad de justicia que intervino en ello con re-quisitoria sacada de Trujillo, cosa que no satisfizo al hermano del muerto; y así, viendo que no se averiguaba nada de esto y que el carretero padecía y gastaba en la cárcel juntamente con el compañero, desistió de la querella, y el fiscal la prosiguió hasta la sentencia, que fue condenar al carretero, aun-que injustamente, en doscientos ducados, y al Trapaza, por no tener dinero, en dos años de destierro.

Consintieron en la sentencia, y, habiendo de salir otro día Trapaza, se en-contró con un preso, y sobre palabras que tuvo con él, le dio con un mástil de grillos, con que le abrió muy mal la cabeza; conque fue embargado en la cárcel y puestas de nuevo prisiones.

Salió el carretero y, purgada la bolsa, tomó su camino para Sevilla, escar-mentando en no recibir otra vez ropa alguna sin mirar primero lo que era, porque no le sucediese otro trabajo como éste. Despidióse de Trapaza, que ya se habían reconciliado de lo que le culpó, y porque no quedase quejoso, le dejó a la partida veinte reales para que comiese.

Ya el buen Trapaza estaba muy apurado de vestuario sin saber qué hacer-se, lastimado de no saber de Estefanía ni su fiel compañero Varguillas. De lo que se valía era de su buen gracejo, con el cual campaba entre los presos.

Fue dicha suya estar preso entonces un caballero, por no quererse casar con una dama que alegaba haberle quitado su honra con palabra de casamiento; era rico, defendíase con decir que uno y otro era falso; el pleito era largo por tener contrarios poderosos, y así estaba en la cárcel a buen recaudo. Éste dio en gustar de los donaires de Trapaza, de las graciosas burlas que a los presos hacía, y era quien le sustentaba.

Dejémosle desta suerte y volvamos a decir lo que sucedió de los dos ausentes que se escaparon de la justicia en el mesón.

Capítulo VII. De lo que sucedió a Estefanía y Varguillas luego que se huyeron de la justicia, y la traza que dio Trapaza para vengarse del hermano del difunto y salir de prisión

Luego que la justicia salió del mesón con los presos, Estefanía y Vargas, pareciéndoles que no les estaba bien asistir allí, se salieron aquella noche de Trujillo, yendo Estefanía en un jumento del mesonero que se le prestó, y Vargas a pie. Caminaron tres leguas aquella noche, llegando a una pequeña aldea, adonde iban dirigidos por orden del mesonero, que se aficionó a la moza, para que en ella una tía suya, mujer anciana, los albergase y tuviese en su casa hasta que las cosas de Trapaza parasen en bien. Esto hizo el mesonero, con fin de tener por cuenta suya a Estefanía ausente de los ojos de su mujer y ir a verla de cuando en cuando.

Era marraja la hembra y conoció al mesonero por motolito y aficionado, el primer boquirrubio de los de su profesión; y así la suya fue darle con la entretenida, dilatándole el favorecerle y no dando ocasión a que él la viese sola, sin estar Varguillas delante, a quien llamaba hermano. Las esperanzas que le daba eran muchas, conque el mesonero gastaba francamente en el sustento de la moza y su compañía, esperando el día en que llegase a ser favorecido de ella.

Cada día era avisada Estefanía de lo que se hacía de su Trapaza, a quien también llamaba hermano. Mucho sintió la moza que por su cólera quedase segunda vez en la prisión, estando tan en víspera de salir della; y como le quería bien, parecióle que habiendo dos meses que su fuga pasó, podía ir seguramente a verle; y así, dando parte desto al mesonero, la acompañó de la aldea en que estaba hasta la ciudad; y a primera noche, antes de cerrar la cárcel, se llegó a una reja della, y preguntando por Trapaza, salió a hablarla.

Lo que se holgó el preso bachiller con su hembra no se puede referir con palabras; diole en breve cuenta adónde estaba y cómo la sustentaba el mesonero, y tratando los dos qué sería bien hacer en orden a su libertad, le pareció a Trapaza que no sería tan presto, por estar el enfermo herido todavía de peligro; mas en tanto diole a Estefanía una instrucción de lo que debía hacer, que, tomada muy en su memoria, solo la contradijo en cierto particular, hallando por inconveniente que, para el designio que tenía, le era estorbo el mesonero, de quien había de ser conocida.

Echó de ver Trapaza que era buena la objeción, y por entonces no se determinó a más de que se estuviese en la aldea, como se estaba, hasta ver en qué paraba el herido. Volvióse con Vargas a ella, agradeciendo Trapaza al mesonero el favor que a su hermana le hacía, que duró poco, porque habiendo el tal hecho una fianza a un cuñado suyo de cierta cantidad de dinero, que no era poca, fuele pedida por la justicia, y no teniendo por el presente con qué pagar, húbose de ausentar.

Con el desamparo del mesonero, se hubo Estefanía de valer del consejo de Trapaza, en que estaba instruida; y así un día, alquilando una cabalgadura, acompañada de Vargas, se fue a casa del ciudadano hermano del muerto. Llegando allá a las oraciones, apeóse allí, enviando la cabalgadura, con el que la trujo a la aldea, y pidiendo por el dueño de la casa, bajó con una luz al zaguán della adonde estaba Estefanía, la cual, fingiendo lágrimas, que le sabía bien hacer, con ellas abrazó al ciudadano, el cual estaba confuso, así de ver aquella mujer que no conocía, como de verla derramar lágrimas. Preguntóla qué era lo que mandaba en su casa, y ella le suplicó la oyese a solas, conque subieron a una sala, y haciendo despejar a la gente de su casa, menos a su mujer, que se halló allí, quedándose a solas con Estefanía.

Ella, después de haber gemido otro rato, dijo con voz tierna desta suerte:

—Cuatro leguas de Salamanca, ciudad antigua de Castilla, está la villa de Alba, ilustrada con sus generosos duques, habiendo sido patria de los mayores soldados que la casa de Toledo ha producido. Ésta también lo es mía, en oposición de tan felices dueños, pues desde que nací me siguen desgracias y desdichas. Mis padres eran unos hidalgos honrados, que con su poca hacienda vivieron honestamente, no descayendo de su punto. Llevóles Dios en tiempo que me dejaron de doce años en poder de una tía mía, mujer anciana; ésta me crió hasta la edad de los diez y nueve, inclinándome siempre al recogimiento en que ella se había criado.

Sucedió, pues, que habiendo en Alba unas fiestas de toros y cañas, fue lo más lucido de Salamanca a ellas; entre los estudiantes que más alabanzas llevó de buen talle, diestro en la esgrima, ágil en saltar y fuerte en tirar la barra, que allí en Alba se ejercitan en esto, fue Hortensio, vuestro hermano. Hacíanse estas pruebas en un campo, adonde caían las ventanas de la casa de mi tía; de allí veía yo estas competencias, oía las alabanzas del que en ellas se señalaba, y como veía que vuestro hermano era el que se llevaba las ventajas a todos, puse en él mi afición, de modo que antes que de Alba se partiese se lo di a entender por un papel que le escribí. La sustancia dél era que una dama aficionada a sus partes le pedía que, antes de salir de Alba, se viese con ella a las diez de la noche, dejándose llevar de la portadora del papel, que acudiría a irle guiando. Él respondió muy cortés que haría lo que le mandaba; y así, volviendo mi criada por él a la hora señalada, le di entrada en un jardín, donde si me enamoró bizarro en los ejercicios de agilidad que he dicho, me dejó rendida su discreción.

Detúvose por mí ocho días en Alba, en los cuales, como Amor fomentaba las dos aficiones, dispúsolas de modo que, dándome palabra de esposo, yo le di entrada en mi aposento, y no solo paró en esto mi libertad (que agora confieso ciega en quererle bien), sino que me fui con él a Salamanca.

Esto se hizo, volviendo de allí a quince días por mí, por no dar nota con su vista entonces, que pudieran atribuirle este robo por haberse allí quedado. Llegué a Salamanca, donde me buscó casa en que estar, acompañada de una señora anciana conocida suya.

Bien se habrían pasado dos meses que él gozaba la posesión de marido, acudiéndome cumplidamente con todo lo que había menester, cuando acertó a verme en un templo un caballero, hijo segundo de un título de los más ilustres de España y, aficionándose a mí, supo mi posada y dio en frecuentar mi calle con notable asistencia. Envióme regalos, ofrecióme dádivas; pero los unos le volví a enviar y las otras no las admití, volviéndole los papeles cerrados.

Vime tan apretada deste caballero y de persuasiones de la anciana que me tenía en su casa, a quien había sobornado, que hube de dar cuenta a Hortensio, mi esposo, el cual sintió mucho que se le ofreciese este tropiezo para suspensión de su gusto y principio de sus celos.

No consentía que saliese de casa, ni menos que me pusiese a la ventana, aunque estuviese con celosía; cada día tenía mil pesadumbres con él, sobre si miré y estuve, si no le respondí a tiempo, y otras cosas que los celos piden cuenta muy por menudo.

Viendo, pues, este nuevo pretendiente que mi esposo me celaba tanto, una tarde que acertó a verle en lición de vísperas, que le pareció que en el ínterin podría a su gusto hablarme, teníalo dispuesto con la anciana, mi huéspeda, y así se salió del general de escuelas, donde también cursaba, y vínose a mi posada. Acertó, por mi desdicha, a verle salir Hortensio, y sospechando lo que fue, salió también de lición, aunque algo después.

El caballero se entró donde yo estaba, dándome notable susto con su presencia y apenas había comenzado a decirme cuánto había que deseaba aquella ocasión para hablarme, cuando entró Hortensio, y hallando cierta su sospecha, perdió el color de modo que parecía un difunto, presagio de lo que había presto de ser.

Lo que dijo al caballero fue:

—Señor don Fernando, esta dama, que tanto paseáis, es mía; el llegar a ser su favorecido me cuesta muchas finezas y no menores desvelos; por mi cuenta corre en esta casa. Yo soy el dueño della y de su voluntad; querría suplicaros que la vuestra ponga en olvido el galantearla como hasta aquí, que hay prendas de por medio que me obligan a salir a la defensa.

Imitóle don Fernando, oyendo a Hortensio estas razones, en mudar el semblante, perdiendo el color del rostro, y lo que le respondió a tanta resolución fue decirle:

—Yo he ignorado hasta ahora que esta señora tuviese respecto, y a cualquiera que le conociera, que me pidiera cortésmente que no la hablara le diera gusto; mas helo oído de vuestra boca con tanta arrogancia que me obliga a no os lo sufrir; y así, de hoy en adelante, si me diere gusto de hacer lo que hasta aquí, lo haré sin temer que ose nadie estorbármelo, siendo quien soy, pena que tengo criados que le harán dejar la afición con muchas cuchilladas y no será poca honra.

—La que a mí me sobra —replicó Hortensio— me obliga a no sufrir demasías de ninguno, por noble que sea; y así, si el señor don Fernando gusta de darme por su persona esas cuchilladas, me holgaré de ver cómo me las da en el campo de San Francisco, que allí le aguardaré desde las diez de la noche en adelante con mi espada y broquel.

Aceptó don Fernando el desafío, saliéndose con esto uno y otro de mi posada, sin volver a verme Hortensio, cosa que me puso en notable cuidado. Lo que resultó de la pendencia fue morir Hortensio, todo mi consuelo, y quedarme yo sin él.

Esto se hizo con tanto secreto que no fue sabido, aunque se echó menos. No me atreví a descubrir el homicida, por ser persona tan noble. Quedé sin esposo, y solo supe deste mancebo que me acompaña y se halló en la pendencia, que se acompañó el caballero de algunos criados suyos para mi desdicha. El cuerpo de Hortensio no pareció, ni yo supe qué se hizo.

A pocos días de su muerte me hallé más desconsolada, viéndome preñada; aconsejáronme algunas personas de la ciudad, a quien conté mis ansias (sabido lo que acá pasó de haber traído el cuerpo) que viniese aquí, y echándome a vuestros pies, manifestase mi trabajo, que vos érades de tan nobles entrañas que me favorecíades, porque volver a los ojos de mis deudos en Alba antes pasara por mil muertes que tal hiciera.

Aquí he venido a serviros como una criada de las de vuestra casa; como a ellas me tratad, hasta que el cielo se sirva de alumbrarme y os dé un hijo de vuestro querido hermano por sobrino, que, como salga a luz, después podéis ordenar de mí lo que fuéredes servido.

Dijo esto la Estefanía con tanto afecto y significando tan bien su pena, que otro más desalmado que el ciudadano lo creyera; y supo venir tan en ello con el hábito de viuda que no excedió un punto de la instrucción que Trapaza le había dado.

Recibió el ciudadano a su cuñada con mucho gusto, renovándose, con su presencia y la relación que le hizo, la muerte de Hortensio, su hermano; vio también el vientre de Estefanía, que manifestaba estar preñada de tres o cuatro meses, con la ropa que mentía el fingido preñado.

Finalmente, ella fue en todo creída, y como el ciudadano era rico, heredero de su hermano, y no tenía hijos en su esposa, compadecióse tanto de Estefanía que la ofreció su casa mientras viviese con muy sencilla voluntad, y esto mismo la dijo su mujer.

Agradeció la taimada hembra el honrado y piadoso ofrecimiento; y así ella como Varguillas quedaron en casa del ciudadano.

Luego pasó la palabra por Trujillo de la venida de Estefanía (que decía llamarse doña Marcela), y todos los deudos del difunto la fueron a visitar, a quien refería la muerte del malogrado, su esposo, sin variar un ápice de cómo la había referido al que llamaba su cuñado.

Regalábanla con mucho cuidado, y dentro de pocos días libró en ella su cuñada el gobierno de la casa (como la vio tan cuidadosa y solícita), fiándola las llaves de ella, cosa que Estefanía deseaba en extremo, que eso era a lo que tiraba.

Varguillas servía de criado al ciudadano y no dejaba de acudir a la cárcel a dar a Trapaza nueva de todo lo que sucedía. El herido estuvo bueno y con visura de médicos dado por tal, con lo cual Trapaza fue libre de la prisión y del destierro. Había cobrado en ella grandes amigos, por serlo de aquel caballero preso, y así, hoy con uno y mañana con otro, comía todos los días, no le faltando por lo bufón cuanto había menester, mejor que si fuera un hombre necesitado y de buen proceder.

Íbase entre los tres disponiendo la partida en la forma que Trapaza la tenía ordenada, que era con algún famoso hurto hecho al ciudadano que le había puesto en la cárcel, y los avisos de todos llevaba Vargas.

Hecho el concierto de la noche que Estefanía había de faltar, tres días antes Trapaza se ausentó de Trujillo, despidiéndose de aquellos caballeros y de algunos otros amigos, los cuales, a la partida, todos le dieron donativo.

Con este dinero y más el que Estefanía le envió (como quien gobernaba y tenía debajo de su mano todo cuanto poseía el ciudadano), compró en una aldea cerca de Trujillo dos rocines de paso muy buenos, cosa importante para su fuga que pensaba hacer, y trayéndolos a la ciudad la noche que tenían concertado, Estefanía y Vargas dejaron dormir a todos los de casa y, habiendo tomado el dinero que pudo haber en oro y plata, que serían más de mil escudos y otros mil de joyas, se salieron con buen compás y silencio de la casa de su fingido cuñado sin ser sentidos.

Ya sabían dónde habían de hallar a Trapaza, que los estaba aguardando con los rocines; halláronle en el puesto, y sin aguardar a solemnizar la vista entre los dos amantes, cada uno se puso a caballo y Varguillas a las ancas del de Trapaza. Dejaron a Trujillo en una noche algo oscura, que en esto les fue favorable para que no les viese nadie.

De lo que sucedió en casa del ciudadano esotro día no diré por no tocar a mi historia. Quién duda que a la mañana, habiendo echado menos a los dos, serían buscados con cuidado, hallando con su fuga menos el dinero y joyas, haríanse diligencias por orden de la justicia, dejarían mala opinión de sí, no solo de ladrones, pero de amancebados; sentirían con mucho extremo la pérdida, mas todo se acaba con el tiempo.

Capítulo VIII. De lo que sucedió a los tres fugitivos y cómo Trapaza perdió a Estefanía al entrar a Córdoba, con otras cosas

Alegremente caminaban Trapaza, Varguillas y Estefanía camino de Sevilla con la linda moneda y joyas que habían quitado al ciudadano de Trujillo; dos días caminaron y de noche, con la Luna que hacía, por no ser hallados si acaso los siguiesen.

Llegaron, pues, a una venta que distaba media jornada de Córdoba, al amanecer; pidieron camas, y habiendo descansado hasta medio día, se levantaron y previnieron la comida, que fue de lo que se halló en la venta, de que están siempre todas las de aquel camino muy proveídas, así de perdices como de conejos y aves y toda suerte de caza menuda. Tomaron, pues, unas perdices y, aderezadas, comieron con mucho gusto.

Acabada la comida, oyó Trapaza en el portal de la venta rumor de juego y él, que era tahúr de corazón y le brindaba a jugar el verse con dinero, entró a hacer una parada de pintas, adonde se jugaba, con el dinero que en la faltriquera traía, que serían cosa de veinte escudos. Díjole mal el naipe, y en breve espacio se los quitaron, que había águilas en aquel juego.

Envió Trapaza a pidir más dinero a Estefanía con Varguillas; sintió ella la pérdida de lo que llevaba y por entonces (aunque lo sintió mucho) le dio doscientos reales en plata. Éstos siguieron a los perdidos, y, picado Trapaza de verse ganar cuando se tenía por uno de los únicos en la flor, volvió a enviar por más dinero; negóselo la dama, y porfiando con su recaudo Vargas, halló el mismo despacho que con el primero, con lo cual, enfadado, Trapaza dejó el juego, y acudiendo al aposento donde estaba su hembra, la pidió con caricias más dinero. Correspondióle con enfados, como señora del que había hurtado al ciudadano, y hízose fuerte en no dárselo; con lo cual, perdida del todo la paciencia, se atrevió Trapaza a la grosería de manotearla el rostro con algunas bofetadas.

Alzó el grito, creció la mohína en el perdidoso tahúr; acudió con más, derramándose el poleo, y vertiéronse las mayas, como dicen, que es alterarse la paz en buen romance; conque, porfiando ella a salirse con la suya, alborotó con voces toda la venta, obligando esto a dejar el juego los tahúres y entrar a ponerse en medio de la rencilla.

Compusieron a los amantes, y, siendo hora de caminar, Trapaza se puso a caballo y su gente, y tomaron el camino de Córdoba, donde iban aquella noche a dormir, yendo Estefanía con un capote de un palmo, y a las ancas de su rocín, Varguillas.

No había Trapaza llegado al dinero por ver que el juego se había deshecho con su pendencia; y así Estefanía se le llevaba en una valija de cuero delante de sí. Los que estaban en la venta seguían el mismo camino de Córdoba y iban todos en compañía: toda era gente moza y de grajante humor. Trapaza no lo era menos; iban todos diciendo donaires y contando cuentos graciosos, conque no se sentía el camino.

A todo cuanto en él se habló, aunque fueron chistes y donaires ridículos para provocar la risa al más compuesto, nunca mudó semblante Estefanía, yendo ella y Varguillas muy metidos en conversación aparte, como iban juntos a caballo, cosa que notó bien Trapaza, dándole un recelo esto, temiéndose de lo que después sucedió.

Llegaron a Córdoba cuando quería anochecer, y a la puerta de la ciudad, cosa de un tiro de piedra, vieron cuatro hombres que en medio de un llano, sacando las espadas con lindo brío, dijo uno dellos:

—Ea, señores, échese aparte esta diferencia, pues habemos salido a eso.

Comenzáronse luego a acuchillar alentadamente, al tiempo que desde el camino vieron esto Trapaza y los caminantes que venían en tropa. Parecióles que no era razón dejar pasar adelante aquella pendencia y, apeándose, se metieron en medio a despartirlos, cosa que no consiguieron luego, porque los desafiados estaban encarnizados y dos dellos heridos y querían concluir con aquel duelo. Con esto, los recién llegados acabaron que se diesen las manos, y hechos amigos se volviesen a la ciudad.

No debía de ser el negocio por que reñían muy pesado; y así vinieron en ello: obligado el uno de los cuatro a lo que trabajó Trapaza en que se compusiesen; y así le convidó con su casa para que posase en ella. No lo aceptó por ir en compañía de su enojada hembra; y así, volviendo a buscarla, no la halló en el sitio que la había dejado; solo a su rocín le tenía de las riendas un muchacho, el cual le dijo que aquella señora, así como le vio metido en la pendencia, con el mancebo que la acompañaba, se entraron a toda priesa en la ciudad.

Era ya de noche y hacía Luna, conque Trapaza se fue de mesón en mesón buscando a su Estefanía, y en todos cuantos tenía la ciudad no halló quien le supiese dar nueva alguna della por las señas que daba.

Fuese, desesperado de pesar, a posar en un mesón, con determinación de levantarse de mañana y no dejar en toda la ciudad rincón en que no la buscase, porque, aunque desde la pesadumbre de la venta quedó receloso de su voluntad, no se persuadía a que la mudaría dejándole, ni tampoco que Varguillas se lo consintiera. No estaba en lo cierto, porque sentida Estefanía de que la hubiese maltratado en la venta, todo el tiempo que gastó en llegar a Córdoba, vino concertando con Varguillas irse de la compañía de Trapaza; y como viesen tan buena ocasión de meterse a poner paz en la cuestión dicha, quedáronse fuera de Córdoba con ánimo de volverse del camino y dar con sus personas en Madrid, adonde Varguillas procuró inclinar a Estefanía con ánimo de ser de allí adelante su respecto y obligarla para que lo quisiese.

No fueron menester muchos ruegos, porque es natural en las mujeres escoger lo peor; y así, ofendida Estefanía del manoteado de Trapaza, quiso vengarse en dejarle y irse con Varguillas, escogiéndole por galán. Así tomaron su derrota a Madrid, donde a su tiempo se hablará de Estefanía, por volver a Trapaza que quedó aquella noche metido en varios pensamientos de lo que había hecho Estefanía, nunca determinándose a culparla, por tener de sí confianza de que era amado de ella.

Vino el día; y levantándose de mañana nuestro Trapaza, con el cuidado de buscar su moza de nuevo, volvió a no dejar posada en Córdoba en que no preguntase por ella: no halló las nuevas que deseaba, o ninguna por decir mejor; solo en una le dijeron que la habían visto pasar la puente y ir camino de Sevilla, dando algunas señas de las que pedía Trapaza. Esto le fue de gran dicha a Estefanía, porque volviera por el camino que había traído y era fuerza encontrarla.

Con esto se determinó Trapaza a partirse luego a Sevilla, pero hallóse sin blanca con que hacer esta jornada y no con prenda alguna que vender, si no era el rocín; determinóse a venderle, y entrando en la caballeriza para limpiarle y sacarle a vender, vio que cerca dél estaba otro de su mismo pelo, que era rucio, y prontamente se le vino una traza para tener rocín y dineros, que fue vender el ajeno por suyo y salir de allí a caballo. El rocín, de un forastero que asistía allí a un pleito, persona que por miserable no traía un criado consigo, teniendo hacienda para tener dos; y así, con toda su calidad (de que se preciaba no poco), iba a echar paja y cebada a su rocín, sin remitir este cuidado siquiera a un mozo del mesón, entendiendo que le había de sisar el pienso.

¡Oh codicia, lo que haces! ¡Oh miseria, a qué de bajezas te pones! Ninguno ha tenido las dos, que con la primera no se haya visto en muchas afrentas, y con la segunda no haya gastado más que hiciera un generoso.

Baste de sermoncito y volvamos a Trapaza, que sacó el rocín del forastero a vender con lindo desenfado delante del mesón. Como el suyo era del mismo pelo y tamaño, nadie se pensó que era el ajeno, y así, viniendo compradores, se trató de la venta; hubo algunos codiciosos, y en breve dieron por el rocín cincuenta ducados, conque se le llevaron, habiendo pagado su dinero a Trapaza.

Él estaba ya metido en nuevo pensamiento de cómo sacaría el suyo sin dar nota: no halló otro medio sino llamar a un muchacho y darle medio real porque le sacase el rocín a beber al río, ensillado y puesto el freno en el arzón de la silla, advirtiéndole que si le preguntasen quién se lo mandaba, dijese que el forastero pleiteante de quien ya sabían el nombre. Sucedióle bien esto, porque el muchacho sacó el rocín y dijo lo que le advirtió Trapaza; llevóle hasta el río, adonde le esperaba su dueño. Allí se le tomó y, enfrenándole brevemente, se puso en él y tomó el camino de Sevilla.

Al tiempo de volverse el muchacho por el mesón, ya el forastero había venido a él y entrado a la caballeriza a ver su rocín, y como no le hallase en ella, preguntó con no poca alteración al huésped por él. Él le dijo que un muchacho, por orden suya, le había llevado a beber al río.

—Yo no mandé tal —dijo el forastero.

Replicaba el huésped afirmando habérselo dicho así el muchacho, y él porfiaba que tal no había mandado.

Estando en esto, volvió por allí el muchacho, y como fuese conocido de algunos que le habían visto llevar el rocín, le llamaron. Preguntóle el pleiteante por él, y él dijo de plano toda la verdad, juntamente con el advertimiento de Trapaza, conque dieron por constante que se le llevaba. Íbale la reputación al huésped en no dejar pasar así aquello por no descontentar al pleiteante, porque también se iba Trapaza sin pagarle dos camas y otras cosas que había tomado de su casa. Era hombre ágil, tenía un rocín grande andador, y, puesto en él, y dando otro de un forastero al pleiteante, en breve tomaron el camino de Sevilla en seguimiento del ladrón de Trapaza, bien prevenidos de armas de fuego.

Caminaba Trapaza con cuidado, pero no le tuvo en dejar el camino real, con la confianza de pensar que se podía alejar mucho dellos primero que echasen menos el hurto. No le sucedió así, porque los ofendidos siguieron el camino a toda priesa, galopeando los rocines, de modo que en un llano le alcanzaron y, apeándole del rocín, con los arcabuces le molieron a palos, le quitaron el rocín y cuanto dinero llevaba; y le dejaron allí, tendido en el suelo, lamentando su desdicha.

Esto le sucede a quien se vale de lo ajeno por tales medios.

Con la similitud de los rocines, el forastero no desconoció el que había tomado. Dejémosles, que allá lo averiguará o como mandare, y volvamos en otro capítulo al lastimado Trapaza.

Capítulo IX. De cómo Trapaza se acomodó en un carro hasta Sevilla, cómo un estudiante les entretuvo con una novela y la mala obra que a Trapaza y a otro caminante les hizo el carretero, y cómo se vengaron

«Tendido en la verde hierba» (así comienza un romance antiguo), estaba el lastimado bachiller Trapaza, despojado de su rocín y de los mal adquiridos dineros de la venta del ajeno, (que esto hizo el mesonero de oficio a título de cuadrillero de la Santa Hermandad), no fue muy humano en la caridad con el despojado, mas todo lo había merecido su término. Entre el dinero que le dieron de la venta del rocín que fueron cuarenta reales de a ocho, y éstos se puso en un aforro del jubón, de manera que éstos le quedaron para consuelo de su angustia.

Tomó, pues, el trote, y como era ligero, en breve espacio llegó a mediodía a un lugar seis leguas de Córdoba, donde, al irse a un mesón, vio que estaba para partirse un carro para Sevilla. Concertó con el carretero si le quería llevar en la compañía de otros que en él llevaba, y concertado su flete, le dio en señal un real de a ocho, montándose más, que reservó a pagar en Sevilla. Con esto se acomodó en el carro; iban en él dos estudiantes de Córdoba, un maestro de armas de Ciudad Real, un clérigo de Adamuz y un muchacho de Almodóvar, de edad de diez y seis años, muy bien vestido y con su daga y espada.

Comió Trapaza y aguardáronle a que comiese los demás, de quien fue muy alegremente recibido en el carro por compañero, conque partieron de allí.

En breve supo Trapaza de dónde eran los compañeros, y él también dijo su lugar, y que le obligaba a llegarse a Sevilla tener un hermano enfermo. En lo de ir a pie dio la salida de habérsele muerto un rocín en Córdoba, y tuvo razón, que el forastero se le afufó de su poder y aun el dinero del suyo el mesonero.

Alegres iban todos por su camino, tratando de varias materias; solo Trapaza no llevaba muy buen humor con lo que le había sucedido, así con Estefanía como con el mesonero. Quiso un estudiante de los dos divertirles un rato porque no se les hiciese pesada la jornada, y tomando licencia de todos, les refirió esta novela:

Novela de Lucendra y Rugero

«Bramaba el mar Tirreno, y con sus soberbias olas amenazaba a las estrellas, pareciendo a la vista que quería turbar su luciente esplendor; la furia de dos encontrados vientos era grande, de manera que ella levantaba montañas de espuma en el salado golfo de Neptuno, causando horror ver desde tierra el cielo oscuro, tronando las nubes y de cuando en cuando mostrar entre lo oscuro de sus opacos senos los relámpagos anunciadores de los tremendos rayos. Todo era confusión, todo espanto, aun de los que se hallaban en tierra. ¿Qué sería quien fluctuaba con las aguas y pasaba recia tormenta?

Cerca del puerto de Mesina, entre esta confusión de olas, derrotó un hombre que arrojó el mar de sí como a una de sus algas a la orilla; venía abrazado con una gruesa tabla, que fue quien le libró de la muerte. Vieron su salvamiento desde una quinta vecina al mar, unas damas que estaban solazándose en ella un mes había, y mandaron a un criado que fuese a valer aquel hombre.

Hallóle ya besando la tierra en agradecimiento de haberse librado del mar. Era un joven de veinte y cuatro años, hermoso de rostro, buena proporción de cuerpo, y venía con sola una ropilla de lama de oro verde y en calzones de lienzo que el conflicto de la tormenta no le dejó, con la priesa, desnudar del todo. A éste, pues, llegó a hablar el criado diciéndole cómo unas damas que habían vístole venir por el mar batallando con sus olas, compadecidas dél, le habían enviado a que lo socorriese. Agradeció el buen deseo y estimóle con razones discretas y de hombre prudente.

Traía orden el criado de llevarle a la quinta, y así se lo dijo; él aceptó la merced que se le hacía, y para ir allá más encubierto, arrojó de sí la ropilla y jubón, quedándose con sola la camisa y calzoncillos de lienzo, que por ser verano se pudo tolerar.

Advirtió en esto el criado, y dejándole ir adelante, a otro compañero suyo (que acudió también allí) le dijo en secreto que se llevase aquella sopa a la quinta; no advirtió en esto el naufragante, y así se hizo sin saberlo él. Llegaron, pues, a la quinta, donde halló en la primera entrada della tres damas que le estaban esperando, todas de singular belleza, pero una dellas se aventajaba a las dos en esto con grandes excesos, en quien puso el recién venido los ojos, admirado de ver tanta hermosura. Ella y las demás preguntaron al recién derrotado cómo le había sucedido aquella desgracia y de dónde era; a que respondió en su misma lengua siciliana (que él sabía muy bien) que era un mercader veneciano, que venía con una nave de mercadurías de Venecia, su patria, para Sicilia, y que, con una recia tormenta, se había abierto el vaso y perecido a más de la gente que traía con toda la ropa, y que había sido gran suerte suya poderse desnudar y echarse al mar abrazado a una tabla, en que había aligerado el peso de su persona y salvado la vida en tierra de cristianos, adonde lo primero que había experimentado en ella era su caridad, de que les daba las gracias.

Pagadas las dejó a las damas la persona del forastero y sus razones. Preguntáronle su nombre y dijo llamarse Filipo, con cuyo nombre le llamaremos de aquí adelante.

Aquella dama superior a las dos en belleza mandó al criado que le había traído que le llevase consigo y que en la recámara de su padre le vistiese de algún vestido lucido de los de su merced. Hízolo así el criado; vistióse Filipo desde la camisa hasta todo lo demás, y mientras se vestía, preguntó al criado que por cortesía le dijese quiénes eran aquellas damas. Él le dijo que la más hermosa era hija del duque de Calabria, única heredera suya, y las otras, sus primas. El nombre de su señora era Lucendra, y los de las primas (que eran hermanas), el de la mayor Laudomira, y la otra Lineydas.

Holgóse mucho el forastero de que aquella dama fuese de tanta calidad como le decían, que, estando en su casa, no podía dejar de recibir merced della.

Acabó de vestir un vestido de color, de lama de oro parda, guarnecido con alamares bordados; diole aderezo de espada y daga dorado, sombrero con muchas plumas pardas y doradas, y muy a lo soldado, se volvió a presentar a los ojos de las tres damas, que se holgaron sumamente de ver cuán galán era, en particular la hermosa Laudomira que puso en él los ojos con alguna amorosa y casta afición.

Allí dio las gracias a la hermosa Lucendra de la singular merced que recibía, y ella le dijo:

—Yo espero aquí brevemente al duque de Calabria, mi padre, que no se holgará poco en saber lo que he hecho contigo. En tanto te puedes estar y descansar en esta quinta, y si del trato de Su Excelencia y casa te pagares, no teniendo por el presente otra comunidad, te puedes quedar hasta dar aviso en tu tierra a tus parientes y amigos de lo que te ha sucedido.

A esto respondió Filipo:

—Hermosísima Lucendra, a mí me sobra la merced que con vuestro ofrecimiento me hacéis, y es mayor la comodidad que yo merezco; y de suerte que, olvidada mi patria, gastaré lo que me quedare de vida en servicio del duque, mi señor y vuestro, no saliendo de vuestra casa, pues tal amparo he hallado en ella.

Deseó Lucendra saber qué letra hacía y mandóle escribir; hízolo, y, aunque no era muy asentada, le pareció sería bastante para ocupar el oficio de secretario suyo, que había poco que se le había ido a España el que tenía.

Con esto se le señaló alojamiento, y por acercarse la noche le mandó Lucendra recoger. Ella quería hacer lo mismo, cuando el criado que le había traído allí entró en su cuarto, y, diciendo que la quería hablar aparte, se apartó con él a otra pieza, donde la dijo:

—Vuesa Excelencia sabrá que cuando quise traer a vuestra presencia a Filipo, él traía vestida una ropilla y jubón que son los que aquí veréis —y mostróselos—; y éstos se quitó y arrojó de sí, y yo, viendo que en tanta necesidad y aflicción hacía aquello, lo estrañé, y encargué a Leonelo se lo trajese secretamente.

Vio Lucendra la ropilla y el jubón, y como está dicho, la ropilla era de lama de oro verde, muy guarnecida de alamares de plata y oro; el jubón era de ámbar, bordado también de oro, con matices verdes, cosa que puso en grande admiración a la dama.

—Pues no para en esto —dijo el criado—, que, sin advertir en ello, con el susto terrible de su derrota, dejó al ojal del mismo jubón esta bolsa de reliquias, que no la he abierto hasta que Vuesa Excelencia lo haga.

Era la bolsa de cuero de ámbar, toda ella era bordada, algo crecida; en ella estaba metido un relicario de oro y diamantes; y en dos puertecillas que le cerraban había dos retratos, uno de dama de mucha hermosura y otro de un caballero parecido a Filipo, el cual tenía al cuello el Tusón de Oro que da el rey de España, insignia bien conocida de Lucendra; conque se acabó de admirar y de tener al forastero por persona de mayor porte que el que había publicado, y, si hasta entonces había dormido la voluntad, aunque le había visto, desde aquel punto despertó para amarle con alguna pensión de celos que le daba el hermoso retrato que vio en las puertecillas del Agnus, porque se presumió (como era cierto) ser de alguna dama que tuviese.

Encargó mucho a Camilo (que así se llamaba el criado) que no dijese nada de aquello que había visto, hasta averiguar del todo quién fuese aquel forastero.

Con esto se retiró a cenar con sus primas, y con el cuidado grande que le daba el recién venido, cenó poco y durmió menos, que una pasión recién nacida inquieta mucho. En toda la noche pudo reposar, viniéndole mil pensamientos e imaginaciones, y con el deseo grande de verse con el fingido Filipo, se levantó más de mañana de lo que acostumbraba, cosa que a sus damas se les hizo grande novedad. Diéronle de vestir, y bajóse luego a un ameno y deleitoso jardín a pasearse por él.

Era por el mes de mayo, cuando las flores alegran y guarnecen los campos y su fragancia llena los aires de suaves olores. Habiendo, pues, estado un rato entreteniéndose en formar un ramillete de varias y diferentes flores, envió a llamar a Filipo sobre el cual había discurrido bastantemente, no pudiendo dar en lo cierto de la desgracia que le habría conducido a Sicilia, y deseaba en estremo saberla.

Llegó Filipo algo más alentado con los nuevos favores que recibía, y habiéndole hecho una gran cortesía a Lucendra, ella le preguntó si había descansado, a que respondió que sí, pues con la merced recibida en su casa era fuerza que el gusto le tuviese muy descansado y cuidadoso de servirla toda su vida en agradecimiento del amparo que hallaba. Mientras decía esto, no quitaba la hermosa Lucendra los ojos de Filipo, pareciéndole todas sus acciones muy de señor, aunque en las sumisiones que hacía, correspondiendo con lo que hablaba, las quisiese desmentir.

Díjole Lucendra que desde aquel día le encargaba la ocupación de escribir sus cartas de correspondencia, en particular a las que recibía del duque de Terranova, su primo, con quien trataba su padre de casarla. No le hizo buen estómago esto a Filipo, que había pagádose de la hermosura de Lucendra, y quisiera hallarla libre y no tratada de casar para servirla y festejarla.

Bien echó de ver Lucendra la mudanza de su semblante, y no la pesó de que, al nombrar al duque de Terranova, su primo, se enmudeciese y demudase.

Él dijo que en su servicio estaba, y dispuesto desde aquel día a agradarla, que era sobrada ocupación a su poca calidad y suficiencia, pero que sus fuerzas procurarían ajustarse a su ánimo, que era de no faltar a su gusto.

En esta y otras materias diferentes que se trataron, hallóla discreta y hermosa Lucendra muy capaz a Filipo, de manera que se acreditó desde aquel día de bien entendido.

Llegaron a esto las primas; y Laudomira, con la demasiada atención que puso en el forastero, descubrió su voluntad a quien penetraba ya los pensamientos, que era Lucendra, como interesada en quererle; y así, habiendo tenido intento de descubrir el secreto de las prendas que le hallaron a su prima, viendo esto, propuso celarse della de allí en adelante.

Mostrábase tan contento Filipo con estar en servicio del duque, que no hablaba en otra cosa con los criados, estando ellos no poco envidiosos de verle en tan breves días con tanta privanza con la hermosa Lucendra, que es muy propio de los palacios de príncipes y grandes señores no faltar en ellos muchas envidias de las medras de otros o de las ventajas y favores con que se ven excedidos en el entendimiento, porque son elegidos a mayores puestos de los señores.

Vino el viejo duque de la Corte de Sicilia; recibióle su hija con el contento que se puede creer de quien tan de veras le amaba; presentóle a Filipo, díjole su desgraciado naufragio, exageróle su talento, y el anciano duque confirmó la elección que había hecho su hija en hacerle secretario suyo.

Desde aquel día comenzó Lucendra a hacer averiguación de la calidad de Filipo, enviando a Venecia, su fingida patria, a saber si tal mercader había en aquella gran ciudad, de quien se publicase la pérdida de su nave, señalando el día della.

Esto se cometió al embajador del rey de Sicilia que asistía en aquella poderosa República, pero aunque hizo con todo cuidado la averiguación posible, no halló que tal hombre hubiese en Venecia, sino uno que asistía allí, ni se supo tampoco entre los navegantes y mercaderes tal pérdida, que es de ordinario quien presto lo sabe, porque ninguno parte a otro reino a vender su hacienda que no se lleve las de otros amigos encomendadas, y faltando éstas, era cierto saberse la tal pérdida. Con esto tuvo aviso Lucendra de ser falsa la relación de Filipo, aunque tuvo en breve otra del reino de Nápoles, en que el príncipe de Salerno, habiéndose embarcado y tomando la derrota para Sicilia, se había anegado en el mar, y que aquel estado había quedado sin sucesor, por ser mozo, y le pleiteaban dos damas, primas suyas, aguardando la sentencia a su favor quien más derecho tuviese a él de las dos. Por esto le hizo a Lucendra pensar que fuese éste el fingido Filipo; y así anduvo con algún cuidado por hallarse en ocasión con él, en que por cifra supiese della que sabía era más de lo que había manifestado antes de verse en ella. El criado que le mostró la joya reveló a Laudomira este secreto y cómo lo sabía Lucendra; conque la dama entregó del todo la voluntad al amor. Y para darle motivo a que comenzase su galanteo, un día que estaba en un retrete Filipo respondiendo a unas cartas que le habían escrito a la hermosa Lucendra (estando él de esto muy descuidado), por entre la puerta, que estaba medio abierta, le arrojaron un papel: viole caer, y levántose con mucha presteza a ver quién se lo había arrojado; mas por mucha que se dio en salir del retrete, se le escondió Laudomira, que era quien se atrevió a esta acción por no fiarse de nadie.

Alzó el papel del suelo y en él leyó estas razones:

«Una dama de Su Excelencia desea que paséis una mala noche por ella, fiando que vuestra cortesía sabrá pasar muchas por quien le sepa obligar con favores. A la ventana última de la galería que cae al jardín os espera después que la gente esté recogida. El cielo os guarde».

Determinóse Filipo a ir a verse con esta dama a la hora concertada, no presumiendo que fuese Laudomira la que le llamaba ni su hermosa hermana, sino alguna dama de Lucendra. Volvióse a la ocupación que tenía, y estando en ella, fue llamado de Lucendra por una dama suya; acudió a su cuarto a ver lo que le quería y hallóla escribiendo. Pidióle una carta que le había dado para que se la consultase después, y con la turbación de ver su hermosura, Filipo le dio envuelto con la carta el papel que poco antes había recibido, sin reparar en ello; tomólo todo Lucendra, y mandóle que acabase de responder a las cartas que tenía a su cargo, conque dejó su presencia.

Bien echó de ver Lucendra el otro papel que, turbado, la había dado sin ver lo que hacía, y por eso le despidió luego, que quiso ver si era suyo para ella, pues, como quedase sola, abrióle y conoció ser la letra de su prima, cosa que sintió en extremo, dejándola los celos abrasada. Quiso gozar la ocasión, y así aquella noche ocupó a su prima de manera que, dejándola con su hermana y a las dos cerradas en su aposento, ella salió a la media noche a la galería; desde ella vio a Filipo que estaba esperando ser llamado della; hízole una seña, conque llegó a ponerse debajo de donde estaba la ventana.

Lucendra, disimulando la voz, le dijo:

—Mucho habréis sentido, señor Filipo, la mala obra que os habré hecho en dejar la quietud de la cama por el sereno; mas de quien es tan galán como vos me prometí que al mandato de una dama vendríades muy obediente, como yo lo experimento, sin sentir perder las comodidades de la cama y sueño.

—Habéis acertado en conocerme la condición —dijo Filipo—, que es siempre de servir a las damas, y por la primera vez fuera grosero término no venir aquí muy de voluntad.

—¿Y por la segunda? —replicó ella.

—De la segunda no os digo nada, que soy tan leal criado de la hermosísima Lucendra, que todo aquello con que sé que se ha de disgustar huyo de dilinquir en ello. Sé que hace confianza de mi persona, véome indigno de merecer este favor que recibo, sé que mi humildad no se debe colocar en empleo tan superior con el fin de matrimonio; y así, conociendo todo esto, veo que para pasar tiempo me pongo a riesgo de desdecir de la opinión en que me tienen. Y así esta noche sabré lo que me mandáis en qué me ocupe de vuestro servicio, y lo que dél más se os ofreciere me lo podréis avisar por el modo con que me avisasteis que viniese aquí.

—¿Por qué modo fue —dijo Lucendra (como ignoraba de la suerte que le habían dado el aviso)— que yo encomendé a una amiga que os diese aquel papel?

—Arrojándomele —dijo él—, en el retrete donde escribo.

—Ya quedo advertida —dijo ella—, pero agraviada de que seáis tan poco cortesano que a la primera noche me desahuciéis de que no volveréis a hablarme. ¿Qué sabéis lo que traigo que deciros en vuestro favor?

—Cualquiera cosa —dijo él— que sea, será para entreteneos conmigo, como nuevo en esta casa, y no me habéis de persuadir a otra cosa.

—Y si yo fuese tercera —dijo Lucendra—, de unos amores ocultos de que vos no tenéis noticia, ¿qué me diríades?

—A mucho os aventuráis —dijo él—, y sois muy moza para tomar eso por vuestra cuenta.

—¿Cómo echáis de ver que lo soy? —dijo ella.

—En que vuestra palabra —dijo él— me asegura que esto es verdad y que, siendo anciana, no buscárades horas incómodas para hablarme.

—¿Veis cómo voy echando de ver —dijo ella— que habéis sentido el sueño que os he quitado, pues a media noche os parece hora fuera de costumbre? ¿Qué más dijera una delicada doncella?

—No me afrentéis —dijo él—, que no sabéis lo que yo sé hacer cuando me importa, y el sueño que pierdo cuando quiero bien.

—¿Habéis tenido amor —dijo ella— que dudo desto?

—Sí he tenido —replicó Filipo—, y tanto que no quisiera hablar en este particular por la pena que siento tratar en él.

—Yo os daré un buen despique —dijo ella—; sabed que una dama de mi señora desea que la comuniquéis mucho, si bien con secreto, por esta ventana o por otra parte por donde fuéredes avisado, y esto hace aficionada a vuestras partes. Mal galán haréis si temores os hacen dejar esta empresa en que os aseguro una grande dicha si llegáis a lograr este empleo.

—Muy mal galán haré con la voluntad sola, desdiciendo de mi condición, que es servir a mi dama no solo con finezas de afición, sino con presentes y regalos, que en esto se conoce el verdadero amor; desto carece un forastero recién llegado a este reino, sin conocimiento de nadie, arrojado de la fortuna en esta tierra, que parece segundo nacimiento el mío, pues salí desnudo a la orilla del mar.

—¿No os quedó alguna joya siquiera de vuestros naufragios? —dijo Lucendra maliciosamente.

Aquí reparó Filipo, que hasta entonces no se había acordado que en el jubón que arrojó cuando salió del mar iba el relicario de diamantes con los dos retratos, y presumió si acaso lo habían hallado y aquello se lo decían por esto; y así respondió qué joya había de sacar quien se quisiera desnudar del pellejo por venir más ligero a ser posible.

—Ahora bien —dijo Lucendra enternecida—, no os piden dádivas ni esas galanterías aquí, sino que améis firmemente; y así, por esta noche solo os pido que no faltéis la que vendrá, no hablándome aquí, sino a una reja baja de ese jardín, y esto ha de ser más tarde.

Ofrecióselo así Filipo, conque se despidió de Lucendra muy contenta con esperarle la futura noche. Diferente gusto tenía Laudomira, su prima, pues con la ocupación en que la puso y el ver la puerta de su aposento cerrada, se le malogró el verse con Filipo, conque no pudo dormir de pena, sospechando si Lucendra llegó a saber algo del papel, a que no podía persuadirse, y así quiso asegurar a su prima por unos días sin avisar a Filipo.

La siguiente noche acudió a la hora señalada Filipo y halló a Lucendra en la reja que le había avisado que acudiese, habiéndose fiado de una dama, su privada, que la hacía centinela, temiéndose de Laudomira. Hablaron en varias cosas, declarándose Lucendra ser ella la dama que deseaba ser servida, cuyo nombre no le decía por entonces hasta haber conocido de sus finezas que le mereciese saber, y porque no sintiese hallarse imposibilitado para servirla, ella no quería más dél de una firme fe y una pura voluntad. Ofrecióle Filipo tenérsela, y al despidirse aquella noche, Lucendra le arrojó un lienzo en que iban envueltas joyas de mucho valor.

No vio lo que le daba Filipo con la oscuridad de la noche; y así, en su aposento, desdoblando el lienzo, vio las joyas, cuya riqueza le admiró y puso en grande confusión, no sabiendo quién sería la dama que dádivas de tan grande precio le había dado, porque dudaba que fuese de las que servían a la hermosa Lucendra, y persuadíase a que sería una de sus dos primas.

Estas joyas mandó comprar Lucendra en la ciudad para dar a Filipo, porque las suyas no fuesen conocidas. La Corte estaba entonces en Mesina, dos millas de aquella quinta, y el duque de Terranova, deseando que su prima volviese a la Corte, publicó un torneo para el día de San Juan, del cual quiso ser mantenedor. Previniéronse galas e invenciones, no dudando ninguno de cuantos entraban en él de gastar, que, como eran enamorados, lo hacían con mucho gusto.

Luego que se supo la publicación del torneo en la quinta, esa noche, viéndose Filipo con la encubierta dama, que aún no le había dicho su nombre, trataron del torneo, diciéndole ella cómo era fuerza que su señora Lucendra fuese a la Corte a verle, pues por su causa se hacía; cosa que ella sentía mucho, por dejar la comodidad de la quinta y el verle.

Filipo, llevado de su inclinación generosa, y no acordándose de la profesión y ejercicio que publicó tener cuando allí vino derrotado, dijo que a no hallarse forastero y solo, él se holgara de tornear.

Mucho gusto recibió Lucendra de oírle esto, porque ya en ello descubría su ilustre sangre, pues era cierto que siendo mercader no se le levantaran los pensamientos a tal ejercicio, propio de los caballeros generosos; y así le dijo que si él quería tornear, tendría ella mucho gusto de ver cómo lo hacía y que, porque se le cumpliese, le acomodaría de lo que se le ofreciese y que ese día sabría su nombre. Para otra noche le mandó que no faltase en todo caso, y él se lo prometió, conque se fue a dormir.

Como Laudomira deseaba hablar con Filipo y no se le lograse el deseo, aquella noche, habiendo dejado asegurar a Lucendra, le volvió a arrojar otro papel en que le decía:

«El papel que os escribí os habrá tenido confuso no hallándome en el señalado puesto de la ventana de la galería. Esta noche, sin falta, acudid a ella, donde pienso desenojaros y que sepáis quién os estima. Acudid temprano».

En notable confusión dejó a Filipo el leer este papel, y no sabía qué determinar. Citábale para hora cómoda, y así quiso aquella noche salir de la confusión en que se hallaba, de si eran dos damas las que le convidaban con plática, si bien a ninguna se inclinaba, como la verdadera inclinación la tenía a la hermosa Lucendra, y nada fuera della le satisfacía.

Vino la noche algo oscura, como la había menester; y acudió al primer llamamiento debajo de la galería, donde halló a Laudomira que le estaba esperando. Diósele a conocer luego, diciéndole:

—Filipo, yo he deseado satisfaceros de la queja que tendréis de mí por no haber venido con el primero aviso a hablaros; túvome aquella noche ocupada mi prima, y temiéndome que podía haber sabido algo de mi aviso, he querido asegurarla estos días. Ahora que sé que lo está, vengo a hablaros, que, en esta soledad, divertimiento debemos buscar las que estamos en continua clausura. Lo primero que os quiero pedir es que me digáis con certeza quién sois, porque la relación que habéis hecho de vuestra persona no nos satisface, desmintiendo las prendas vuestras que habéis dejado de manifestar, porque no pensásemos de vos lo que nos queréis encubrir. Por vida mía que yo sea desengañada y que alcance de vos el saber esto; y creed que si me sale mi sospecha cierta (como lo espero), podéis vos esperar mayores aumentos.

Confuso se hallaba ahora Filipo, viendo que la que le hablaba conocidamente era Laudomira, diferenciándose en la habla mucho de la otra dama; veía que instaba en que le dijese quién era, pero satisfecha de su relación, veía que le daba luz de las prendas que había dejado en la ropilla y jubón, y que daba su riqueza indicios de ser más que mercader y de Venecia, cuya República pone la mira de su buen gobierno en que ninguno della traiga costosos trajes, principalmente la gente de pueblo, como él había fingido ser, y sin esto, temía que el perdido relicario no manifestase en su retrato el porte de su gran calidad.

Lo que respondió a la dama fue:

—Hermosísima Laudomira, yo no puedo negar que esas prendas las arrojé de mí al tiempo del venir a esta quinta, no porque hallasen indicios de mayor calidad, que ésa no la tengo más de la dicha, sino porque lo mal tratado del agua no diese asco a quien me viese; y aunque yo sea veneciano, guardaré los estatutos de mi República en ella, mas fuera de mi patria, si no lo niego, por lo menos por mi porte quiero ser tenido en más que mercader; y así me vestí costosamente. Mas llegado a preguntarme la verdad, y más una tan gran señora como vuestra hermosa prima, hiciera muy mal en negarla donde esperaba amparo y el favor que ahora recibo. Esto es lo que os puedo decir a lo que me preguntáis; y si más fuera, por dejaros segura de vuestra sospecha lo supiérades de mí.

Bien echó de ver Laudomira que se quería encubrir y, por entonces, no quiso apretarle más en aquel particular, sino pidirle que viniese allí la noche siguiente a la misma hora. Ofrecióse a obedecerla, y, porque Laudomira sentía ruido dentro, temiendo no la hallase allí Lucendra, se despidió de Filipo, volviéndole a encargar que no faltase esotra noche.

Con lo que allí se detuvo, se hizo hora para acudir a la ventana del jardín, adonde partió de allí, llevando grande deseo de conocer a aquella dama que había sospechado ser la que acababa de hablar, porque la riqueza destas joyas le había parecido ser de otra que de Lucendra, de quien vivía seguro que no sería la que hablaba, por parecerle que no humillara sus pensamientos a hacer tales bajezas, sabiendo la poca calidad que había manifestado de su persona. Que a saber cierto que fuera Lucendra, le obligaba a declarar quién era, si bien el temer no ser creído le había acobardado para no lo hacer, por no saber cómo sería recibido del duque, su padre, que no se había portado muy amigablemente con el suyo, sobre cierta competencia de amores que los dos tuvieron en el reino de Nápoles, de que resultaron dos desafíos; y ésta fue la principal causa por que Filipo se encubrió allí.

Llegó, pues, a la reja del jardín, donde no faltó la encubierta dama, hallándola algo quejosa de su tardanza, culpándole por esto de poco fino. Diole algunas disculpas que la satisfacieron y estuvo con ella muy fino, de modo que, mostrándose desto obligada Lucendra, le dijo que quería anticiparle el favor diciéndole su nombre. Estimóselo Filipo con muchas exageraciones, y, al cabo dellas fingió la dama con él, diciéndole ser su prima Laudomira.

Atento estuvo Filipo a esto, mucho más que antes, y conoció muy bien ser la que le hablaba Lucendra, cosa que le dio tanto gusto que fue dicha no hacerle perder el juicio. Disimuló cuanto pudo y dejóse llevar del engaño, estimando el gran favor que le hacía y ponderando que a sus cortos méritos era exorbitante. Encargóle el secreto, y por ningún caso manifestase con acción pública que ella le favorecía, que en aquel punto perdería su gracia y aun la vida. Así se lo prometió, conque estuvieron pasando la noche en varias pláticas.

Y volviendo a tratar del torneo que se esperaba, le preguntó Lucendra si estaba con intención de entrar en él, como lo había dicho. Él dijo que sí.

—Pues si es así —dijo ella—, tomad ese papel y adiós, que es tarde.

Diole un papel y fuese, el cual visto después a la luz, vio ser una cédula de un mercader, en que decía a otro para quien iba dirigida que a la persona que aquélla entregase le diese mil doblones en oro.

Admiróse Filipo desta fineza y advirtió que estas galanterías nacían de ser en algo conocida su persona, porque su buen talle no humanara a una señora a hacer aquellas finezas, no obstante que era tan discreto, que su confianza no le desdecía desto, presumiendo poco de sus partes miradas sin su calidad; dejó hacer al tiempo, teniendo siempre en propósito de no descubrirse hasta ver el fin de aquel torneo.

Íbase disponiendo la fiesta a toda priesa, y solo faltaban tres días para el señalado, conque siendo convidado el duque a ella y su hija, hubieron de dejar la quinta y irse a sus casas a Mesina. En aquel breve tiempo, Filipo, con el mayor secreto que pudo, fue previniendo sus galas y vestidos de sus cuatro padrinos, que habían de salir de embozo, fiándose desto de un criado napolitano que había recibido, el cual sabía quién era y dél había fiado aquel secreto, ofreciéndole tenerle siempre, hasta que fuese su voluntad de hacer otra cosa.

Mientras el duque estuvo en Mesina no pudo hablar con Filipo Lucendra de noche, como acostumbraba, ni tampoco Laudomira, cosa que las dos damas sentían mucho, porque estaban muy aficionadas a él.

Llegóse el día del torneo en que el duque se prometía que, acabado, había de dar la mano a Lucendra, con la voluntad del duque, su padre, porque ya se había dado cuenta al rey y tenían la dispensación de Roma traída.

Habiendo, pues, acabado de comer el rey, salió al balcón de su palacio, que caía a una gran plaza, la cual estaba cercada de tablados ricamente adornados de varias y vistosas telas; en medio había otro tablado de cien pies en cuadro para tornear. Tenía cuatro entradas para hacerlas los combatientes. A un lado dél estaba una rica tienda de campaña; ésta era de brocado para que descansase en ella el mantenedor, su ayudante y padrinos con todos los caballeros que torneaban.

Vino a la plaza la hermosa Lucendra y sus primas, bizarrísimas de galas; acompañaban su carroza todo lo lucido y noble de los caballeros de la Corte. Subieron a Palacio y ocuparon un balcón largo dél, donde había otras muchas damas, no menos bizarras y hermosas.

Llegó la hora, y, oyéndose grande cantidad de varios instrumentos, vieron entrar por la una parte de su plaza cincuenta cajas y pífanos, vestidos todos de tela de plata verde, guarnecida con muchos pasamanos y alamares de oro, sobre pestaña leonada, que eran éstas las colores de la hermosa Lucendra. Seguíanse a éstos doce padrinos vestidos de tela riza verde, bordados los vestidos con torzales de oro y leonados. Detrás destos salió el mantenedor, de lo mismo que los padrinos: calzones y tonelete guarnecidos de luceros de plata, armas blancas listadas de verde, y en un grande penacho verde y leonado, puestos por empresa, un bordón de plata y encima un lucero grande de plata. La letra era ésta:

Yerra aquél que peregrina
sin aquesta luz divina.

Hizo su entrada airosamente, púsose en su puesto, y dejando la pica de guerra con que entró, le dieron una de combatir.

Siguióle luego su ayudante, que era un título de Sicilia, que no salió menos lucido, así de colores como de cajas, padrinos y todo lo demás. Su empresa, la de los que le sucedieron y las galas de todos, dejo de expresar por menudo; solo diré que el torneo se comenzó.

Había estado al principio viendo la entrada Filipo, cosa que estrañó Lucendra, viendo el sosiego con que estaba, juzgando desto que la había engañado con decir que quería entrar en el torneo. No se había aguardado hasta aquel punto en balde Filipo, sino solo para hacer una treta a Lucendra, y era que, como ella se había fingido Laudomira, su prima, aquella noche, quiso darla un picón con su mismo engaño; y así, poniéndose en puesto donde pudo dejarse ver de Laudomira, le hizo una seña de cómo iba a armarse; esto sin mirar por entonces a Lucendra.

No le entendió Laudomira por no haberle avisado desto, y así le dio a entender que ignoraba lo que le decía. De nuevo le hizo la seña, partiéndose de allí, dejando con esto a Lucendra casi fuera de sí de pena, sintiendo que ella misma se había hecho el daño en haberle dicho que era su prima y no veía la hora de deshacer lo que había hecho sin declararse.

Bajóse Filipo del balcón, y fuese a una casa donde le estaba aguardando su criado con ocho cajas y cuatro padrinos, vestidos todos de tela riza azul con alamares de plata, color que era de Laudomira. Él sacó unos calzones y tonelete de tela azul, bordados de ojos de plata y negro; el manto, que le arrastraba por el suelo, gran parte era de la misma tela y bordadura; el penacho, de plumas azules y blancas, y por empresa un Sol cercado de lucientes rayos, y decía la letra:

Cobarde es quien se retira,
puesta en vos siempre la mira.

Aludió al fin del nombre de Laudomira. Con estas galas entró Filipo en la plaza, bizarrísimo, excediendo a cuantos habían entrado, de modo que se llevó los ojos de todos, alabando su gala y su buen aire.

Llevó calada la vista por no ser conocido; y así no lo fue sino de sola Lucendra, pero con sentimiento de ver cuán a la clara se manifestaba por de Laudomira, su prima, maldiciendo entre sí su mal acuerdo en haberle engañado, pues solo había servido de empeñarle en aquella afición y favorecerle contra sí. Si excedió a los torneantes en gala Filipo, no lo hizo menos en el combate, pues tocándole verse con el duque, le ganó precio. Éste dio a la hermosa Laudomira, conque de nuevo atravesó el corazón de Lucendra, que cada cosa déstas era saeta que le penetraba las entrañas.

Llegóse el tiempo de la folla; en ella corrió la valla dos veces, a pesar de uno y otro puesto, y así se llevó después de ella dos precios, uno de folla y otro más de galán.

Estos dos dio juntos a la hermosa Lucendra, poniendo esto cuidado a Laudomira, pero aun con ser señora dello Lucendra, no perdió del todo el recelo que de su prima tenía, culpándose a sí en ser ella la causa dél.

Acabóse el torneo de noche, y cuando todos se habían prevenido de hachas, Filipo escusó esta prevención, y encubriéndose de los ojos de todos por la confusión que había, sin toque de caja ni pífano, se volvió a la casa donde se había armado.

No fue tan a su salvo que no le siguiese un pajecito por orden y mandado de Laudomira, que, estando ella incierta de quién aquel caballero fuese, se lo mandó; y así el muchacho anduvo tan diligente en servirla que trujo nuevas cómo era el secretario del duque su señor el combatiente: juraba haberle visto desarmar.

Esto se publicó por la casa del duque, de modo que cuando Filipo volvió de desarmarse, ya todos lo sabían; pero era cosa increíble para todos, por haberle visto estar al principio del torneo allí y saber que no podría tener con qué lucir de aquella manera.

Los que esto deshacían eran los envidiosos que tenía, que no querían que aún se dijese tal de Filipo, el cual, cuando le vieron, a modo de fisga le comenzaron a dar la norabuena de lo bien que había torneado. Él se halló al principio confuso y tardó en responderles, admirado de que se hubiese sabido tan presto que él había torneado; mas por si hablasen en duda, lo echó en chacota, y en burlas admitía las norabuenas que le daban, con una falsa socarronería, de modo que dejó con esto deslumbrados a los que tenían por el pajecillo alguna luz de que había torneado.

Al volver acompañando a Lucendra a su casa, una dama de las suyas, que era la privada, le dio un papel a la salida del cuarto de Lucendra. En él leyó esto:

«Esta noche os guarda quien sabéis, a una reja baja del jardín. No faltéis de verla y adiós».

Leyó Filipo esto y luego se pensó que sería Lucendra, a quien determinó dar un lindo picón aquella noche, llevando el engaño adelante.

Llegóse la hora, y acudiendo Filipo a la señalada reja, halló en ella a Lucendra, la cual le dijo muy contenta:

—Filipo, no hay negaros que estoy muy agradecida de que hayáis en mi servicio salido al torneo, donde tanto habéis lucido: no creyera que los mercaderes de Venecia sabían usar tan bien, en los actos militares, de las armas.

—Todo lo ejercemos allá —dijo Filipo, muy falso—, y en mí no era mucho que me esforzara el deseo que llevé de serviros, que ése me hizo salir bien del torneo, cosa que la he praticado poco. Mas quien es aficionado a las armas como yo, con un ensayo que vea, tengo harto.

—También os agradezco —dijo ella— el premio que me enviasteis, si bien estoy quejosa de que salió mejorada mi prima en tercio y quinto, pues se llevó dos de vuestra mano.

—Hícelo —dijo él— por dos cosas: la una por el disimulo, y la otra, porque, a ser conocido, era fuerza que echara de ver que en reconocimiento de dueño mío, la servía más que a otra dama.

—No sabéis —replicó Lucendra— cuán poco la debéis.

—¿Qué tanto? —dijo él.

—Que si ella supiera que yo estaba aquí, y más con vos —dijo ella—, os dijera mañana tantas pesadumbres que os obligara a dejar su servicio, y a mí no me viera la cara en un mes con afabilidad.

—Qué, ¿tan terrible condición tiene? —dijo él.

—Es insufrible —dijo ella.

—Pues haga lo que mandare —replicó Filipo— que ya que desea estorbaros de que os divertáis, por mi parte no se le logrará ese intento, que amándoos firmemente y pagándome mi amor vos con favorecerme, irá en aumento cada día.

—Lo que podrá culparme —dijo ella— es que favorezco a un hombre desigual mío, pues dél no sabemos más de que es mercader veneciano.

—Por eso no os acobardéis —dijo él—, que si hasta ahora lo he dicho, ha sido porque me pareció, cuando aquí llegué, encubrirme; mas yo os digo que tengo más calidad de la que pensáis.

—¿Pues quién sois? —dijo ella, muy contenta de que iba descubriendo tierra en lo que tanto deseaba saber.

—Soy un caballero español —dijo él— de la más ilustre familia de Cataluña y mi nombre es don Hugo de Cardona.

—Oído he ese apellido —dijo ella.

—Es el más conocido y estimado de España —dijo él—, de cuya casa hay algunos títulos, y yo soy hijo segundo de uno.

—Ahora habladme español —dijo ella—. Veré si me tratáis verdad.

—Yo os la trato, hermosa Laudomira, como persona que desea tanto vuestro empleo —dijo él, hablando esto en español, que le sabía hablar sin acento alguno italiano.

Creyó Lucendra que le decía verdad, y sospechando por cosa cierta que él pensaba que estaba enamorado de su prima, quiso con el desengaño que no se empeñase más en quererla, y así le dijo:

—Mucho me huelgo que seáis quien decís, y os tengo en tan buena opinión que os he dado crédito; y para que de aquí adelante me habléis sin rebozo y no os engañéis en el empleo que habéis hecho, quiero que sepáis con quién habéis estado. Aguardadme aquí, que luego vuelvo.

Fuese, dejándole contentísimo de que la ficción hubiese salídole tan buena que se la quisiese manifestar Lucendra, la cual, yéndose de allí, trujo una llave del jardín, con que abrió la puerta dél y le mandó entrar. Obedeció Filipo, y volviendo a cerrar la puerta, le guió a un cenador que estaba en el jardín, adonde la dama, su privada, tenía luz.

A ella conoció del todo Filipo que la dama que hablaba era no menos que la hermosa Lucendra, hija del duque de Calabria. Fingió turbarse con admiración, y ella, conociendo esto, si bien no penetró lo oculto del pecho de Filipo, le dijo:

—Yo, Filipo, he sido la que os he hecho favores estas noches, dándome motivo para esto haber hallado un papel que os escribía Laudomira, mi prima. Sé con certeza que no sois mercader; y así se ha visto en que prevaricáis de la primera relación que nos hicisteis, y tampoco es verdadera la segunda, pues he averiguado que sois Rugero, príncipe de Salerno, que, viniendo embarcado, os ha sucedido la desgracia, porque vuestro estado anda en lites, presumiendo en Nápoles que sois anegado, según han certificado personas que se libraron de la pasada desgracia como vos. Ahora quiero, pues os he hablado sin embozo, que vos me digáis si esto es así.

Había Lucendra hecho ir a Nápoles de propósito a saber del príncipe y a que le trujesen dél un retrato, y esto le tenía secreto, aguardando esta ocasión para declararse con él. No pudo el fingido Filipo (ya Rugero) negar a Lucendra la verdad, y así confesó ser el príncipe de Salerno. Quiso saber la causa de su salida de Nápoles la dama, y para contársela despacio, él tomó asiento a su lado en aquel cenador, diciendo así:

—Servía en la cámara de Arnesto, rey de Nápoles, a quien Su Alteza hacía tanta merced, que era yo el archivo de sus secretos; entre los que me descubrió, fue decirme un día que se hallaba enamorado de la princesa de Orbitela, que era la que a todas aventaja en hermosura en aquel reino. Deseara yo que no me diera parte desta afición ni de otras, pues no servía de más que hacerme inquieto, llevándome a ver estas damas todas las noches, cosa que la reina, su madre, sentía mucho. Esta dama era bizarra, como he dicho, y de lo más calificado de Nápoles: su estado era riquísimo, y así tenía algunos príncipes por pretensores que la galanteaban para casamiento. A ésta me mandó el rey que la visitase de su parte y la dijese cuán aficionado le estaba y que permitiese dar lugar a que una noche la visitase. Fui con este recaudo; recibióme Casandra (que así se llamaba la princesa) afablemente, oyó el recaudo, y a su respuesta dijo estas razones:

—A venir el recaudo, señor Rugero, de vuestra parte y no de la del rey, le estimara en más, porque della me venía a estar bien, granjeando en vos un gran príncipe que me sirviese para ser mi esposo, antes que un rey que me pretenda para ser su dama, tan a costa de mi opinión. Bien sé que esto, así como os lo digo, no se lo habéis de decir a Su Alteza; pero diréisle que soy su sangre y hija del mayor soldado que ha tenido la Corona de Nápoles, de quien fió siempre el gobierno de la guerra contra sus poderosos enemigos. Murió sirviendo y no esperaba por paga de tan grandes servicios galardones tan costosos para mí; que Su Alteza lo mire más prudentemente y advierta que para el fin que pretende hallará mayores beldades en Nápoles que la mía, estando desde hoy aborrecida yo con tenella, pues ha dado causa que se halla aficionado de mí con intento tan dañoso a la autoridad de un rey justo y que tantas alabanzas merece.

Íbala a replicar, y no quiso oírme razón alguna; solo me dijo al levantarse de la silla para entrarse en otra pieza:

—Señor Rugero, todo lo que intercediéredes por el rey es gastar tiempo; emplealde si os está bien en favorecer esta casa vos solo, que vuestra persona será preferida a muchas que desean esto y no lo alcanzan de mí.

Estimé la merced que me hacía y díjela que me aprovechara de aquel favor a no estar de por medio el rey, a quien veía muy empeñado en quererla, por cuya causa no me atrevería a pretender lo que me estaba tan bien.

—Pues desengáñese Su Alteza —replicó ella—, que no conseguirá lo que desea, y menos con estorbar, por ese camino, que yo me emplee en quien gustare.

Con esto me dejó, algo enojada, y se entró en otra pieza. Volví al rey, dile el recaudo de Casandra, no tocándole en mi particular, porque no se ofendiese. Sintió mucho el rey este desprecio, y fue aumentarse más su deseo, y así comenzó desde aquel día a galantear en público a Casandra; dábale músicas de noche, hacía fiestas públicas. Viose algunas veces con ella a solas, yéndole yo acompañando, mas siempre halló en ella gran resistencia. Con los ojos me daba a entender Casandra que holgara ser amada de mí; yo me hacía desentendido desto, por lo mal que me estaba enojar al rey. Mas con todo recibí algunos papeles suyos en que me enviaba a llamar; vime con ella, y no halló en mí la correspondencia que quisiera, todo por causa del rey.

Pensó ella que yo tenía alguna dama en Nápoles, y a esto atribuía mi remisión en servirla.

Gustó el rey que yo fuese mantenedor de una justa, fiesta que trajo por servir a Casandra. Yo previne galas, saqué invenciones y dispúselo todo para el día señalado. Uno antes me envió Casandra una banda bordada y un relicario, en cuyas puertecillas envió su retrato junto con uno mío que hizo sacar de otro de mi casa. Yo estimé el favor y, el día que me estaba armando, habiéndoseme olvidado, le pedí para llevar conmigo. Fue por él el conde Alfrido, que me ayudaba a armar, y desde donde le tomó hasta dármele, pudo su curiosidad abrirle y ver en él el retrato de Casandra, cosa que le admiró.

Era el conde compañero mío en la cámara del rey y estaba envidioso de mi privanza; y, para descomponerme, dio, después de la fiesta, cuenta al rey del favor que tenía, que él dijo aun sin saberlo, ser de Casandra. Alborotóse el rey con esto mucho y atribuyó su desprecio a que estaba aficionada de mí. Disimuló por entonces su pena y trató con el conde de ver el relicario mío: esto se lo facilitó con decirle que pues los de la cámara hacían la semana que les tocaba servir, durmiendo en Palacio, que entonces procuraría quitarle de la cabecera de la cama. Así sucedió, viendo el rey por sus ojos lo que no quisiera. Volvió el relicario a su lugar y, un día que me halló a solas, me dijo que ya sabía la causa por qué Casandra no le favorecía. Yo le pregunté que por qué, y él entonces me dijo cómo el galantearla yo estorbaba no hacerle favores y que él sabía que me los daba de su mano, declarándose hasta decirme lo del relicario. Yo, sin turbarme nada, le dije:

—Señor, Vuestra Alteza me culpa ahora, y, si supiese cuán fino he andado en su servicio, me lo había de agradecer.

Con esto le conté cuanto pasaba y le mostré el relicario y, por remate desta plática, le dije que porque se asegurase de mí, aquella misma noche me determinaba partirme de Nápoles y venirme a Sicilia.

Algo se sosegó el rey con esta satisfación que le di, y quisiera que me ausentara por su seguridad y también tenerme consigo, que me amaba mucho. No me dio licencia para partirme sino mandóme que me estuviese en mi casa retirado. Yo no quise con esto hacerme culpado, y, así, previniendo una galera, me embarqué en ella con mis criados. Levantóse tormenta en el mar, y resultó ella el perdernos todos, y yo, por milagro del cielo, venir a salir a nado en donde el mismo permitió que hallase vuestro amparo.

Aquí dio fin Rugero a su relación, habiendo estado Lucendra colgada della, mudando semblantes conforme los sucesos della. Lo que después resultó fue que los dos amantes quedaron muy conformes de quererse mucho hasta disponer el casarse, dando al duque, su padre, cuenta desto.

Antes que a ello se llegase, se remedió por otro camino, y fue que al rey le vino una carta del de Nápoles en que le pedía le hiciese saber si en Sicilia había derrotado una galera del príncipe de Salerno, porque corría nueva que se había anegado.

Quien trajo esta carta era un caballero napolitano, el cual, mientras esta diligencia se hacía, acertó a ver al príncipe, aunque disfrazado, el día antes del torneo, y supo que servía encubierto en casa del duque de Calabria. Díjoselo al rey la noche misma que fue acabado el torneo, conque, el día siguiente, fue llamado del rey.

Acudió Rugero a Palacio y, viéndose en la presencia del rey, le dijo:

—Rugero, ¿qué causa os ha movido a encubriros en mi tierra sirviendo?

Él, algo turbado, le dijo que había salido de Nápoles tan en desgracia del rey que no quería que supiese dónde estaba.

Quiso saber el de Sicilia por qué se había venido de Nápoles. Díjoselo Rugero sin faltar nada, de que se admiró el de Sicilia. Aquí halló Rugero buena ocasión y le dijo cómo pensaba naturalizarse en Sicilia, quedando en ella por vasallo suyo como Su Alteza gustase, que él casase con la hermosa Lucendra, hija del duque de Calabria, de quien era muy favorecido.

Admiróse el rey que tan pronto hubiese hallado tan buen empleo y prometióle facilitar con el duque su casamiento, si bien veía lo que estaba concertado con el duque de Terranova; mas si Lucendra no tenía desto gusto, era cansarse su padre en balde.

Aseguróselo así Rugero, conque el rey, mandando llamar al duque, le dijo todo cuanto había en esto y cómo su hija amaba a Rugero. Persuadióle a que la casase con él, pues esta afición estaba tan adelante, y acabó con el duque que, sabida la voluntad de su hija, se haría luego el casamiento. Súpola y declaróse con su padre, diciendo que amaba a Rugero y que no sería otro su esposo sino él.

Viendo, pues, que el duque de Terranova quedaba quejoso, quiso Rugero contentalle con ofrecerle a una prima suya, princesa de Conca, por esposa. Efectuáronse las dos bodas con muchas fiestas, conque los novios quedaron muy contentos con sus esposas, en quien tuvieron felice sucesión.

A todos dio contento la novela que había referido el estudiante a los compañeros del carro, los cuales, gustosos de oírla, no sintieron el camino. El rematar la relación y la jornada, todo fue uno. Apeáronse al mesón de los carros; allí tomaron camas, acomodándose según la posibilidad de cada uno.

Nuestro Trapaza hizo rancho con aquel mancebo que venía con ellos, tomando una cama para los dos.

Trataron de cenar, y después de la cena, armóse un juego entre el carretero y unos forasteros que allí estaban, y de manera se encendió que al carretero le quitaron cuanto tenía, sin dejarle un solo real. Quiso desquitarse, y así pidió el dinero del flete a los que traía en su carro. Todos le pagaron lo que le restaban debiendo, menos Trapaza y su camarada, que habían quedado con él de acabarle de pagar luego que llegasen a Sevilla, porque Trapaza iba con muy poco dinero, como se ha dicho, y esto le acobardó para no haber probado la mano en el juego. Pues, como el carretero viese que los dos no le socorrían como los otros, aunque alegaban justamente el pagarle enteramente en Sevilla, los desahució de ir en su carro más.

Hubo algunas voces sobre esto; mas el carretero, como dueño de todo, se salió con la suya, y fomentó esta opinión el acabar de perder lo que le habían dado los otros, conque se fue a acostar muy como carretero, que es blasfemando y renegando de quien le había parido y enseñado a jugar.

No se escandalizaron los presentes por haber caminado en carros algunas jornadas y saber que los de su profesión tienen muy poco de compuestos.

Durmióse sosegadamente aquella noche, y Trapaza y el compañero, que se llamaba Lorenzo de Pernia, con el desengaño de que no habían de ir en el carro, se quedaron en la cama, no obstante que oyeron antes de amanecer despertar el carretero a su mozo con grandes voces, para hacerle dar el pienso último, para llamar a los caminantes a almorzar y hacer luego poner las mulas al carro.

Al querer subir en él los estudiantes, dijeron al carretero que no era razón dejar ir a pie a los compañeros, habiendo concertado flete con ellos. Juraba el carretero que no habían de ir con él, pues habían tenido tan grosero término en no haberle socorrido viéndole perdido.

Todo lo oían Trapaza y Pernia, y estaban quietos escuchándolos, jurando Trapaza que se lo había de pagar el carretero o no sería quien era.

Partió el carro, dejándoles a pie dos jornadas de Sevilla, con muy poquito o casi ningún dinero a los dos, porque haciendo Trapaza alarde del que traía, sacó tres reales que solos le habían quedado del último real de a ocho que trocó. Pernia no tenía más que cinco cuartos.

Al fin, por aquel día, vieron que era suficiente el dinero para poder comer los dos, y levantándose, pagada la cama, almorzaron y pusiéronse en camino apostólicamente.

Iba Trapaza echando rayos de cólera contra el carretero, maquinándole alguna burla para que se acordase dél. Desta suerte caminaron con buen aliento, tratando de varias cosas, hasta que descansando a mediodía en una sombra de una alameda, comieron allí lo que habían sacado de la posada, y habiendo dormido un poco, se levantaron a proseguir el camino.

Topáronse al carro, y por no encontrarse con él, rodearon un poco y pasáronle delante, de modo que antes que él llegase con más de dos horas, ya ellos habían llegado a Villanueva del Río, donde preguntando Trapaza si allí había familiares o comisarios del Santo Oficio, le dijeron que sí.

Fuese a casa del comisario, que era un sacerdote anciano muy buen cristiano y escrupulosísimo. A éste dijo Trapaza:

—Señor, yo, movido del celo de nuestra santa fe que debe tener todo cristiano, he oído tantas blasfemias a un carretero, ordinario de Sevilla, que vendrá aquí dentro de dos horas, que me salí de su carro con este mancebo, escandalizado de oírle, que quise más venirme a pie que esperar ser castigado con algún rayo juntamente con él, por venir en tal compañía. Doy a vuesa merced cuenta desto, para que se le dé el castigo que merece.

Procuró el comisario que declarase algunas cosas de las que le habían oído; hiciéronlo con juramento sin mentir, porque en el discurso del camino habían oídole aún muchas más.

Firmaron sus dichos, y dejáronle luz de los que también harían sus deposiciones, conque se despidieron del comisario, diciendo que querían proseguir su jornada. No lo consintió el comisario, diciéndoles que qué les obligaba a querer salir de aquel lugar de noche.

Trapaza se atrevió a decirle su necesidad, conque el buen clérigo se compadeció dellos y les dijo que no pasasen adelante, que en su casa cenarían y dormirían aquella noche, estando secretos en ella sin que el carretero supiese que ellos estaban allí, porque así convenía. Quedáronse muy contentos con verse remediados aquella noche.

No se descuidó el comisario de hacer la diligencia contra el carretero, pues, llamando a dos familiares que había en aquel lugar, les dio cuenta de lo que habían depuesto y, con ella, orden para que luego que el carretero llegase se pusiese preso y a buen recaudo, haciéndole secuestro de las mulas y carro. Tomáronlo por cuenta los familiares; y así, luego que llegó, habiéndole espiado y dado recaudo a sus mulas, luego entraron en el mesón con ocho hombres y le prendieron por la Inquisición. Turbáse el carretero viendo tan impensado prendimiento, y hallándose inmune de delicto contra la fe, que él nunca pensó que el jurar y blasfemar era caso de Inquisición, sino requisito de la carretería, que era forzoso usarle, pena de ser mal carretero. Lleváronle a la cárcel preso y luego volvieron por la gente que venía en el carro, que llevaron a casa del comisario, donde les fueron tomados sus juramentos y hecho las preguntas que a Trapaza y a Pernia. Lo que en sus deposiciones dijeron fue que muchas veces le habían visto jurar despechadamente, con poco recato y muy a menudo, explicando con esto algunos juramentos de los más abultados con que escandalizaron los oídos de nuestro comisario; pero no de manera que le pareciese que era para remitirle a los señores del Santo Oficio de Sevilla.

Quedóse aquella noche preso el buen carretero, que no fue poca venganza para los dos que hizo apear de su carro, viendo que le obligaban a detención.

Pasó aquella noche, y los dos a la mañana, pidiendo licencia al comisario, que los regaló muy bien, partieron a Sevilla muy aliviados de dinero.

El carretero estuvo preso tres días y la gente aguardándole este tiempo; salió con sentencia, dada por el comisario, de cincuenta escudos para los pobres vergonzantes del lugar. No tenía con qué pagarlos, y así dejó una de cinco mulas que llevaba, empeñada; conque prosiguió su camino, jurando que se la habían de pagar los dos que había despedido del carro, que bien echó de ver que le habían hecho la buena obra.

Capítulo X. De cómo antes de llegar a Sevilla Trapaza y Pernia, su compañero, remediaron su necesidad con cierta traza, y cómo se acomodaron después con lo que sucedió

En el mismo bagaje de sus pies caminaban los dos compañeros, Trapaza y Pernia, a la gran ciudad de Sevilla, y habiendo pasado el gran río Guadalquivir, remataron con su corto caudal pagando el portazgo de la barca de Tocina, que está dos leguas deste lugar.

Viéndose, pues, sin blanca, como la necesidad aviva el ingenio, dio Trapaza en un capricho para tener dineros, que les remedió por entonces aquella necesidad. Diole motivo para él ver la disposición de cara y talle de su compañero, el cual era lampiño, sin pelo de barba, por ser muchacho. Estaba bien aliñado con un vestido de color adornado de lucidos cabos, sombrero grande, su espada y daga. No era muy alto de cuerpo, todo a propósito para lo que Trapaza tenía pensado, el cual dijo a Pernia:

—Amigo, no hay cosa más desdichada que la necesidad: por ella han degenerado muchos hombres de quien son y dado en bajezas. Hacer esto no lo apruebo en tierra que no conocemos y adonde nos puede costar caro, y aun que nos afrenten; pero si por honestos medios se pudiese remediar este trabajo, antes es virtud.

Yo tengo pensado un arbitrio que, si nos sale bien, pienso que por lo menos comeremos. Yo vi en Salamanca algunos retratos que trajeron de Madrid de la Monja alférez, una señora que, inclinada a lo bélico, pospuesto el hábito mujeril, hizo en las Indias cosas notables por la guerra, hasta merecer alcanzar por sus puños una bandera; no sé si a vuestra noticia ha venido esto.

Pernia respondió que él había oído las prodigiosas cosas que le refería.

—Pues habéis de saber —dijo Trapaza— que si mal no me quedaron impresas las especies del retrato que vi, en mi idea le parecéis mucho; y ha sido esto nuestro remedio, porque en estos cortos lugares (comarca de Sevilla), podemos fingir que sois la Monja alférez; y encerrándoos en una posada, habiéndose primero publicado vuestra venida, fingiré que vais a los galeones de la carrera de Indias, y, deseando que os entren a ver, pondremos precio a la entrada y ganaremos dinero.

—Bien estoy con eso —dijo Pernia—, si no hubiese algún justicia tan curioso que quisiese ver si yo soy la verdadera Monja alférez, haciéndome desnudar; como lo llegue a averiguar con violencia, somos perdidos.

—Bien está replicado —dijo Trapaza—, mas para todo hay remedio, que como yo digo que voy con necesidad, vos, no consintiendo mi ganancia y viniendo mal en ella, no os dejaréis ver, cuanto más que excusaremos ese lance todo lo posible.

Algunas más réplicas le hizo Pernia; pero es tan mala la cara que hace la hambre que por no la pasar hiciera otra cosa peor.

Con esto llegaron a Tocina, seis leguas de Sevilla, lugar de quinientos vecinos. Era día de fiesta, acababa la gente de salir de misa de una iglesia que está en la plaza, por donde pasaron los dos. Venía Pernia instruido por Trapaza que, en viendo gente, se embozase. Hízolo así, cosa que causó novedad en cuantos los miraron, y en particular al alcalde del pueblo, que era un buen viejo, porque otro que había, su compañero, estaba en Sevilla a un pleito. Siguió este alcalde los forasteros, presumiendo que el que se embozaba era algún delincuente y que lo hacía por no ser visto y conocido.

Llegaron al mesón, adonde pidieron un aposento en él; diósele la huéspeda en parte baja, y era una anchurosa sala juntamente con una alcoba.

Apenas se habían entrado en él y salido al portal Trapaza, cuando llegó a él el alcalde; y como le vio, luego le preguntó por su compañero; él le dijo venía enfermo, y por eso se había retirado.

—Yo le quiero ver —dijo el alcalde.

—¿Conócele vuesa merced? —dijo Trapaza.

—Eso deseo —dijo el alcalde.

—¿Pues qué le va a vuesa merced el conocerle?

—Saber quién es —le replicó a Trapaza.

—Pues entre vuesa merced en buen hora —dijo él—, que a vuesa merced como a justicia, no hay cosa vedada, cuanto más que a su casa de vuesa merced habíamos de ir a visitarle y darle cuenta de la venida nuestra.

—¿Pues qué hay en que yo sea bueno para servirles? —dijo el alcalde.

—Entre vuesa merced y se lo diremos.

Entró con esto y halló al compañero embozado como le había aconsejado Trapaza.

—Vuesa merced —dijo el embustero—, quite el embozo y hable al señor alcalde, que con su merced no hay para qué tener recato.

Entonces Pernia se descubrió y hizo al alcalde una gran cortesía, pidiéndole que se sentase. Hízolo así, y Trapaza, habiendo asimismo tomado asiento, dijo así hablando con el alcalde:

—Vuesa merced, señor mío, tiene delante de sus ojos el portento, el prodigio, la maravilla, el exorbitante milagro de nuestra España y aun puedo decir de las extranjeras naciones. Tiene por objeto a quien, degenerando de su flaco sexo, influyendo en su sujeto el quinto planeta, ha seguido su profesión con tal afecto que ha sido el pasmo de sus adversarios, el asombro de los infieles y el espanto de los opuestos a las banderas filípicas.

Todo este discurso arrojó en la calle Trapaza sin fruto alguno, porque sabía más el alcalde de tomar el timón del arado y el azadón a su tiempo, rompiendo con uno y otro la tierra para beneficiarla, que de pasmos, prodigios, portentos, objetos y quintos planetas. Y así se vio en su respuesta, diciéndole:

—Señor galán, yo soy muy amigo de que me hablen clarificadamente, porque no le he entendido cosa de cuantas me ha dicho de prolijo, portamiento, pasmos ni aniversarios; declárese por su vida y dígamelo más a la pata llana para que yo le responda.

Mucho fue no reírse Pernia y echar a perder la maquinada traza; harto disimuló la risa, volviendo el rostro a otra parte. Bajó la clavija de lo crespo Trapaza y en humilde estilo, yéndose a los atajos, dijo:

—La persona que vuesa merced mira, señor alcalde, es la señora Monja alférez, si acaso la ha oído decir, aquélla que con el valor de su ánimo militó debajo de las banderas de nuestro rey en las Indias hasta tener una bandera.

Había pocos días que Morales, autor de comedias, había hecho en unas octavas del Corpus de aquel lugar la comedia de La Monja alférez que escribió Belmonte Bermúdez, poeta andaluz, con mucho acierto; y como se acordaban de sus hazañas, diose el tal alcalde una palmada en la frente, diciendo:

—Hoy se me ha cumplido el mayor deseo que he tenido en mi vida, que era de ver a esta señora. ¡Válgame Dios! ¿Es posible que en tanta flaqueza de cariterio haya tanto aquillote de denuedo? Dios la bendiga y Su Santa

Madre la Virgen. Pues mi señora Monja alférez, ¿qué es lo que por acá la ha traído?

Reportóse Pernia de nuevo, que con la prosa del alcalde estaba para reventar de risa, y díjole:

—Señor alcalde, yo me vuelvo a los galeones de la carrera de Indias, habiendo salido de Madrid algo apresuradamente por una pendencia que allí hube con un desvergonzado que le pareció que en faltarme barbas me faltaría ánimo para castigarle dos libertades que me dijo. Dile dos cuchilladas, acogíme a una iglesia, no me pudieron prender, y sin tomar mis papeles, me voy con este hidalgo a Sevilla, donde me conocen muchos y saben quién soy. Allí me remitirán mis papeles juntamente con un despacho de Su Majestad en que me da sueldo de alférez y con él una ayuda de costa, librada en la Casa de la Moneda de Sevilla.

He llegado aquí bien falta de dinero, y así hasta manifestarme a vuesa merced y decirle mi necesidad, me he querido encubrir de los ojos de todos. Vuesa merced puede por el lugar probar los ánimos y sacarnos con que salgamos de aquí remediados.

Dijo su prosa lindamente y con gran despejo Pernia, y el alcalde se le aficionó tanto a él, teniéndole por la persona que fingía, que se ofreció servirla en cuanto pudiese; y así salió de allí, y juntando algunas personas ricas del lugar, les dio cuenta de cómo estaba allí la Monja alférez, cuya comedia habían los mismos visto. Admiráronse de lo que les decía, y prometióles de llevarles a que la viesen, dándoles cuenta primero cómo venía desacomodada de dinero, por causa de haber salido de la Corte con priesa por un hombre que en ella dejaba herido.

De nuevo se admiraron, y por ver el deseo que de verla tenían cumplido, cada cual ofreció su parte de dinero; y así, destas y otras personas del lugar, se juntaron casi doscientos reales, depositándolos en poder del alcalde, que se los llevó luego, acompañándole más de cien personas, todas deseosas de ver a la Monja alférez.

Entraron en la posada los que pudieron y los demás aguardaron vez para cumplir su deseo; a todos habló Pernia con lindo despejo y grande cortesía, admirándoles el ver en hábito de varón una mujer que tenía fama de valiente por sus hazañas. Hizo el alcalde una plática, como se podía esperar de su ingenio, y paró en disculparse de no haber podido juntar más que aquel dinero; dióselo, y tras desto le rogó mucho que por aquella tarde no se fuese del lugar, que todos los dél deseaban verla, por lo que habían visto alabarla en su comedia. Él dijo:

—Bien pudiera el poeta que la hizo informarse primero de mí, que yo le dijera hazañas verdaderas mías y excusara ponerlas fabulosas, como lo ha hecho. Pero ¿quién ha de poder contra los poetas, que son tantos que, cuando me desagraviara de uno, salieran a la defensa un millón?

Con esto salió acompañando al alcalde hasta la puerta del mesón, adonde se dejó ver de la gente que la esperaba muy a su gusto; y aquella tarde hizo lo mesmo en la plaza y en el baile, contento de que hubiese surtido tan bien la quimera de Trapaza, su amigo. Algunos presentes le hicieron personas particulares del lugar, aficionados suyos, conque quedó muy agradecido Pernia. Aquella noche se regalaron muy bien, y tomando de aquel lugar dos cabalgaduras, se partieron de allí a Cantillana, lugar cuatro leguas déste, adonde con el mismo modo sacaron moneda de su gente; y así, continuando por la comarca de Sevilla, en pocos días juntaron más de mil y seiscientos reales, con que entraron en Sevilla, donde se comenzaron a holgar. Pero duróles muy poco, porque una noche en la posada, habiendo juego, quiso Trapaza probar la mano y de manera se picó que perdió todo el dinero que traía, menos la espada, hallándose tan apurado que ese otro día hubo de venderla para comer él y Pernia.

Sintió tiernamente el compañero que hubiese Trapaza dado tan mala cuenta del caudal ganado por su persona, y así se lo dio a entender; de lo cual airado Trapaza, le dijo algunas razones pesadas de que se ofendió Pernia; y así se vinieron a desunir aquel día, de modo que cada uno buscó su vida, apartándose uno del otro.

Capítulo XI. De cómo Trapaza hizo asiento con un caballero en Sevilla y lo que le sucedió

Viéndose Trapaza sin dinero alguno que gastar, porque el que había hecho de la espada que vendió ya se había acabado, determinó entrar en servicio de alguna persona de lustre. Fuese para esto a Gradas, que es en la Iglesia Mayor de Sevilla, donde vio un corrillo de hombres bien vestidos.

Llegóse cerca dél y vio que eran caballeros, según oyó de los nombres con que se nombraban. Trataban de algunos hechos graciosos de un don Tomé, celebrándolos con grande risa. Ellos, que estaban en esta plática, llegó el tal don Tomé a la conversación, con cuya venida se holgaron todos. Venía este caballero con vestido negro de gorguerán, acuchillado sobre tafetán pajizo. Traía muy largas guedejas, bigotes muy levantados, gracias al hierro y a la bigotera que habrían andado por allí; un sombrero muy grande, levantadas las dos faldas a la copa, con unos alamares pajizos y negros, toquilla de cintas de Italia destos dos colores y por roseta un guante, que debía de ser de alguna ninfa; al cuello una banda de las mismas cintas con gran rosa atrás: cosas para calificar por figura profesa al tal sujeto.

Entró cortés en la conversación, haciendo grandes cortesías a los que hablaban dél; la conversación se alegró más con su llegada, y nuestro Trapaza conoció por hombre de humor al don Tomé.

Acabóse la conversación por acudir a misa. El galán figura se quedó solo, paseando por Gradas, a quien se llegó Trapaza, y con una gran cortesía le dijo:

—¿Vuesa merced, señor mío, necesita de sirviente?, que el que presente tiene se halla con voluntad de servirle.

Miróle el don Tomé atentamente, y dando un paseo, cuando volvió a emparejar con él, volvióle a dar otra miradura; desta suerte fueron tres veces las que le miró, y después de bien aojeado, le dijo:

—De buena gana os recibiré por mi doméstico, porque vuestra fachada me indica benévolo aspecto y apto para cualquiera cosa. ¿Cuál es vuestra nativa patria? (Hablaba por estos términos el don Tomé, conque se canonizaba por figura.)

A lo cual respondió:

—Yo soy de la ciudad de acuñamoneda, forjapaños y críafinísimos hijos.

—Ya, ya —dijo él—, Segovia, Segovia; refinísimo me parecéis.

—A servicio de vuesa merced —dijo Trapaza.

—¿Y el propio y apelativo nombre? —dijo don Tomé.

—Hernando del Parral —dijo Trapaza—, que quiso entonces mudar de apellido, tomándolo de aquel insigne convento de San Jerónimo de Segovia.

—Buen racimo ha criado el tal parral —replicó don Tomé—; así dé buen vino en su servidumbre.

—Yo lo prometo —dijo Trapaza.

—Ninguna cosa de cuantas he visto en vos —dijo don Tomé— me satisface más, que vos que me hayáis hablado a mi modo, porque yo soy exquisito en el dialecto, y así gusto que quien más me comunicare tome el modo de hablar que yo tengo. Venid conmigo, vamos a casa.

Siguióle Trapaza, y vino a dar con su persona en la calle que llaman del Ataúd, que es la más estrecha de Sevilla.

—Esta calle —dijo don Tomé—, sirviente mío, se llama la del Ataúd; vivo en ella hasta que resucite este cuerpo difunto en la gracia de quien adora su alma, que estoy finísimamente enamorado.

No le pesó a Trapaza de oírle esto, porque, siendo lo que decía, era fuerza ser liberal, y así le dijo:

—Con haber oído a vuesa merced ese requisito, más en su persona, le confirma por consumado de entendimiento, que así lo insinúa el tener amor.

—Eso de insinúa me da muy grande gusto —dijo don Tomé—; buen criado tengo.

Llegó con esto a su posada, que, si la calle donde estaba era del Ataúd, ella era poco más estrecha que sepultura. Sacó una llave, abrió una puerta, cosa que descontentó a Trapaza, pues se prometía dentro su ama. Entraron en un portal Noruega, tanta era su oscuridad; subieron por una escalera de garita a una que él dijo llamarse sala, y a Trapaza le pareció artesa, tan pequeña era; junto a ella estaba una alcoba, donde yacía el lecho del señor don Tomé, tan apocado que no había cama de religioso anacoreta que más corta fuese; más adentro estaba un aposentillo que don Tomé dijo ser despensa, quedándole solamente el nombre, por habérselo él puesto, que no por cosa que en él hubiese de que tomase su denominación.

Aquí no veía Trapaza el aposento en que había él de padecer. Sufrióse en no se lo preguntar, bien descontento del amo que había elegido. Volvieron a la sala, que adornaban tres sillas rotas y un taburete derrengado, una mesilla pequeña con un tapete de harpillera; no había cuadro que adornase las paredes desta sala meñique, si no era un espejo que en tiempo antiguo lo fue con Luna llena y ahora estaba en el postrer cuarto de menguante, porque si no era un pedazo della, no había otra cosa, sirviendo solo el encaje, que parecía de peral, aunque al juramento de don Tomé sería de ébano; del clavo mismo donde estaba colgado, pendían peine, escobilla, bigotera, hierro de bigotes, atenacillas y calzador para zapatos.

Luego que don Tomé hubo hecho alarde de su casa a Trapaza, le dijo:

—Mira, alumno mío, mi mansión: no es alcázar ni es el palacio del Duque de Medina, ni el de Alcalá; pero es un juguete donoso, un brinco habitable, un retiro quieto, y, finalmente, una vivienda apacible para un caballero como yo que gusta destos retiros, separado del bullicio desta ciudad.

Desde aquí me enfrasco en él cuando quiero, y cuando no, vivo aquí con sosiego, aunque ahora poco hallara en mí por padecer una intolerable inquietud, un continuo desvelo, una pasión amorosa que atormenta mi alma, si bien padecida por causa que merece más que esto. Amo, adoro, quiero a una beldad divina, a un prodigio de hermosura, a un imán de voluntades, a una dama, la flor desta ciudad, la nobleza della, con el mayor dote que hasta hoy se ha visto; es hija de un perulero riquísimo descendiente de aquellos antiguos caciques, muy deudo de Ataliva.

Cuando esto dijo, ya Trapaza tenía el nombre en sus tripas, pues con la hambre que padecía le rugían de modo que parecía tener en la barriga atabales; y así tomara, en lugar desta relación, alguna cosa comestible; y para que dejase don Tomé la plática, le dijo que de su buen entendimiento fiaba que la elección de dama sería muy conforme a él y que ya deseaba verla y servirla.

—Has de ser mi Mercurio —dijo don Tomé— y el todo de mi martelo.

Y pagado de lo que le había dicho, le dijo:

—Yo, amigo, he almorzado espléndidamente con unos amigos, y no tengo ganas de comer; tú lo puedes hacer, que te veo con alientos dello; toma y satisface tu apetito.

Echó con esto mano a la faltriquera, y dándole dos cuartos, le dijo:

—Compra un pastel y un panecillo hasta la noche que te desquites con la cena.

Angustióse con esto el corazón de Trapaza, que estaba hecho a comer sin tanta limitación, y echó de ver que no era aquella casa la que le convenía. Tomó con todo los dos cuartos, y con otro tanto que le había quedado, comió, si no bien y como quisiera, a lo menos lo que tenía. Trajo dos pasteles de a cuatro, un panecillo y un cuarto de vino en un jarro viejo que acertó a hallar allí, algo parecido a los malos caballos en lo desbocado.

Cuando volvió con esto estaba don Tomé paseándose por la sala con pluma en mano y el tintero y un poco de papel, y de cuando en cuando escribiendo y volviendo a pasearse.

Bien echó de ver Trapaza que hacía versos, porque de la suerte que vio a su amo lo infirió; no quiso interrumpirle la vena y cortarle el corriente; y así, sentándose en el mal taburete referido, con algún tiento, porque no se acabase de arruinar, tendiendo un lienzo sucio de narices, comenzó a comer de su breve comida.

Estando en esto entretenido en el primer pastel, llegóse a él don Tomé y dijo:

—Bien huele lo que comes, ¿qué has comido?

Trapaza le dijo que pasteles.

—Veamos —replicó él.

Mostróle el pastel que le quedaba y dijo:

—Debe de haber más de un año que no los como. ¡Hase visto y qué grandes los hacen los de a cuatro!

Tomó el pastel y con dos bocados se le hizo invisible diciendo:

—Cierto que debe de ser un buen pastelero, pues mi estómago se ha atrevido, con su delicadeza, a comerlo, no acostumbrado a tales asaltos; mas no es mucho que tu gracia en comer me ha brindado.

Bien quisiera Trapaza no haberle parecido tan gracioso y que él se pagara más de hacer versos que de darle asalto a su breve comida. Hubo de sufrirse con ánimo de no parar en aquella casa si no se mejoraba de manducación.

Acabó su poesía don Tomé y dijo a su nuevo criado:

—Mira, amigo, a quien me sirve jamás le encubro nada de mi pecho: tú has de ser el archivo de mis secretos; y así te quiero comunicar unos versos que acabo de hacer a mi dama, a un suceso que le pasó habrá dos días. Asiste en un ameno jardín, adonde una siesta quiso pasarla durmiendo a la sombra de unos mirtos, y habiendo eclipsado a aquellos hermosos soles el sueño, para que Febo tomase aliento y en su ausencia hiciese una atrevida abeja, pensando que eran claveles sus hermosos labios, que cogió la flor dellos con tal vigor que la despertó. Costóle esta osadía la vida, pues rendidas las armas a tanta beldad, perdió el vital aliento a sus pies. Dichosa muerte, a trueque de haber tocado tan divinos labios, que la estoy yo envidiando. A esto he escrito estas liras, que aún están en borrador como ves, no con el estilo ordinario y trivial, porque cosa de misterio no es justo que ande entre vulgares juicios: cueste el penetrar sus conceptos y trabajen los ingenios en su sentido, que para eso ha tres días que las trabajo. Estas son.

Atento le escuchó Trapaza, y dijo así:

Liras
Gémina luz viviente
presta ocasos purpúreos zafiros,
no ya visible, Algente
si, en cóncavos retiros,
por quien Delio esplendor anima giros.
    En la que vegetable,
pensil erige máquina curiosa,
aroma terminable,
si inquieta no ruidosa,
vive jovial Melícola oficiosa.
    Asimétricas flores,
espontánea elección dirige Acliva,
racionales colores
con alma sensitiva
usurpa rea y delincuente liba.
    A ofensa imperceptible,
vital vigor, termina parca leve

con daño corruptible,
que si al culto se atreve,
viva unión separó suplicio breve.
   No rígida, sí grata,
lúgubre se erigió sepulcro hermoso,
que fulgores dilata,
cédele lauro honroso,
que el chipriota inquiriera a su reposo.
   Obelisco animado,
plácido no, severo te limita
término a tu cuidado,
que indicar solicita,
no tumba, sí mansión que a vida excita.

Admirado dejaron a Trapaza los versos cultos de su amo, pues no imaginara que entendimiento racional se pusiera a pensar tales modos de escribir, usurpando el poder a los frenesíes de modorras y tabardillos, pues para tenerlos no les deja qué decir.

—Esto se usa —dijo don Tomé—, Hernando amigo, no te admires, que se hace Figura quien se singulariza.

—Ello bien puede ser bueno —dijo Trapaza—, pero a mí no me lo parece, que no hay cosa como la claridad. En los versos, no digo yo que sean tan humildes que no se levanten del suelo; pero los que tienen las voces graves, significativas y bien colocadas, siempre son estimados, y éste no es uso, sino una fullería de jerigonza que han aprendido los mal oídos poetas para que el vulgo los aplauda y celebre, que como no lo entiende, hace misterio de lo que no lo es, celebra a ciegas lo que se escribió con ojos ciegos de la razón. No aconsejaría a vuesa merced que prosiguiese en este modo de versificar, porque sería echar a perder su buen natural. Los cultos, o incultos por mejor decir, escriban así, hablen frases bárbaras, hagan trasposiciones, encajen una metáfora en otra como cesto sobre cesto, para que el mismo demonio no lo entienda, y vuesa merced se ría dellos dándose a la pura claridad, a lo grave y bien colocado, haciendo la fuerza en el concepto y no en el exquisito modo del decir.

Admiróse don Tomé que su criado hablase tan peritamente en la censura de sus versos y de allí adelante le tuvo por hombre de más caudal, y así le dijo:

—Huélgome, Hernando, que seas hombre de tan buen juicio, que des tu voto en la aprobación de los versos y más tan bueno. Debes de visitar las musas de cuando en cuando; di la verdad.

—Por vida mía —confesó Trapaza—, que hacía versos, que fuera singular modestia y exquisita mortificación en un poeta negar la gracia que el cielo le había dado.

Holgóse don Tomé de tener criado poeta, y por ser hora de la comedia, tomó la capa y ciñó la espada para ir a verla. Acompañóle Trapaza, no poco disgustado de que hubiese tan mala suerte en encontrar con un amo loco, que de sus acciones tal se podía juzgar. Presto se desengañó mejor, porque al entrar de la comedia sin desembolsar dinero (porque no tenía el vicio de traerlo consigo), le dio entrada el cobrador diciendo dos donaires, y más cuando le vio que intercedía para la entrada de su criado, que como a cosa nueva en su casa le extrañaron, y con risa celebraron su nueva autoridad. Todo esto notaba Trapaza, determinando dejar aquel empleo y buscar el que le estuviese más a cuento.

Tomaron asiento en la comedia: don Tomé, una silla entre lo noble, que se la pagó un caballero por tenerle por vecino, y Trapaza, en la comunidad de los bancos de la plebe.

Representábase la comedia del Guante de doña Blanca escrita por aquel singular ingenio, padre de las musas, protector del Parnaso, privado de Apolo, prodigio así de la nuestra como de las demás naciones, honrador de los teatros, aquel célebre sujeto, fray Lope Félix de Vega Carpio, del hábito de San Juan, varón digno de eterna fama. Lo escrito y trazado della no quiero alabar, pues lo han hecho los más floridos ingenios de nuestra nación, a pesar de su envidia.

Fue aplaudida en lo general con grandes víctores, si bien después algunos aristarcos presumidos quisieron morder en ella por hacerse discretos con la plebe. Oíales Trapaza, acabada la comedia, y admirábase que hombres que tales censuras habían hecho anduviesen en dos pies. Mas como esos dos privilegios concede el cielo, para que vean que hace favores donde vienen sobrados.

Entre los caballeros que salieron de la comedia, iba uno anciano, a quien casi todos hablaban con mucho respeto. Éste, así como vio a don Tomé, le dijo:

—Señor don Tomé, ya no puedo sufrir tantos días de ausencia: tres han sido los que hace falta su persona en mi quinta, y así, no permito que lleguen a cuatro, ni pasará por ello Brianda, mi hija, que cada instante pregunta por vuesa merced. Hase de venir conmigo sin replicarme en nada.

Don Tomé estimó el favor que le hacía y más el que oyó decir de la dama, y por aquel día se excusó, prometiendo ir el siguiente por la mañana, y desto dio palabra y mano, que le tomó don Enrique, que así se llamaba el caballero anciano. Con esto se despidió dél y, con Trapaza detrás, se fue a una casa de juego, donde los más caballeros de Sevilla, mozos, acudían a entretenerse, que era habitación de otro caballero que, por estar enfermo, le entretenían.

Vio en un patinejo Trapaza muchos caballeros, dellos jugando y dellos hablando en diferentes materias. Llegóse don Tomé a las mesas del juego diciéndoles chanzas y donaires, de que todos se reían, siendo éstas sanguijuelas de su dinero, pues ninguno hubo que no le diese barato aun sin ganar: tácito socorro en paños de donativo a su pobreza.

Quedóse Trapaza algo lejos, de donde pudo ver esto, y, juntándose con un criado de otro caballero, como que no era el criado de don Tomé, le preguntó que quién era aquel personaje a quien daban barato. Esto con ánimo de acabar de saber la enigma de su nuevo amo, que cada instante le nacían nuevas dificultades en su inteligencia, sin penetrar el verdadero sentido de lo que fuese, porque tal vez en la comunicación con la gente noble le tenía por caballero, y tal vez en la risa y burla que hacían dél le tenía por bufón. Aquí se desengañó del criado, de quien se informaba, el cual le dijo:

—La persona por quien me pregunta, señor galán, es un hidalgo de Andalucía que, habiendo andado algunos años en los galeones por soldado dellos, se cansó del militar ejercicio y se introdujo con los caballeros de Sevilla. Adquirió en sus viajes alguna plata, mas ésta la disipó tan pródigamente y con tanta liberalidad que, ya con amigos que se llegaron, ya con valientes que le acompañaron, ya con mujeres que le estafaron, que se quedó in puribus. A toda la nobleza de Sevilla le consta que es bien nacido. Introducido, pues, a caballero (que es cosa fácil), acude adonde lo noble se entretiene y adonde perdió muchos ducados jugando, cobra ahora réditos en baratos que le dan, con que remedia sus necesidades; pero esto es con algunas pensiones, porque como es persona de buen humor, de graciosos dichos y sazonados donaires, el que le da quiere pagarse y cobrar en gusto lo que ha ofrecido en dinero; y así le han comenzado a perder el respeto y le hacen graciosas burlas cada día, y él pasa por ellas por no perder el donativo cotidiano. Ha salido a los toros, armándole de caballo, vestido, rejones o lanza y hasta darle lacayos y librea con que saliese adornado. Algunas veces ha salido bien de la plaza, haciendo muy galantes suertes y otras, midiéndola, con pajas en el vestido, que no todas las veces mira la fortuna con rostro igual. Esto es lo que puedo decir de don Tomé de la Plata, llamado por otro nombre de los burlones don Tomé de Rascahambre, no porque la pasa, mas porque sin renta aguarda a comer de lo que graciosamente le dan en esta casa todos los días. Pasa plaza de medio bufón, aunque su linaje no lo merece y entretiene la vida desta suerte.

Corrido quedó Trapaza de que hubiese elegido tal amo, viendo que su renta no era fija, sino al vuelo, y que tal vez se había de acostar sin cenar. Quiso por entonces servirle algunos días, y también por ver en qué paraba, que como él era también abufonado, secretamente le había cobrado un cierto cariño como a persona de su profesión.

Aquella noche hubo bien qué cenar, porque luego que de allí se fue don Tomé, dio a su criado dinero para que de lo que hallase ya guisado trajese que cenar. Trujo una polla y un pastelón, pan y vino, y fruta, y alegremente cenaron los dos, que como hubiese moneda, aún le habían quedado las reliquias de pródigo a don Tomé y no reparaba en gasto.

Aquella noche se pasó bien de cena, pero no de cama, porque la de don Tomé se cifraba en un colchón prensado, en una sábana rota y una manta tundida del tiempo, que es el mayor acusador que se conoce. La cama que tuvo Trapaza aquella noche fue en una arca muy vieja, grande; fue tender su capa y sobre ella reclinar sus miembros y dormir a sueño suelto, como dicen. No se congojó poco don Tomé de que su criado no hallase cama para él en su casa; disculpóse por lo soldado, y con tanto cada uno apartó

122

rancho, dando esperanzas de cama a Trapaza, que era muy poco religioso para desear mortificaciones.

Capítulo XII. De cómo don Tomé y Trapaza se fueron a la quinta de don Enrique y lo que en ella les sucedió; de su nuevo acomodo, y cómo dejó a Sevilla

A las nueve de la mañana estaba un coche a la puerta de la calle de la posada de don Tomé, cuyo cochero, habiéndose apeado, llamaba a la puerta. Salió medio desnudo a responderle Trapaza, y supo que estaba aguardando en la otra calle, por no poder llegar a aquélla, el coche de don Enrique Portocarrero, aquel anciano caballero que le había convidado para su quinta.

Avisó Trapaza a su amo, y él vistióse lo más apriesa que pudo, el más alegre hombre del mundo. Esto era porque iba a ver la beldad de doña Brianda, de quien estaba muy enamorado. Esta dama era hija única de don Enrique y heredera de su mayorazgo, que valía más de seis mil ducados de renta; era pretendida de muchos caballeros de Sevilla, pero por ser de diez y seis años, no gustaba su padre que por entonces eligiese esposo, siendo el regalo de su vejez.

De lo que gustaba era de que se fingiese muy amartelada de don Tomé, haciendo con esto donaire dél, porque perdía su juicio, enamorado desta dama, y hacíanle solemnes burlas. Sobre esto acabóse de vestir don Tomé, y poniéndose en el coche y a Trapaza al estribo, mandó al cochero que guiase a la iglesia mayor, que quería oír misa primero que ir a la quinta.

Guió donde le mandó el cochero, y habiendo oído misa con mucha devoción (era muy buen cristiano), tornó a ponerse en el coche y caminaron a la quinta, que era hacia San Juan de Alfarache.

Fue en ella recibido de don Enrique y de don Álvaro, su sobrino, con mucho gusto, y llevado donde estaba la hermosísima doña Brianda haciendo labor con sus criadas.

Así como don Tomé la vio, volviéndose a su criado, le dijo:

—Mira, Hernando, si tengo justamente colocados bien mis pensamientos; mira si al objeto de mi amor puede haber alguno que le iguale, así en beldad como en otras muchas gracias. Esta sí que es hermosura natural, no artificiosa como la que vemos en estos tiempos, donde la nieve es accidente y la grana la que fabrica Guadix. Desta manera se ve esta purpúrea rosa siempre: así la halla el alba y la noche. Bien me pueden tener los mortales envidia de que soy favorecido desta belleza, y tú puedes de hoy en adelante, si me ha de tener por dueño suyo, maquinar hipérboles con tu claro ingenio, decir alabanzas, que todas serán cortas para tan gran sujeto.

Mientras don Tomé decía esto con grande afecto a su criado, don Enrique, su hija y cuantos estaban presentes se caían de risa de oír esto.

Bien echó de ver Trapaza que hacían burla de su amo, mas también consideró que cuanto decía de la hermosura de doña Brianda era poco para lo que veía en ella. Alabó a su señor su buen gusto y su dichoso empleo, y ofreció en sus versos alabar tal beldad.

—Esta alhaja tenéis nueva —dijo don Álvaro a don Tomé, por Trapaza.

—Sí, amigo —le replicó—, este criado he recibido y os certifico que merecen sus partes todo favor, porque he descubierto en él un vivo ingenio en una censura que le oí de unos versos que le mostré.

—¿Eran vuestros? —replicó don Álvaro.

—Míos son —dijo don Tomé.

—Veámoslos —dijo a este tiempo doña Brianda—, que ya tengo celos que se hayan hecho a otra dama.

—¡Eso no, mientras viviere! —dijo don Tomé—. Para vos, dueño mío, los escribí a la osadía de aquella dichosa abeja que murió habiendo ofendido vuestros labios.

Quísolos ver doña Brianda, y, por traerlos en un papel roto y sucio, por no tener otro en casa, los hubo Trapaza de trasladar de su letra, que la hacía extremada.

Pagóse doña Brianda, así de los versos como de la letra del criado y celebrólo mucho con grandes merecimientos. Dejando su labor, se bajó al jardín con todas sus criadas, con su padre y su primo, y en él pasaron lindos chistes con don Tomé. Viendo Trapaza que le trataban muy como a bufón, cosa que le daba pena, y si el sujeto fuera capaz de corrección se atreviera a dársela; mas él gustaba de ser tratado así, y no admitir consejo sobre esto.

El traje que doña Brianda traía en el jardín eran unas enaguas de tela de riza nácar con muchos pasamanos de costosas labores, cotilla de lo mismo, para ensanchar y excusar menos ropas; debajo traía un guardainfantes, uso que se derivó del reino de Francia, y está ya tan valido y acostumbrado en toda España, que solo falta hablar la lengua francesa y llamar a las mujeres madamas para ser del todo francesas.

Ya Trapaza había participado de semejante invención y uso en haber contribuido y pagado unas enaguas a la señora Estefanía cuando la servía en Salamanca, y abominaba del uso, porque traer más o menos costa en el traje español parece que se puede tolerar, mas acogerse al extranjero es desnaturalizarse del suyo.

Sobre este moderno uso se movió una plática entre don Enrique, don Álvaro y don Tomé. Don Enrique, como había conocido el lustre antiguo de los trajes, reprobaba éste. Don Álvaro y don Tomé le alababan mucho, ayudándoles doña Brianda: quisieron saber el voto de Trapaza, a ver qué gusto tenía, y él, con las más fuertes razones que se le ofrecieron, probó que España debía conservar su traje, pues era el más galán del Orbe, y no admitir el extraño.

Tantas cosas dijo sobre esto que le confirmaron todos por hombre de capacidad e ingenio. Él, para dar esmalte a lo dicho, pidió una guitarra (que quiso descubrir aquella gracia más), y habiéndosela traído del cuarto de la señora doña Brianda, dijo en habiéndola templado:

—Esta letra que pienso cantar, señores, la hice en Salamanca, dándome motivo a hacerla ver la primera mujer con guardainfante tan a lo francés.

Todos dijeron que gustarían de oírla, y él cantó así:

> Al comprar un guardainfante
> un marido a su mujer,
> estas razones le dijo,
> poniendo la vista en él:
> «Uso nuevo de los diablos,
> embuste que Lucifer
> trujo a España porque tenga
> el segundo mal francés
> Aunque no eres mal de madre,
> le presumes parecer,
> pues siempre de panza en panza
> en estaciones te ven.

A cuántas les mientes carne,
que sin vientre y sin envés,
sola la armadura traen
en dos cañas de alcacel.
   Cuántas gordas por el uso
no se quieren conocer,
y a cualquiera que se pone
la haces jurar de tonel.
   A cuántas prestas volumen,
que en vigor Matusalén,
las alcobas del mondongo
hizo pasar la vejez.
   A cuántas que te han comprado
suples ya la desnudez,
trayéndoles enjaulada
una camisa arambel.
   Cuántos vientres, sin ser rastro,
cubrirás como una pez,
y al llamarte guardainfante
guardademonios diré.
   A cuántas finges perfectas,
que tienen (y yo lo sé)
las caderas derrengadas
sobre dos piernas de nuez.
   Cuántas han de dar por ti
ensanches a su placer,
en fe de que has de encubrirlas
las nueve faltas del mes.
   Y aunque de sospecha al bulto
querrán confesar por él,
ser guardainfante el esparto
y que aquél no lo ha de ser.
   Cuando encubres a las flacas,
eres un trasunto fiel

de empanada de figón,
gran bulto y sin qué comer.
Cuántas partidas de tabas,
que cubren delgada piel,
crujen en ti como en bolsa
de trebejos de ajedrez.
Y a ser, como eres, de esparto,
del metal de una sartén,
por cencerro bien tocado
pudieras servir a un buey.»

Con notable gusto oyeron a Trapaza el bien cantado romance, sátira contra los guardainfantes, holgándose mucho don Tomé de que su criado tuviese aquella gracia más, que no lo trocara por alguno con dineros encima, aunque necesitaba dellos, tanto se agradó de Trapaza. Lo mismo hicieron todos, alabándole.

Quiso don Enrique que su hija pagase aquella letra con otra, y haciendo que le bajasen la arpa de su aposento, templándola con suma destreza, cantó así, acompañada de una criada:

—¿Dónde va por el prado la niña,
pisando sus plantas, de flor en flor?
—Siguiendo al Amor.
—Déjale, váyase, huya de ti si acaso temió,
que si pruebas el oro de sus flechas,
lástima tengo de tu corazón.
¿Para qué quieres seguir,
a quien has visto temer?
—Por la gloria del vencer
al que todos hace huir.
—¿Y si vuelve a resistir?
Vencerále mi rigor.
—Déjale, váyase, huya de ti si acaso temió.
Contra amor es osadía

querer hacerle algún daño
quien dél tiene desengaño.
—Vencerále si porfía.
—¿Si es la misma valentía?
—Tenerla con él mayor.
—Déjale, váyase, huya de ti, etc.

Aquí comenzaron los hipérboles de don Tomé, las exageraciones, las alabanzas de lo bien que había cantado su dama, y decíalas de manera que hacía reír a todos.

Era ya hora de comer; subieron arriba y muy espléndidamente comieron, sirviéndoles solas las criadas, que por gusto de su señora le hacían lindas burlas a don Tomé.

Acabada la comida, se fueron a pasar la siesta; mientras los criados comían; pasólo Trapaza lindamente, que fue muy regalado, en particular de una criada que, desde que le vio cantar, se le había inclinado.

Dos horas había que estaban todos reposando cuando llamaron a grandes voces a la puerta de la quinta; bajaron a saber quién era, y abierta la puerta, vieron entrar un carro por ella, cubierto con un repostero. Detrás del carro venían cuatro caballeros a caballo, deudos de don Enrique, a quien venían a ver, trayéndole lo que en el carro venía.

Fue avisado y bajó con don Álvaro a recibirlos, que don Tomé aún se estaba durmiendo a sueño suelto, como si no fuera enamorado.

Apeáronse aquellos caballeros y uno de ellos dijo:

—El embajador de Venecia, deudo vuestro, os envía ese bulto de alabastro, de vuestro padre, que santa gloria haya, para vuestra capilla, que viene conforme el deseño se le envió y aun bien parecido.

Llegaron con esto unos hombres y bajaron del carro el bulto, poniéndole en la primera pieza baja de la quinta, esto en la misma forma que había de estar en la capilla.

Era figura de alabastro de un venerable viejo, de estatura más que mediana, armado a lo antiguo, de todas armas y en el pecho la roja insignia del patrón de España, que había tenido. A sus pies estaba la celada entre dos perros, tan al vivo obrados, que mostró bien el artífice su primor.

Enternecióse don Enrique viendo la imagen de su buen padre, y con muestras de obediencia le besó aun en mármol la mano, cosa que pareció bien a los presentes.

Ya don Tomé había bajado a este tiempo; preguntáronle qué le parecía del bulto: él le alabó mucho, cuanto vituperó el antiguo traje, haciendo gran donaire de los folladillos antiguos y martingala con que estaba, diciendo:

—¿Es posible que tan gallardos talles inventasen tan poco para su adorno, que se vistiesen tan ridículamente?

Con esto dijo otras muchas cosas en forma de escarnio, con tan solemnes disparates que a todos hizo reír.

Era don Álvaro, el sobrino de don Enrique, caprichoso, y propuso de hacerle una burla: comunicóla con su tío y con los demás caballeros mozos, y para ejecutarla no hallaron otro sujeto más a propósito que su criado, aunque repararon en si lo querría hacer. Don Enrique se ofreció a que lo acabaría con él por intercesión de su hija; para esto se le dio cuenta de la burla y pidieron que mandase al criado de don Tomé que hiciese un personaje en ella. Llamóle doña Brianda y rogóselo mucho. Poco era menester para que a Trapaza se dejase brindar y hiciese la razón, porque era muy del natural suyo el ser amigo de hacer burlas.

Previnieron lo necesario aquella tarde, y estando todo en la quinta, aquellos caballeros que habían venido cenaron todos con don Enrique y su hija, y después, fingiendo que se iban, se quedaron ya de noche a la puerta de la quinta, abriéndolos después el jardinero y escondiéndolos en parte secreta del jardín.

Recogióse la casa de don Enrique y don Tomé asimismo, a quien desnudó Trapaza y dejó en sosiego; mas como estaba enamorado de doña Brianda, presto sus dulces memorias le dejaron puesto en desvelo. Así se estuvo hasta la medianoche, que, con el ruido de las campanas que tocaban a maitines, así en la metrópoli como en los conventos, quedó en mayor desvelo.

Aguardó la gente de la burla que el ruido de campanas se sosegase, y habiendo parado, por una puerta que caía a la pieza donde dormía don Tomé, aunque entonces estaba despierto, se oyeron algunos penosos suspiros, cosa que a él le puso en cuidado y estuvo atento a ver en qué paraba semejante espectáculo; pero presto conoció lo que era, porque, poniéndose a la puerta Trapaza, mudando la voz, dijo en la más temerosa que supo fingir:

—Don Tomé, don Tomé, don Tomé.

Con más alteración se halló el llamado caballero, y viendo que era forzoso responder, dijo algo turbado:

—¿Quién me llama?

A esto volvió Trapaza a decirle:

—Quien te desea hablar si tuvieses ánimo para oírme.

—Ánimo no me falta —dijo don Tomé—. Solo quisiera ver a quien me busca y carezco de luz.

—Por eso no quede —dijo Trapaza.

Y sacando un hacha detrás de un escondrijo, que se había hecho aposta para la burla, la tomó en la mano Trapaza y con ella salió a ser visto de don Tomé en horrible y espantable figura, porque venía armado de la manera que la figura del sepulcro a lo antiguo, con armas blancas, folladillos o martingala, su hábito de Santiago en el pecho, cubierto el manto blanco de capítulo, cuya falda le arrastraba gran parte por el suelo, la cabeza descubierta, toda cana, con una cabellera que se le buscó, muy larga y a propósito, y una barba blanca; al rostro traía dado un matiz pálido, de manera que representaba un verdadero difunto.

Con este tan espantoso y horrendo espectáculo quedó don Tomé casi sin aliento, y más cuando vio que aquella visión se le iba acercando a su cama con graves y pesados pasos. Llegó cosa de tres antes de la cama y, parándose, dijo a don Tomé:

—No temas, que te quiero muy en ti para que me oigas a lo que he venido del otro mundo: pierde el miedo.

Con oírle afablemente que se lo decía, parece que cobró el afligido algún aliento, lo cual visto por Trapaza, le dijo:

—De católicos pechos es hacer bien por los difuntos y de cristianísimos el honrarlos. El traje que en mi tiempo truje fue el más lustroso que entonces traía la gente de mi calidad. Si en el presente se usa otro, no debe ser menospreciado el antiguo, pues fue el que honró a los progenitores de los que viven. Culpa, y muy grande, has tenido delante de mi hijo en haber hecho escarnio de mí y él de haberlo consentido. La gracia y el donaire y aun el bufonizar, hablando con más propiedad, tiene dilatados espacios en que se extender sin alargarse a hacerse contra los difuntos. Yo vengo a advertirte esto, y para que otra vez te acuerdes de mí y no te atrevas a deshonrar los huesos de los que descansan en vida eterna, esta hacha, que hoy viene a ser símbolo de tu corta vida, se apagará en tu cuerpo en la parte más sensitiva dél, no parando en esto mi castigo, sino en que, por lo que has hecho, perderás a mi nieta para no verte con ella en dulce himeneo. Ahora conviene sufrir el apago desta flamante luz en las ausencias; ya me entiendes adonde digo, que con solo esto te preservas de mayores suplicios.

Dijo esto con voz tan temerosa, dilatando los acentos della, de manera que don Tomé estaba perdido; tanto, que no tuvo valor para saltar de la cama, dejando llegarse a ella al que tenía por verdadero padre de don Enrique, el cual, alzando la ropa de la cama con mucho vigor, le apagó el hacha donde había señalado, con tanto sentimiento de don Tomé que dio luego con el fuego grandes gritos, a cuyo rumor acudió la gente de la burla, y con roncos cencerros comenzaron a atronar el aposento y a temer el pobre paciente; daban grandes aullidos, y con unos azotes que traían de riendas de caballo le vapulearon, de modo que le dejaron casi sin sentido, yéndose con el mismo ruido de cencerros y baladros.

Así estuvo un rato nuestro don Tomé, hasta que, volviendo en sí, comenzó de nuevo a quejarse con notables voces; acudieron a ellas don Álvaro y don Enrique, su tío, y entrando en su aposento (que era cuando ya amanecía) le preguntaron que qué tenía.

—Ay, señores —dijo el vapuleado—, que esta noche ha habido en este aposento todo el infierno junto.

Pidiéronle que les declarase aquello, y él, aun todavía con el susto de lo pasado, les contó lo que había visto, a pausas, avisando a don Enrique del enojo que contra él había mostrado su padre.

Fingieron los dos admirarse mucho y pidiéronle con grandes ruegos que no dijese a nadie nada de lo que había pasado, porque no se escandalizase Sevilla con oírlo. Así se lo prometió don Tomé, el cual pidió que le llamasen a su criado: detuviéronse en llamársele, porque estaba lavándose del barniz que le habían puesto. Al fin vino, a quien con grandes lamentaciones contó su amo el trabajo que le había sucedido, cosa a que mostró grande admiración el bellaco de Trapaza, diciéndole que en todo suceso era bien no hacer donaire de los difuntos, sino rogar a Dios por ellos y hacerles decir misas. Así se lo prometió don Tomé; mas por el molimiento pasado, rogó a Trapaza que le dejase reposar, asistiendo él allí por el temor con que estaba. Hubo de hacerlo, bien contra su voluntad, porque en premio de haber hecho bien el papel del difunto le tenían prevenido un lindo almuerzo. Con todo, no desconfió de no le gozar; y así, aguardó a que don Tomé se durmiese (que con el cansancio fue en breve dormido), y luego le dejó en reposo por entregarse en el almuerzo que le esperaba.

De esta burla de don Tomé resultaron dos cosas: perderle don Enrique de su quinta y que Trapaza dejase de servirle, porque no queriendo quedarse el asombrado caballero aquella noche en la quinta, temiendo que el padre de don Enrique le había de hacer otra visita con las circunstancias que la pasada, pidió licencia y se fue a la ciudad con su criado.

En ella se fue divulgando la burla que se le había hecho, subiéndola de punto hasta decir que le habían echado una ayuda de agua de nieve y que su criado había sido el autor; conque sin reparar en las partes de Trapaza, le despidió de su servicio. Poco perdió en perderle, antes granjeó con esto el que sabiéndolo don Enrique, hizo que un sobrino suyo le recibiese en su casa.

Acudía Trapaza muchas veces a casa de don Enrique, porque doña Brianda gustaba mucho de oírle cantar, que lo hacía con grande donaire y letras suyas, con que satirizaba varias cosas. Allí se veía con Emerenciana, la criada que se le había aficionado, que también cantaba su poquito con buena voz, aunque no tenía destreza para ello. A ésta enseñaba Trapaza con mucho gusto, con permisión de su señora, y acudía todos los días a esto.

Tenía doña Brianda una dueña en su servicio, de ancianidad, la cual tenía los mismos melindres que si fuera de quince años, de manera que para hacer reír a sus amigas en las visitas, contaba doña Brianda melindres suyos graciosísimos. A ésta (que tenía pocos menos años que Sara) le dio unas calenturas de haber comido almendrucos majados, porque enteros no tenía dientes para poderlos mascar ni muelas tampoco.

Pues, como el más eficaz remedio para este mal sea una ayuda, ordenósela el médico que la curaba. Previnose el cocimiento, y puesta la que la había de echar de posta con el jeringante instrumento, ella hizo tantos melindres rehusando recibirle, que hizo reír a los circunstantes.

Estaba presente su ama doña Brianda, la cual, enojada de que en tanta vejez se oyesen cosas de niña, la riñó mucho y mandó que se estuviese queda, pues era aquél el importante remedio para su mal. Hubo de sufrirse la vieja y recibió con paciencia y sin melindre el medicamento.

Celebróse la inquietud y melindres de la dueña en toda la casa, y por estar mal con ella Emerenciana, pidió a Trapaza que a esto le hiciese unos versos graciosos, que gustaría mucho su señora de oírlos.

Deseaba Trapaza contentar a Emerenciana, y así lo hizo, que, puestos después en manos de doña Brianda, eran éstos:

> El tipo de la fealdad,
> la suma de la vejez,
> en el melindre de Fabia
> juntos y unidos se ven.
>   Egrotante está la niña
> de los años ciento y diez,
> con ciento y diez mil congojas
> en enfermedades tres.
>   Idiota se ha mostrado
> la que bachillera fue,
> pues del Digesto ha diez días
> que ignora la común ley.
>   Los viajes de glotona
> que ha registrado su nuez,
> hoy pretende un esculapio
> que la expela un clistel.
>   De aceites, miel, girapliega,
> uncias cuatro y dragmas seis,
> recetó el buril de un ganso
> en el cándido papel.
>   El farmacópola, diestro
> en repiques de almirez,

calabriando lo aplicado,
puso el remedio a cocer.
 Ya el latónico instrumento,
florentín o calabrés,
particular apuntante
desta fembra quiere ser.
 Chopones de aquel brebaje
para vomitarle fiel
con lágrimas de los dos
en el ojo más soez.
 Cosquillas causa a la anciana
el mosquetero novel,
dudando en el recibir
la que recibe tan bien.
 Enfadado el jeringante
de aguardar cansado en pie
resistir apuntamientos
de la metad del envés.
 Viendo con tantos melindres
una edad Matusalén,
tarasca de novedades,
esto la dijo cortés:
 «Racional argentería,
tarabilla humana, a quien
la más girante veleta
sumisiones puede hacer,
 si la viviente baraja
tan barajada tenéis,
dejadme, señora, alzar,
y el juego comenzaré.
 A caballero os aguarda
el cañón que a punto veis:
permitilde que os dispare
girapliega, aceite y miel;

que si avara de excrementos
sin la salud padecéis,
con el remedio que aplica
en pródiga os trocaré.
Lo encendido de la facha
manifiesta que tenéis
dureza en las provisiones
como indeciso juez.»
Dijo, y ella, mas fruncida
que monja que sale a red,
un sí sé que se tapó,
y descubrió un no sé qué.
Asestó el cañón luciente
al zaguero Magancés,
Galalón contra el olfato
del que mondo llega a oler.
Trasladó el tibio brebaje
del taladrado rabel
al vientre, que, por lo hinchado,
tamboril pudiera ser.
Lo que resultó del caso,
para el que ignorante esté,
lo podrá hacer relación
el doctor Caramanchel.

Mucho celebró doña Brianda la sátira de Trapaza y no paró hasta que él mismo se la cantó a la dueña que había sido la paciente. Estaban presentes don Enrique, don Álvaro y otros caballeros que rieron mucho, así el melindre de la dueña como los versos. Ofendióse la tal satirizada y juró que se había de vengar de Trapaza, buscando modos desde aquel día para su venganza.

Otra llegó más presto, que le hizo dejar a quien servía; y fue el caso que entre los caballeros que galanteaban a doña Brianda, había uno cuyo nombre era don Mendo, el apellido se calla. Éste tenía opinión entre los caballeros de miserable, y contábanse dél grandes civilidades, con que había gran fisga en las casas de la conversación.

Las amigas de doña Brianda hacían donaire della, de que era servida deste caballero tan misérrimo. Ella le disculpaba cuanto podía, no porque le parecía bien, sino porque era amiga de honrar a todos.

Quisieron, pues, las amigas dar un tiento a este caballero para probarle en la condición; y así, un día que se halló en la quinta de don Enrique, le pidieron que para cierto día que le señalaron las diese una merienda. Algo se turbó el tal galán, mudando colores el rostro, mas por no dar nota de lo que tan imputado estaba, se ofreció a servirlas.

Llegóse el día aplazado y, aguardando las damas en la quinta, vieron que la merienda no vino aquella tarde, conque doña Brianda hubo de pagar aquella cortedad. Súpose que dos días antes se había fingido malo, y aun sangrado, por excusar este gasto en que le habían empeñado. No quisieron que se fuese sin castigo, y valiéndose doña Brianda del socorro y la vena de Trapaza, le mandó hacer unos versos, satirizando de civil a don Mendo. Él los hizo y se los enviaron a la cama. Decían así:

> De achaque de una demanda
> está enfermo don Civil,
> que por no morir del dar
> se cura contra el pedir.
> Tomóle el pulso derecho
> el dotor Algimesí,
> venturoso en el matar
> si en el curar infeliz.
> De la intercadencia juzga
> que tiene el pulso tan vil
> que aun en pulsar es avaro
> por ser del dueño aprendiz.
> Como el expeler es dar,
> no rompió su ley aquí,
> que el diurético excremento
> apenas vio en el viril.

Saber quiere los excesos
del enfermo Matachín;
si fuera las cortedades,
se las supiera decir.
  Sustos de una petición
de unos labios de rubí,
dicen que a su bolsa y alma
hacen temblar y crujir.
  «Un principio de accesión
con los temblores me vi,
que es el daca un vendaval
que puede helar un país.
  A la demanda merendona
de antuvión luego temí
un cortamiento de brazos
sin poderle resistir.
  Durezas tengo de vientre,
señor, desde que nací,
y en esta ocasión se ha puesto
como un tronco de Brasil.
  Jamás clistel de mi bolsa
fue estafante Serafín,
que vive con más dureza
que pedernal de Madrid.
  Don Civil de Guardiola
he de ser como hasta aquí,
pues nunca llegué a soltar
lo que una vez llegué a asir.
  Con empachos de vergüenza,
que pone rojo matiz,
vengo a ser en esta cama
de calenturas faquín.
  Advertid, el mi dotor
(si alguna vez advertís),

si de mal tan incurable
se puede hacer cura en mí.»
    Oyó el práctico Avicena
la relación hasta el fin,
y al estríctico egrotante,
mesurado, dijo así:
    «Infiero por las señales
y lo que me referís
que esta vuestra enfermedad
ha dado muestras de ruin.
    De no orinar vuestra bolsa
o blanco o pálido orín
indica carnosidades
que impiden el exprimir.
    Los calofríos que causa
pedigüeño retintín
os tienen gafo de manos,
pues que nunca las abrís.
    Su accidente os asegure
que en el venéreo carril
no habéis de encontrar jamás
las tercianas de París.
    Dureza a nativitate
tan mala es de corregir,
que a casarla con amor
no se atreverá al faquí.
    A opilación faraona
más que domado cerril,
no hay emplastos de Moisén
que la ablanden la cerviz.
    Rebeldía inexpugnable
difícil es de batir
sin el clistel de la estafa
de una diestra piscatriz.

Importa abrir el acero
tres veces puerta al carmín,
porque os sirvan las sangrías
de ensayo al distribuir.
    La purga en vos fuera buena
si fácil la despedís;
mas, ¿cómo sabrá purgar
quien no supo digerir?»
    En sus venas el enfermo
consintió acero sutil,
que es pródigo de su sangre,
no de sus maravedís.
    En vez de darle sangría
el cónclave femenil,
este papel le enviaron
que acordaron de escribir:
    «Al galán de la tenaza
(que no se llama badil),
guardafiel de su dinero
sin alabarda y mastín;
    el que nació en Tenerife
en corto zaquizamí
y aborrece a los paganos
huyendo de ser gentil;
    el que admite en su bufete
(si tal vez suele muquir)
a la ganga por ser dura
y aborrece al francolín.
    El nominativo maneo,
que en gramática pueril
su vocativo ademanda
niega como quis vel quid
    El que de toda moneda
es corchete y alguacil,

porque a la avaricia triste
conoce por genitriz;
  el que a estar en su albedrío
(por lo que son contra sí)
negara los ofertorios
en romance y en latín;
  el que a ser marqués del Gasto
jamás pretendió subir,
porque a ser el de la Guardia
solo endereza su fin;
  el que contra los galanes
fulmina sátiras mil,
por tener con los Duranes
amistad hasta morir.
  Vuestras puertas a Cupido
nunca habéis querido abrir,
que con la mitad del nombre
antipático vivís.
  No os atribulen memorias
del mal pedido pernil,
de la torta, la empanada,
del capón y la perdiz.
  De susto de peticiones
vivid seguro, vivid,
que vuestro mal nos ha dicho
cuánto desto os afligís.
  Con fembras de baja estofa
gastad, triunfad y advertid
que no pasen vuestros gastos
de agua de nieve y anís.»

  No quiso doña Brianda que cosa tan bien trabajada quedase en el sepulcro del olvido; y así, habiéndola primero enviado al sujeto enfermo de

peticiones, la mostró a muchas amigas suyas y caballeros que la visitaban, dando sin esto muchos traslados para que se dilatase por toda Sevilla.

No le estuvo bien a nuestro Trapaza (y debiera estar escarmentado en sátiras si se acordara de la de Salamanca), porque, ofendido, el caballero no fue civil en mandar a cuatro hombres que trabajaban muertes, pagándoselo, que le trabajasen la suya, contentándoles lo bastante, que el gasto que una vez hace el miserable es mayor que el del mayor pródigo.

Buscaron al pobre Trapaza en la quinta de don Enrique, donde sabían que acudía de ordinario, y errando el tiro encontraron con un criado de don Álvaro; preguntáronle si era Hernando, él calló, y pensando que de temor se encubría, le dieron dos cuchilladas, de modo que dentro de cuatro días acabó la vida.

Supo Trapaza esto, y pareciéndole no estar seguro en Sevilla, quiso encaminarse a Granada. Pidió licencia a su dueño, diósela y con ella algunos reales para el camino. Quien anduvo más liberal fue doña Brianda, que sintió que por su causa se ausentase Hernando: diole cincuenta escudos en oro y un vestido de camino don Enrique.

Con esto partió de Sevilla Hernando en una mula, acompañado de un estudiante y un mozo de mulas que iban a Jaén con intento de tomar por allí el camino para Granada.

Llegaron a aquella antigua ciudad un domingo por la noche, donde posaron en un buen mesón, descansando del cansancio del camino.

Capítulo XIII. De cómo le robaron a Trapaza en Jaén y de cómo la pobreza le obligó a servir a un médico, con lo demás que le avino

Había prevenido a Trapaza el estudiante que había salido de Sevilla en su compañía aquella noche que llegaron a Jaén, que había de madrugar mucho a la mañana, que tenía que hacer en Jaén un poco, y que de camino le buscaría mulas para los dos pasar a Granada. Trapaza le rogó que si se levantase no hiciese mucho rumor porque no le despertase, que se hallaba muy cansado del camino y deseaba descansar. Así se lo ofreció y así lo cumplió, que le estuviera mejor a Trapaza se levantara al ruido de una trompeta.

Llegó la hora en que el licenciado tenía tratado con el mozo de mulas irse, y fue a tiempo que Trapaza estaba sepultado en blando sueño: eso era lo que el escolar requería, porque agarrando de sus vestidos y maleta, cargó con todo y dejóle in puribus, como dicen. Esto hizo porque traía soplo desde Sevilla que venía con dinero; y así, entre él y el mozo de mulas, se concertaron y tomaron aquel viaje para solo robarle; lográronlo, como se ve, porque dejando durmiendo al descuidado Trapaza, y cerrado por de fuera, se pusieron en sus mulas, hecha cuenta con el huésped, y marcharon a Sevilla.

Trapaza durmió hasta más de las nueve desotro día, que el Sol le despertó entrando por los resquicios de las ventanas a reírse de verle burlado. Levantóse, abrió la ventana para quererse vestir, mas cuando miró por sus vestidos en la parte donde la noche antes los había dejado, los halló menos con la maletilla y el cojín. Alteróse sumamente, buscándolos por todo el aposento; mas fue sin provecho, porque ojos que los vieron ir, etcétera.

Dio voces llamando al huésped, preguntóle por el compañero, y díjole cómo antes de amanecer una hora se había partido en las mulas que habían venido. Comenzó Trapaza a afligirse, maldiciendo la hora en que por compañero le eligió, y preguntóle el huésped que por qué hacía aquellos extremos. Entonces le contó su robo, cosa que le dejó admirado. Veíase desnudo y sin remedio de poder hacer diligencia alguna.

Acudieron al mesón dos alguaciles, mas como vieron a Trapaza en camisa y sin remedio por entonces de cubrir sus carnes, no se ofrecieron a hacer diligencia de ir a buscar los ladrones.

Desdichado del que se ve pobre, todo le falta, nadie se le ofrece; diferente del próspero, que todos le agasajan, le regalan y cortejan.

Viendo el mesonero el trabajo en que estaba su huésped, a quien juzgó por hombre bien nacido, compadeciéndose dél, le dio un vestidillo de color viejo que había desechado, y esto con la salva de que le perdonase el atrevimiento, piedad bien ajena de su oficio: quizá ésta le sacó de mal estado, mas con lo que a unos desollaba, otros se vestían.

Agradeció Trapaza la caridad del huésped, pues veía que se hallaba en tiempo que era de agradecer aquella piadosa acción, y más de mano de quien venía, con lo cual se salió del mesón bien afligido por no saber qué hacerse.

Paróse en una plazuela a pensar qué haría de su persona, y acertó a atravesar por ella un médico en su mula, el cual, así como vio a Trapaza, le dijo:

—Amigo, ¿buscáis amo?

—Señor —respondió Trapaza—, yo me holgara de encontrar dueño a quien servir, que, conociendo mi servicio, me le gratificara al paso que le sirviera, que de mí presumo que le sabría agradar.

—Yo he menester un criado —dijo el médico—, que se ande tras mí a las visitas que hiciere teniéndome cuenta con esta mula. Si gustáis de servirme en este ministerio, de mi trato no os descontentaréis, ni de la paga de vuestro salario, que la que acostumbro a dar son doce reales al mes.

Vio Trapaza que había de tomar lo que el tiempo le ofrecía, y así se concertó con el médico, yéndose con él a su casa.

Era el tal galeno casado con una vieja de más de mil años, tantos le pareció a Trapaza que tendría, y él sería de hasta treinta poco más. Lástima le tuvo a tal empleo, y más a ver que le mandaba como a muchacho aquella gomia de navidades. Sin esto, cada instante estaban como perros y gatos, riñendo sobre pedirle celos, presumiendo que trataba con otras mujeres, y cierto que era falsedad, porque el buen físico era muy católico cristiano y estaba tan enamorado de su vieja que de nadie se acordaba, cosa que atribuía a hechizo Trapaza, porque el amor que la tenía, el temor, la obediencia, en una religión le multiplicara méritos.

Así como entró Trapaza en el aposento de doña Sofía, que así se llamaba la niña de los quince veintes, puso los ojos en él y dijo a su marido:

—Amigo, ¿a qué viene este hombre?

—Tráigole, amores míos —respondió el médico—, para que nos sirva y ande conmigo. Parece en su talle hombre de bien, y creo que nos ha de servir con cuidado.

—No me parece mal su persona —dijo la Matusalena—. ¿Cómo os llamáis? —le preguntó.

—Hernando Robado —dijo Trapaza, que era amigo de aplicarse los apellidos conforme los sucesos.

—Bien conforma con vuestro apellido el traje —dijo ella—, pues parece que os han robado la sanidad del vestido.

—El tiempo —dijo Trapaza— es ladrón universal de lo que más quiere resistírsele: trabajos me ha hecho andar así por no tener la propriedad del fénix, que si lo fuera, me renovara.

—Bachiller es —dijo la señora Sara—. No me descontenta la alusión, quedaos en casa, que me habéis aficionado.

Estimóselo Trapaza, y desde aquel día comenzó a servir a su Avicena con mucho cuidado, de manera que él y su consorte sempiterna se hallaban muy contentos. Tenía en su servicio una negra, que sus celos no consentían otra criada, temerosa de que su marido se la solicitase.

A pocos días que Trapaza estuvo en su servicio, ya servía de montante de sus rencillas, porque cada día las tenían sobre los negros celos. Vino a no lo poder en ninguna suerte sufrir el doctor y quejábasele a su criado, el cual le dijo un día que él se tenía la culpa en haberse sometido a su obediencia tanto, porque al casarse había estado tan ciego que no vio su mucha edad.

Entonces el doctor le declaró cómo de agradecido de haberle ayudado con dineros en sus estudios, y asimismo hasta graduarse, se había casado con ella, y que la quisiera entrañablemente si esto de pedirle celos no lo continuara tanto.

—Buen remedio —dijo Trapaza—. Vuesa merced está indiciado de que la hace adulterios, y esto no hay sacárselo de la cabeza. Diviértase y trate de holgarse, y si teme que ella le siga, yo se la trataré de modo que se acuerde de mí.

Prometióle el doctor seguir su consejo y trató de divertirse con una vecina suya, entrando en su casa con mucho recato por temor de la serpiente de su mujer. Trapaza era el tercero de su amor y llevaba los billetes. El comenzar esta amistad fue por un accidente que tuvo la tal vecina: curóla, y de allí quedaron con el conocimiento de tratarse. No pudo ser esto tan oculto que no lo supiese la vieja, la cual se enojó tanto que llegó a poner las manos en su marido, y él, el maricón, se lo sufrió.

Enfadóse Trapaza tanto de que un hombre tuviese tan poco mando en su casa que quiso vengar su agravio, y así, un día que se había subido a una azotea de casa para desde allí atalayar si entraba su marido en casa de la vecina, vio que había entrado a verla, y enfurecida con los celos, cuando quiso bajar apriesa para cubrirse el manto y salir a hallarlos juntos, ya Trapaza le tenía armada la trampa, habiéndole untado los pasos de la escalera con jabón y poniendo en el último descanso una mano de almirez. Apenas puso los pies en ella, cuando, resbalando la anciana, fue rodando por la escalera abajo, brumándose el cuerpo de modo que quedó sin sentido, pidiendo confesión.

Acudió a ella Trapaza, y tomándola en brazos, dio con ella en la cama; subió la negra, desnudóla, y él fue a llamar el doctor, el cual vino con harto miedo que vergüenza; hallóla tal que no tuvo vigor para reñirle. Trapaza le dijo la caída que había dado, y aunque se sospechó que había andado Trapaza por allí, estaba tan cansado de la vieja que no le dijo nada; antes se holgara de hallarla en el postrer artículo. Con todo, la piedad, y ser su mujer, le obligó a hacerle remedios, con que al otro día estaba más esforzada, mas para su mal, porque incorporándose en la cama, le hizo un sermón con tantas infamias y tantas injurias, que a otro irritaran de modo que acabaran con su vida.

Todo esto era indignación para Trapaza, que juraba entre sí de acabar con la vida de aquella mujer, si ya no la tenía para venir a ser atalaya del Anticristo, sino secuaz suya. Tenía siete vidas como gato la caduca señora, y cuando se pensó que no se levantara en quince días de la cama, al tercero ya estaba en pie. Esto era porque se hacía la gran fiesta de la Sacratísima Verónica, tan célebre en Jaén. Dichosa ciudad, pues es depósito de tan preciosa reliquia.

Quiso, pues, nuestra anciana ponerse muy bizarra aquel día, sin mirar a la edad que tenía, culpa en que delinquen muchas mujeres viejas que no se conocen que lo son, y así se atreven a traer lo que las niñas, para dar motivo de risa al pueblo, que lo es el mayor ver a un viejo loco.

Tenía una grande amiga esta senectud, de la misma edad, de modo que entre las dos podrían prestar años cuantos testigos de las montañas han jurado en ejecutoria de nobleza. Esta hacía cierta lejía para las canas, con que se transformaban en el rubio color; que, aunque las muchas arrugas, falta de dientes y estrujadas mejillas, visto todo en el espejo, las desengañaban que no eran aquellos cabellos de aquellas caras. Ellas con este Jordán les parecía que engañaban a la muerte.

Envió a Trapaza por el cocimiento o tinta para sus canas, el cual quiso en esto, que tanto afecto ponía su ama, darle un pesar, que fue el mayor que tuvo en su vida. Traía el tal escabeche en una olla, y antes de entregársele a su ama, echó en él un poco de trementina, con la cual le dio un hervor, y dejándola enfriar se lo llevó a su señora.

Era víspera de la fiesta el día que hizo esto, y, queriendo la decrépita esponjarse calentando su embuste, se comenzó a lavar con él la cabeza. Incorporóse la trementina en el cabello de modo que todo él se hizo una plastra, entrabándose uno con otro; admiró a la vieja la novedad, y, comenzando a estregarse con un paño, lo ponía de peor condición, de manera que era compasión verla. Daba voces y perdía su juicio.

Acudió Trapaza a ver qué tenía y díjole:

—Enemigo mío, ¿quién te dio este cocimiento?

Trapaza se lo aseguró con juramento.

—¡Ay enemiga mía! —dijo la vieja—. Envidia que has tenido de mis cabellos te ha hecho hacerme esta traición.

Comenzó con esto a llorar amargamente, echándose de rabia en el suelo. Mandó a la negra que la untase con aceite toda: no aprovechó, y el último remedio fue irle sacando con un alfiler hebra a hebra el cabello; en esto se ocupó la negra seis días. Y aunque pudiera valerse del socorro del moño, era tan desvanecida que no quiso salir sino con su mismo cabello; pero no consiguió su pretensión por durar seis días el volverse a su primer estado, en los cuales vivieron todos los de la casa en seiscientos infiernos. Desta suerte estaba la sierpe diciéndoles mil injurias.

Sucedió enviar un caballero, que estaba de Jaén tres leguas, por el médico, que se hallaba enfermo. Ofrecíale buen partido, y no quiso perderle: lleváronle coche, y por no dejar el médico su casa sola, mandóle a Trapaza quedar sirviendo a su mujer, y él se llevó un practicante consigo. A la partida hubo su poquito de sermón, amonestándole que no la ofendiese, que en esto paraban sus fraternas, picada de celos. Partió con esto, y Trapaza quedó por guardián de casa; ¡qué de preguntas le hizo a solas aquel montón de siglos para que le dijese a quién galanteaba su marido! Mas Trapaza anduvo tan fino que, desdiciendo de criado no le pudo la tarasca de días sacarle nada, abonando a su amo y reprendiéndola su terribilidad y mala condición.

Era la negra muy devota del dios Baco, como todas las de su nación, y habían traído de presente al médico un pellejo de vino de lo mejor de Lucena, que es lo afamado de la Andalucía, el cual se había bajado a un sótano para que estuviese fresco. Pidió a Trapaza que hurtase la llave a su señora de aquel sótano, para hurtarla del vino; mas Trapaza la dijo que pues cada día le abría para dar de beber a la mula, por estar el pozo de casa allí, que entonces era ocasión para hacerle el hurto.

Quedó entre los dos concertado que se hiciese esotro día; y así, cuando le dio doña Sofía la llave a Trapaza para sacar agua para la mula, él tomó un caldero en que le daba de beber y, bajando con él donde estaba el oloroso pellejo, le hizo una sangría de aquel precioso licor, llenando el caldero.

Tardóse un poco más de lo acostumbrado y bajó al sótano doña Sofía al tiempo que Trapaza subía con el caldero arriba, y tuvo suerte que la tal vieja era muy roma entre las demás gracias que tenía, con lo cual no era muy viva del olfato; y así, pasó nuestro ladrón por junto a ella sin echar de ver lo que llevaba. Quiso también ver cómo estaba la mula en ausencia de su dueño, y aguardó a que Trapaza la sacase de la caballeriza al patio, donde había dejado el caldero con el vino; y, por no descubrir su flaqueza se le presentó delante a la mula, la cual, con lindo despejo, se bebió todo el caldero sin dejar en él gota de vino; y así, como le acabó de beber, dando una vuelta en torno y metiendo la cabeza entre las piernas, cayó redonda en el suelo, borracha de lo que había bebido. No cayó en ello doña Sofía, la cual, admirada de aquella novedad, se afligió mucho pensando que la mula era muerta; de que no lo era lo aseguró Trapaza, y para darle remedio fue en busca de un albéitar, a quien dio cuenta del suceso. El albéitar llegó donde estaba la mula: viola con atención y dijo a doña Sofía que para hacerla cierto emplasto y darle una bebida había menester veinte reales. No fue escasa en dárselos luego.

Retiraron la mula a la caballeriza, y partióse el albéitar a buscar su brebaje y hacer su emplastro. Siguióle Trapaza, y entre los dos partieron aquel dinero con gasto de un poco de pez y un cuartillo de vinagre y agua que dieron a la mula. Fue con esto el albéitar sacando cada día dinero para remedios a la mula, que ya había vuelto de la embriaguez, y fingiendo que la beneficiaban, se metían la moneda en el bolsillo.

Vino el médico de su cura, regalado y con dineros. Halló a su mujer más buena que él quisiera; contóle la desgracia de la mula y los remedios que se le habían hecho. Era la cosa que más estimaba el médico y agradeció el cuidado a Trapaza. Vino el albéitar, pidió la paga de su cura y, aunque de herrero a herrero no pasa dinero, quiso en pedir esto darle autoridad al de ser de médico y de albéitar, el cual quiso saber lo que le había de dar y dijo que cincuenta reales. Enfadóse desto Trapaza y, apartando a su amo aparte, donde pensó que nadie le oía, le contó el caso de la mula sin faltar nada, fiado en la merced que le hacía.

Acertó a estarles escuchando doña Sofía, y así como lo hubo entendido, comenzó a voces a llamar al albéitar y a su criado ladrones públicos, y a jurar que Trapaza no había de quedar en su casa. El albéitar se fue corrido, doña Sofía hizo cuenta con Trapaza, y como era la que mandaba en casa, no bastaron ruegos del médico para que quedase en su servicio, y así, descontándole el caldero de vino, tasado a un excesivo precio, y lo que había gastado en la cura, le vino Trapaza a alcanzar en cuatro reales. Ésos le dio en plata, conque le despidió de su casa, sintiendo el médico perder tan buen criado.

Capítulo XIV. De una aventura que le sucedió a Trapaza antes de irse de Jaén, conque se vio en buena dicha, de que resultó una nueva pretensión que siguió

Con la pena de verse Trapaza desacomodado, se salió al campo, imaginativo además, no sabiendo qué disponer de sí. Tenía determinación de irse a Granada, y para esto hallábase con muy poco dinero y ruinamente vestido. Desta manera estuvo haciendo varios discursos sobre lo que determinaría; al cabo, para alivio de sus cuidados, se retiró entre una espesura de árboles, adonde se durmió.

Recordóle de ahí a media hora un rumor de dos hombres que hablaban cerca dél y puso el oído atento para oír lo que decían, y vio que el uno dijo al otro que le acompañaba:

—No se le niegue al pintor que es grande oficial, pues ha sacado tan perfectamente el retrato de mi señora doña Serafina, con quien tendrá mi amo consuelo en esta ausencia.

—¿Cuánto ha de asistir en Sevilla? —dijo el otro.

—Pienso que ocho meses —dijo el que habló primero—. Hasta que se acabase el pleito que trae con su pariente el perulero, y si sale con sentencia en favor cogerá linda moneda, que está depositada, con la cual se vendrá a Úbeda, donde al punto se casará con esta dama.

—¿Qué la mueve asistir en esta casa de placer? —dijo el otro.

—No más de huir del enfado de visitas y pasarse allí acompañada de su madre y criados, linda vida con la amenidad de los campos, que casi los más que cercan su casa son suyos, y cuando se ofrece haber alguna fiesta en Úbeda, Baeza o Jaén, por estar todo tres leguas no más de distancia, se va a verla en su coche con sus criados, tal vez disfrazada en hábito de labradora y tal en el suyo.

—¿Cómo se llama la casa donde está? —dijo el segundo.

—Buena Vista —dijo el primero—, por la apacible vista que de sus torres se ve; y de aquí aún está más cerca que de Úbeda, pues no hay sino dos leguas cortas.

Hablando en estas y otras pláticas se durmieron los dos que eran criados del caballero que estaba en Sevilla. Violos sosegados Trapaza y, llegándose bonicamente a ellos, les quitó el retrato y con él una cajuela de plata con que estaba antes guardado. Alejóse de donde estaba para ver aquel trasunto y vio la más perfecta hermosura que sus ojos habían visto, de suerte que se la puso de espacio a contemplar, que perdió su libertad sin poder resistir los arpones del vendado dios, tanta era la beldad que tenía.

Con esta nueva pena se volvió a Jaén, entrando en la ciudad algo de noche. Bien se fuera a casa del mesonero donde le robaron, que era su amigo de cuando servía al médico, mas no quiso darle a entender que estaba fuera de su casa; y así se quedó, por ser apacible la noche (que era cerca de San Juan), en unas gradas de un cementerio de una iglesia con intento de pasar allí la noche.

Con esto y el silencio della se durmió hasta que las campanas de los conventos que tocaban a maitines le despertaron. Hallóse con una precisa necesidad y, saliéndose de sagrado, se entró en una calleja angosta cerca de aquel puesto, donde, apenas había dado dos pasos cuando sintió un ceceo desde una puerta que estaba entreabierta; acudió a ver lo que quería, llegándose allá, y pudo oír la voz de una mujer que le dijo:

—¿Es Feliciano?

A Trapaza le pareció representar el papel del llamado, y dijo:

—Yo soy, señora.

Apenas oyó esto la mujer, cuando, alargando la mano, le entregó un talego y un cofrecillo, diciéndole:

—Tened eso y aguardadme, que en breve espacio bajaré, que solo aguardo a que mi madre se duerma.

—Bien está —le dijo Trapaza—. Aquí espero.

Entróse la mujer con esto, cerrando la puerta, y Trapaza, con lo que había recibido, no paró hasta que se salió de la ciudad, tomando el camino de una alameda, donde aguardó a que fuese de día.

Y apenas la aurora comenzaba a desterrar tinieblas para bordar con su menudo aljófar las plantas, cuando a la escasa luz que ofrecía a los mortales, Trapaza desató el talego y en él halló cantidad de doblones que, por antiguos, habría días que no los había visto el Sol. Volviólos a su lugar sin contarlos por entonces, por ver lo que el cofrecillo encerraba, el cual era de nácar guarnecido de filigrana de plata. Traía en él la llave, confianza que hizo la que la habría hecho antes de su honor, y abriéndole vio en él dos cadenas de extraordinaria hechura y de peso, muchas sortijas de diamantes, y una en particular que mostraba ser de precio en los fondos de sus diamantes, mayores que otros que los guarnecían a éstos, más pequeños.

Había sin lo dicho otras dos joyas, asimismo de diamantes, que, en la hechura y los muchos de que estaban sembradas, parecían ser de mucho valor. Si quedó contento nuestro Trapaza, bien se podrá considerar, pues él, que antes se había visto pobre y necesitado, verse señor de tan linda moneda y de tan ricas joyas, es cierto que no cabría de gozo, como no miraba a los malos medios por donde lo poseía.

Miró primero si en aquella soledad había quien le pudiese ver y, visto que no parecía nadie a hora tan exquisita como aquélla, que era al amanecer, contó su dinero, que sería cantidad de mil escudos. Hallóse un poco embarazado en el modo de guardar aquel tesoro e hizo sobre esto varios discursos; mas el último fue no le apartar de sí. Acomodó el talego de manera que no fuese visto y las joyas metió en el colchado del jubón. Con esto ejecutó el intento que tenía, que era saber la quinta donde asistía la beldad de aquel retrato que había hurtado y, hallándose ciertos hombres del campo que salían a trabajar, les preguntó por la quinta, dándoles las señas de la dama y diciéndoles su nombre. Era muy conocida en aquella tierra por su riqueza; y así le dieron noticia del camino de la quinta, poniéndole en él y diciéndole que le siguiese sin torcerle, que él le llevaría derecho adonde deseaba.

Púsose en el camino, y en menos de hora y media descubrió la casa de la quinta, adornada de cuatro torres con lucidos chapiteles, en quien hería el Sol entonces, conque hacía la casa vistosa. Miróla en torno toda por si podría acaso ver a la hermosa Serafina, y quiso su dicha que saliese a un balcón que caía al campo con poco cuidado de su adorno, porque estaba con unas enaguas verdes de lama y flores, pretinilla de lo mismo, el cabello suelto por las espaldas, que aún no se había tocado, valona de puntas, tendida sobre las espaldas. Este descuido con que Trapaza la vio la hacía más hermosa, porque aquélla era la hora en que más se conoce la que es perfecta hermosura o fingida, que es acabada una mujer de levantarse de la cama.

De nuevo se le renovaron las heridas a Trapaza en el corazón que del retrato había recibido, no pudiendo resistir la violencia de las flechas del rapacillo Amor. Propuso desde allí no desistir de la empresa de aquella dama, y para pensarlo mejor, junto de la quinta, en parte secreta, enterró el cofre-cillo de las joyas y del dinero se llevó una parte. Lo primero que pensó fue vestirse de un paño ordinario y procurar entrar en servicio de la madre desta dama (que gobernaba toda la hacienda), y por no parecer hombre bajo, sino principal caballero y merecer con esta ficción galantear a Serafina. Para esto determinó lo más conviniente, y habiéndolo pensado bien, llegó con esto a Jaén, de donde había salido, donde reposó aquella noche en la misma parte que la pasada, donde le sucedió aquella aventura.

No bien había amanecido, cuando, yéndose a casa de un mercader, sacó de su tienda un galán vestido de camino y algunas ropas blancas delgadas.

Un día que estaba bien descuidado en el mesón, en su aposento, vio des-de él entrar a su amigo Pernia en un rocín y otro hombre con él en una mula. No se pudo tan presto encubrir dél, aunque quiso que Pernia no le viese, y olvidando enojos pasados (por que se habían desavenido), se apeó de su rocín, y los brazos abiertos entró a abrazar a su amigo Trapaza, diciéndole:

—¿Es posible que tanto bien me haya hecho el cielo que os he hallado aquí, amigo mío? ¿Qué traje es éste en que os veo? Pésame que la fortuna os haya sido tan avara que os haya puesto en estos términos.

Estimó Trapaza la voluntad que Pernia le mostraba y correspondióle con abrazos y aun con convidarle a comer a él y a su compañero; y en cuanto a verse así, puso por testigo al mesonero de su hurto. Con esto pusieron las cabalgaduras en la caballeriza y se entraron a descansar los dos recién venidos donde estaba Trapaza, el cual dio al huésped el dinero bastante para darles de comer regaladamente.

Diéronse cuenta los amigos de sus sucesos hasta aquel día: Pernia venía huyendo de Sevilla por haber herido a un corchete, y el compañero por una cuchillada que había dado a un cochero, que la tendría merecida desde que se puso a aquel oficio. Comieron alegremente y fuéronse a reposar.

Con la venida de Pernia dispuso Trapaza su ficción de otro modo, alentán-dola con verle allí: el modo fue desta suerte.

Él se vistió muy galán, con el vestido que hizo allí, y habiendo bien ins-truido a Pernia en lo que había de hacer, tomando un rocín del huésped alquilado, se partieron a la quinta de Serafina, llegando a ella ya de noche; aguardó a que fuese más tarde, y estuviéronse entreteniendo entre unos árboles, de que se encubrieron por no ser vistos de la quinta. Cuando a Trapaza le pareció hora (que sería como a las diez de la noche), salieron de aquel oculto lugar y, emparejando con la quinta, yendo él delante de los dos, le acometieron con las espadas desnudas, y, sin sacar Trapaza la suya, se arrojó del rocín en que iba; lo mismo hicieron los dos, y dando sobre él, comenzó Trapaza a dar voces y a pedir socorro. Oyéronle de la quinta la madre de Serafina y ella, y poniéndose a una ventana que salía al campo, vieron con la oscura luz de las estrellas la revuelta de los dos y sintieron las quejas que Trapaza daba, diciendo:

—Viles criados, enemigos encubiertos, ¿es posible que tan mal correspondáis con el amor que me debéis, que así me traten vuestras manos?

Decía a esto Pernia:

—Calle, le aviso, y déjese despojar si no quiere perder la vida.

Con esto luchaban unos con otros. Compadecióse Serafina de aquella sinrazón y con grandes gritos comenzó a llamar a los de su familia, a cuyas voces se oyó rumor de gente que salía en su favor. Visto esto de Trapaza, aviso a sus compañeros que se fuesen y hiciesen lo que les había instruido: hiciéronlo así, dejándole tendido en el suelo, con solo su vestido, sin capa ni espada; y él, por esforzar más el engaño, se había con el corte de la daga herido en la cabeza, cuanto rompió el pellejo, bañándose con la sangre todo el rostro. Así le hallaron los criados de Serafina cuando salieron a darle socorro, que fue ya tarde. Metiéronle sin sentido en la quinta, que él había fingido un desmayo, y a las luces que sacaron del cuarto de Serafina, viendo un mancebo de poca edad, de buen talle y bien vestido, herido y sin sentido, se compadecieron madre y hija, de manera que a su mismo cuarto les mandó a los criados que le subiesen, donde en un aposento que servía de camarín le hicieron brevemente una cama, y desnudándole, allí le acostaron en ella.

Todavía estaba fingiendo el desmayo el socarrón Trapaza, hasta que se vio desnudo en la cama, que entonces, con agua que le echaron en el rostro, volvió en sí y, mirando a todas las partes del aposento y a los circunstantes, dijo con voz que fingió débil y flaca:

—Señores, díganme en qué parte estoy; que poco ha me vi despojo hecho de unos viles hombres que me emprendieron matar, y ahora me veo en este lugar libre dellos.

Quien primero habló fue la madre de Serafina, que le dijo:

—No poca pena ha causado en esta casa, señor caballero, vuestra impensada desgracia, que nos halló en el primer sueño, por lo cual no fuisteis socorrido como yo quisiera; pero bastaron nuestras voces a estorbar que no acabaran con vuestra vida vuestros enemigos o ladrones, con la salida de mis criados. Vos estáis donde seréis servido, no con el cuidado que vemos merece vuestra persona, mas con el que fuere posible tenerse con vos hasta veros sano de esa herida, la cual os suplico que os dejéis curar, o por lo menos tomar la sangre della, que es la cura que al presente se os puede hacer por la falta de cirujano.

El fingido bellacón agradeció con grandes sumisiones el favor que recibía, y dijo que Dios le diese vida para servírsele, no quitando los ojos de la hermosa Serafina, que con grande piedad ponía los ojos en el herido, al cual en su concepto había calificado por un gran caballero, pues las muestras que vio en él solo aseguraban, porque su buena presencia, lucido adorno, delgada camisa y una sortija de diamantes que le brillaba en la mano izquierda (la cual de propósito se había dejado en ella Trapaza), le hacía creer lo que había presumido dél, y mostrábale aún más que piedad, que eran unos asomos de inclinación.

¡Oh amor, notables son tus secretos! ¿Quién los puede penetrar? Pues en igualdad de conocidas calidades, vemos que una mujer no suele rendirse a finezas, galanteos, regalos y otras cosas con que es servida, que pasaría esto por Serafina, de los muchos que la festejaban; y ahora, de ver a un viandante con razonable talle, acometido de dos, herido por su capricho y puesto en su casa, le haya trocado el corazón de modo que esté más que piadosa, que es inclinada.

Tratóse de la cura del herido, y un criado de la dama, que era muy mañoso y se había visto en semejantes cosas, le tomó la sangre y dejó vendada la cabeza y sosegado; diéronle por entonces dos pares de huevos y una conserva, conque le dejaron sosegar y se fueron todos a dormir, dejando doña Aldonza (que así se llamaba la madre de Serafina) a una criada anciana allí para que cuidase del herido, por si recordaba y había menester alguna cosa.

Ya nuestro Trapaza consiguió la entrada en casa de Serafina, que era lo que tanto deseaba; ya era su huésped y con su maquinada traza tenía más andado que el serlo, que era dispuesta la voluntad desta dama a más que piedad de su fracaso fingido, para lo de adelante. Tuvo un poco de desvelo aquella noche, que eso y el dolor de la cuchillada que se dio (pues no hay atajo sin trabajo), le hicieron dormir algo tarde, conque recordó ya entrado el día. Ya doña Aldonza había acudido a saber de la criada que dejó allí si había pasado el herido bien la noche, y della supo que parte della había estado inquieto, dando muchos suspiros y quejándose (así había sido todo de maña, sabiendo que la criada le escuchaba) a la que se había dormido. Ya había la piadosa señora enviado por un cirujano una legua de allí, en un pequeño lugar, el cual vino al punto.

Entraron a ver al herido, y hallóle bueno de pulso; supo a qué hora había sucedídole la desgracia y dijo que hasta las veinticuatro horas era método de cirugía no ver la herida, y que así él aguardaría allí hasta entonces. Ofrecióle doña Aldonza buena paga, y Serafina, de secreto, también.

Dejemos a Trapaza muy agradecido al favor que recibía y volvamos a la dama engañada, contando lo que le sucedió aquella noche que, acostada en su cama, no podía reposar en ella, puesto el pensamiento en el nuevo huésped, considerándole de gentil disposición (que la tenía Trapaza) y de apacible agrado, herido y maltratado de unos criados suyos, que así lo había dicho, aunque no se ha referido.

Todo esto movía a piedad, la cual se extendía a inclinación para engendrarse de uno y otro amor. Deseaba mucho que el herido estuviese en disposición de saber dél quién era, porque si hallaba ser hombre bien nacido, era sin duda que le amaría. Esto le pasó a la hermosa Serafina aquella noche, que era todo disposición para querer bien.

El cuidado que doña Aldonza ponía en que su huésped fuese servido se estendió a mandar se le limpiase el vestido, que venía manchado de la sangre que le había caído de la cabeza. Esto encargó a una criada, que era la que tocaba a su hija y a la que ella quería más que a todas. Pues como se saliese a una sala de afuera a limpiar ropilla, calzones y jubón de la sangre, después que lo hubo hecho, tuvo curiosidad para ver lo que tenía en las faltriqueras, cosa que Trapaza lo traía dispuesto así por si sucediese.

Sacó dellas dos lienzos de puntas muy delgados, unas cartas y una cajuela de plata, en la cual halló el retrato de su ama que había pocos días antes hurtado Trapaza. Apenas le conoció cuando, llamando a Serafina, le manifestó el trasunto de su hermosura, cosa que la puso en grande admiración, pensar cómo vendría a poder de aquel hombre su retrato; imaginaba si acaso era el que había dado poco hacía a los criados del caballero de Sevilla, y no se certificaba en esto, presumiendo lo que mejor le estaba, que era que no fuese él, porque no se casaba con el sevillano de buena gana, forzándola a ello más el gusto de su padre que el hacerlo de voluntad.

Deseosa, pues, de salir de aquella confusión, mandó a la criada que le volviese el retrato a su lugar, y quiso ver uno de los papeles, en el cual leyó estas palabras:

«Don Fadrique, mi señor y vuestro padre, ha sentido mucho vuestra determinada resolución, pues no era causa el enojo de vuestro hermano mayor para dejar su casa sin dar cuenta adonde partíades. Presume que vuestra belicosa condición os lleva a Flandes. Siente que hagáis esta ausencia cuando fía tan poco en la salud del señor don Sancho, por no quedarse sin sucesor. Esto os aviso, para que en darle gusto determinéis lo que os conviene. Dios os guarde. De Madrid, 20 de mayo de 1633. Vuestro fiel criado,

Lorenzo de Pernia».

La otra carta era de letra de mujer y decía desta suerte:

«Señor mío,

Ya veo que el ser vos tan hermano del que hereda el mayorazgo de vuestro padre os destierra desta Corte, y tan aceleradamente, que no dejasteis luz de donde íbades. Afición (que nunca faltará en mí) me ha hecho tan curiosa que, importunando a Pernia, he sabido dél que estáis en Sevilla con intento de partir a Flandes. Quien es causa de vuestra partida, que soy yo, os suplica no os lleve la guerra a seguirla, por dejarme a mí en ella con mis pensamientos. Cuerdo sois, veréis lo que sentirá vuestro padre esta resolución. Ya vuestro hermano está desengañado de que no le he de querer aunque más porfíe. Más está para recibir curas que favores de damas. Temo su vida y deseo veros poseedor de lo que él ha de heredar. El cielo os guarde.

Vuestra servidora,

Doña Dorotea».

Esta última carta le dejó a Serafina abrasada en celos, de manera que ya no veía la hora de verse a solas con el huésped para informarse del todo. De nuevo miró la carta del criado, y en el membrete halló ser su nombre don Fernando de Peralta, apellido que había oído ser de gran sangre y nobleza. Fue en esto llamada de su madre, a quien dio cuenta de lo que en las faltriqueras le había hallado Teodora (que así se llamaba la criada) y de cómo se llamaba el herido. Admiróse la anciana doña Aldonza, y no pudo dar en qué sería la causa de traer consigo el retrato.

Desde aquella noche le comenzaron a regalar con grandísimo cuidado madre y hija; y viniendo el siguiente día, después de haber comido doña Aldonza y Serafina, acudieron a hacer una visita al herido, cosa que él estimó mucho con grandes encarecimientos. Estuvo allí cosa de media hora doña Aldonza, tratando de varias cosas y de propósito dejó a su hija con Trapaza, fingiendo ir a ordenar las cosas de su casa. Viéndose, pues, Serafina a solas, con algunos hermosos colores que le salieron al rostro, dijo al herido estas razones:

—Como la piedad las más veces asiste en los pechos donde hay sangre noble, así en los de mi madre y mío se ha visto con más experiencia en vuestra desgracia, pues la sentimos como si de cada una fuérades hermano. Y al mismo paso nos hemos holgado de la buena relación que el cirujano nos ha hecho, de que no tiene peligro la herida; y así debéis, señor mío, guardar puntualmente su orden en no hacer exceso alguno de levantaros, sino perder todo cuidado, que aquí le tendremos de vuestra persona, olvidando penas, pues todo lo remedia el tiempo.

Atento miraba Trapaza la gracia con que esto le decía la hermosa dama, pareciéndole cada instante mayor su beldad, de quien estaba bastante enamorado, y así la dijo:

—Nunca el cielo desampara totalmente a quien da trabajos, pues tras ellos envía el consuelo con que se repara la pena. Así me ha sucedido a mí, pues cuando la infidelidad de los criados me puso en el término de perder la vida, fue en parte donde pude ser socorrido a tiempo que no perecí en sus manos; mas cuando allí muriera, llevara el consuelo de haber sido ocasión una belleza.

—No os entiendo —dijo Serafina—, y así me holgaría que me dijésedes quién sois, vuestra patria y la causa que os obligó a dejar la Corte, que, aunque no nos lo habéis dicho, traéis con vos prendas que lo descubren.

Entendió Trapaza que lo decía por las cartas que él había hecho escribir, por si fuesen halladas, y holgóse que hubiese surtido efecto la traza, y así la respondió:

—Ya sé por qué me decís lo que dudo supiera nadie sino los traidores de aquellos criados míos: unas cartas que me hallaron en Sevilla han dado luz de mi persona, y porque con ellas habrán hallado un hermoso retrato vuestro, quiero que sepáis que mi desgracia la ocasionasteis vos, y para esto estadme atenta.

Sosególe un poco y dijo así:

—Pamplona, metrópoli del reino de Navarra, es mi patria. Mi padre, un caballero natural desta ciudad y de lo más ilustre della, pues descendemos de los reyes de Navarra: este honor gozamos los Peraltas. Mi padre se llama don Fadrique de Peralta, viudo de doña Blanca de Beaumont, que goza del cielo. Quedamos deste matrimonio dos hijos, don Sancho, que es mi mayor hermano, y yo, que me llamo don Fernando. Fue don Sancho muy divertido caballero, así en juegos como en mujeres, vicios que la más poderosa hacienda acaban, por lo cual era aborrecido de mi padre cuanto yo amado, que, escarmentado en mi hermano, me moderé en los divertimientos, atendiendo más a la caza y a hacer mal a caballos, a que era sumamente aficionado.

Hiciéronse en Pamplona unas fiestas, día de San Juan Bautista, a que acudía mucha gente de aquella comarca, y de la ciudad de Logroño vino un caballero con una hija suya a ser incendio de la juventud de Pamplona; tanta era su beldad, que es poco encarecimiento el que hago della, y antes la agravio que la exagero. Fue luego festejada de muchos caballeros, y más cuando supieron que su padre estaría allí muy de asiento. Entre los muchos penantes que tuvo, fui yo uno, a quien más que a todos favorecía por haberme visto andar en la plaza alentado como venturoso con los toros.

Llegó nuestra comunicación a escribirnos a menudo y a dejarse ella hablar a una reja de noche, conque nuestro amor estaba muy adelante en lo que lícitamente se puede entender. Sucedió que un hermano del padre desta dama (cuyo nombre es Dorotea) murió en Madrid, a cuya herencia acudió luego don Carlos, su hermano, y llevóse consigo a su hija, con cuya ausencia quedé como el día faltándole la luz del luminoso planeta. Nuestro consuelo era correspondernos hasta que mi buena dicha ofreció camino para vernos: porque, habiéndose hecho llamamiento de Cortes por la Majestad de Filipo, nuestro rey, salió en suerte por uno de los procuradores dellas mi padre, conque hubo de llevar luego toda su casa a Madrid.

Eran secretos para todos los amores de Dorotea y míos; y ignorándolos mi padre, cuando hubo de partirse a la Corte, hizo una plática a solas a cada uno de los hermanos, y a don Sancho, entre otras cosas que le dijo, amonestándole no tratase de los divertimientos que usaba en Pamplona, fue una que en llegando a Madrid, comenzase a servir a doña Dorotea. Habíale parecido bien a don Sancho, mas un tahúr pocas veces tiene consistencia en amar, porque sus amores solo eran para mitigar su apetito, antes que para recreo de su alma.

Con el advertimiento de mi padre comenzó a poner por obra el galantear a Dorotea, cosa que ella y yo sentíamos mucho porque nos embarazaba nuestra comunicación. Hízose muy amigo mi hermano de don Carlos, y con esto tenía entrada muchas veces en su casa, conque yo desesperaba. Llegóse el negocio a tratar entre mi padre y don Carlos; y queriendo él dar parte deste empleo a su hija, ella no le apetecía, no queriendo dar otras causas más del distraimiento de don Sancho. No le satisfizo a don Carlos esto, y dentro de pocos días, con el cuidado que puso, supo que yo era el estorbo de la voluntad de su hija para que se casase con mi hermano. Esto lo supo de una criada, tercera de nuestros amores, y también que ellos no habían pasado de los límites de lo justo y honesto. Pesóle a don Carlos que en mí hubiese puesto su voluntad, porque el interés de ser mi hermano el mayorazgo le tenía más inclinado a él que a mí, no obstante que tenía poca salud, por haber sido muy galán y ahora estaba muy enfermo. Reprehendió a su hija, y díjole tantas cosas que la hizo torcer la voluntad y ponerla en mi hermano, cosa que yo no creyera de sus promesas y firmeza que me aseguraba tener.

Con esto se comenzó a tratar la boda muy apriesa; yo, por no aguardar a ver cosa que tan afrentado me había de dejar, tomando dineros y joyas, me partí de Madrid con intento de ver primero la Andalucía y de allí irme a Flandes a servir a Su Majestad. Dejé escrito un papel a mi padre y otro a mi hermano, en que les refería la causa de mi partida, y otro a Dorotea, muy quejoso de su mudanza y de su ingratitud; hizo en ella impresión este papel, pues sabiendo que estaba en Sevilla por un criado mío que dejé en Madrid (con quien me comunico y ahora he enviado a llamar), me escribió ese papel que se ha hallado en mis calzones.

Dejé a Sevilla con intento de ver a Granada, y en un lugar cerca de Jaén sucedió hallarme en un mesón con unos criados de un caballero que me mostraron un retrato que traían vuestro, y aficionéme tanto a su hermosura que les pregunté cúyo era; dijéronmelo y adónde estaba el dueño y cómo lo llevaban a Sevilla a su amo, con quien me parece que tratáis de casaros.

Diera por el retrato todo cuanto me pidieran, según me había dejado rendido la hermosura dél. Lo que hice para poseerle fue convidarles a cenar y mandar que en el vino les echasen cantidad de sal. Regalélos muy bien, que cenaron en mi mesa; los brindis se menudearon, de modo que antes de levantar los manteles ya yo los tenía como los había menester. Enviéles con mis criados a sus camas y entonces saqué el retrato de una caja en que le traían, y aquella mañana, antes de salir la aurora, partí de allí.

Vine a Jaén, donde me informé de la quinta, cielo de vuestra beldad, y partíme a ella con intención de solo ver el dueño de la copia que conmigo traía, que me había enamorado tanto.

Mis dos criados me traían armada la traición para matarme y robarme; dos cosas pensaron que habían conseguido y salieron con la una, que fue el robarme, cosa que yo doy por bien perdido cuanto me llevan, pues me han dejado con la vida, que estimo ahora en más por haber gozado el conocimiento vuestro, aunque sin él me parece que viviera en perpetua pena, tanto habéis robado mi libertad desde que vi vuestro retrato, si bien, cotejado con el original, veo cuánto agravio os hizo el pintor. Él ha sido quien ha borrado las memorias de Dorotea, quien consuela mis penas, quien alienta mi esperanza, y así propongo de merecer con finezas que admitáis mis servicios. Esto es lo que puedo deciros de mi patria, sangre, suceso y amor.

Calló con esto, mirando a Serafina, que estaba con la vergüenza de oírle, con mayor belleza, la cual dijo al fingido don Fernando:

—Señor mío, a tener yo las partes que habéis licenciosamente encarecido de mi persona, creyera que pudieran haber causado en vos los efectos que me manifestáis, y tengo el bastante conocimiento de lo que soy, y así juzgo vuestros encarecimientos a cumplimientos cortesanos antes que a razones declaradas de la voluntad; de cualquier manera estimo el favor que hacéis. Verdad es que una cosa sola hallé en vuestro favor para dar algún crédito a vuestro amor, y es el poseer mi retrato y venir en seguimiento del dueño dél: yo estoy muy agradecida de la fineza, aunque quisiera que no os hubiera costado tan cara; gracias a Dios que no fue como pudiera suceder. Lo que importa es que estéis bueno, que en el poco tiempo que aquí estuviéredes, echaré de ver indicios de esa voluntad que me ponderáis, si es fingida o verdadera; y porque mi madre me aguarda y le parecerá me detengo en la visita, quedaos con Dios y no os dé pena nada.

Con esto se quiso ir, y trabándola Trapaza de la manga de la ropa, la dijo:

—¿Podrá este rendido vuestro quedar con alguna esperanza de que, habiendo sido acepta mi fineza, tendrá algún favor?

—No sé qué os diga —dijo Serafina—. Casos suceden que acaban más en brevedad de tiempo que asistencias muy dilatadas. No me declaro más; y así solo os digo que la experiencia me dirá lo que tengo de hacer; y así ni desespero ni aseguro.

Con esto se fue bien contenta de haber oído a Trapaza la fingida historia, que ella tuvo por verdadera, la cual fue a referir a su anciana madre, y antes que ella le dijese nada, añadió a ella cuán buena persona era don Fernando y cuánto merecía, que con esto fue darla a entender que gustaba antes de este empleo que el del caballero de Sevilla.

Era Serafina hija única de doña Aldonza, señora de toda la hacienda de su padre, que era mucha, y no osaba ella disgustarla; y así, viéndola inclinada al herido, aprobóla su inclinación, conque ella comenzó a favorecer a Trapaza en lo lícito, viéndole todos los días que estuvo en la cama, dos veces, donde con la comunicación ya solo se trataba de casamiento, y esto delante de la madre, la cual por cartas dio cuenta desto a unos deudos que tenía en Úbeda, haciendo un propio para avisarles deste empleo.

Ya Trapaza se levantaba y andaba por la quinta, saliendo algunas tardes por alrededor della; en una que vino ya de noche, se encontró con su amigo Pernia, a quien dio cuenta del estado de sus amores y de cómo le iba bien en aquella vida. Mandóle venir la noche siguiente, y habiéndole él antes acudido a la parte donde estaba su dinero escondido, sacó de lo que hubo menester para sí y una joya con una cadena.

Apenas había vuelto a cubrir su tesoro cuando llegó Pernia, el cual acudía allí en figura de pobre mendigo para no dar sospecha alguna; díjole el modo que había de tener y instruyóle en todo bien; y con esto se volvió adonde estaba Serafina aguardándole, la cual le riñó mucho el detenerse por el campo tanto. Pasaron en gustosa plática aquella noche, siempre favorecido Trapaza y muy querido de su madre, hasta ser hora de retirarse.

Serafina apretaba a su madre que abreviase con aquel casamiento, y ella la decía que hasta tener respuesta de sus deudos no se atrevía a resolverse en nada, conque la dama no lo llevaba bien, que el picarón la había enamorado bastantemente.

Estando los tres a un balcón la tarde desotro día, vieron venir en un rocín un hombre que pasaba por debajo de donde estaban, que era el camino real de Granada; pues, como llegase cerca, conociendo Trapaza ser su íntimo amigo Pernia, dando una grande voz, dijo:

—¿Es posible que tal dicha tenga que al criado que más estimo, que a quien aguardaba, impensadamente le haya visto aquí?

Diole voces, y Pernia, haciendo del desentendido, pasaba adelante. Esforzó la voz, y con esto volvió la cabeza, el cual, como viese a Trapaza, que había de fingir ser su dueño, mostró tal contento que, arrojándose al punto del rocín, se entró por la puerta de la quinta, y subió donde estaban doña Aldonza, Serafina y Trapaza. Arrojóse a los pies de Trapaza, y él le abrazó muchas veces, diciéndole:

—Amigo Pernia, ¿es posible que sin pensar te veo? ¿Hay tal ventura?

Volvíale con esto a abrazar y el bellacón del Pernia a besarle la mano. Volviéronse a sentar, habiendo mandado doña Aldonza que le pusiesen a buen recaudo el rocín, que guardasen bien la maleta.

Comenzó Trapaza a preguntar por su padre y supo tener buena salud; pero de la de su hermano le dio tan malas nuevas, que le dijo que entonces se dudaba mucho de su salud, y más en tiempo que estaba capitulado.

—Qué, ¿todavía ha salido con su intento? —dijo Trapaza.

—Tal le ha costado de importunaciones —dijo Pernia—. Pero agradézca-
selo a vuestra sequedad, que esta le obligó a mi señora Dorotea a casarse y
olvidar vuestro amor por no la haber respondido a su carta.

—Bien está lo hecho —dijo Trapaza a Pernia—. ¿No os parece que me
he empleado mejor en la beldad de mi señora doña Serafina, y que la hace
notorias ventajas?

Respondió que así lo conocía y que le daba la norabuena de tanta dicha.

Con esto le dijo que le traía una cajuela que le dar, la cual venía en la
maleta. Diole una carta luego, y con esto dio lugar a que se quedasen los
tres a solas, y él se fue a descansar y a comer una sazonada comida que ya
le tenían prevenida.

De nuevo quedaron hablando en su casamiento doña Aldonza, Trapaza y Serafina, aguardando solamente la venida de sus deudos para con su
consentimiento efectuarlo; tan embelecadas las tenía Trapaza, y a Serafina
enamorada de manera que ella era quien más fuego ponía en el negocio
para que se concluyese.

Acabó Pernia de comer, y viéndose con él Trapaza a solas, le dio nuevas
instrucciones, fingiendo haberle traído una carta de su padre con una joya y
letras para Sevilla. Se lo mostró todo a las muy engañadas señoras, conque
se certificaron que Trapaza les decía verdad. Diole a Serafina la joya, que era
una firmeza de diamantes muy bien labrada y de valor, cosa que ella estimó
mucho por ser dádiva de quien tanto quería.

Esotro día determinó Trapaza ir a Jaén a sacar un par de vestidos, que,
acudiendo la noche antes al erario donde tenía su tesoro, sacó lo necesario
para esto.

Llegó a Jaén, y por mano de Pernia (que él no quiso parecer por temor de
ser conocido), se sacaron los vestidos, y dentro de dos días se hicieron, conque volvió a la quinta, siendo bien deseado de su Serafina, porque habían
llegado de Úbeda dos tíos suyos y un primo a esto del casamiento.

Recibieron a Trapaza con mucho gusto, contentándoles la persona del
novio, el cual estaba con un desenfado y una osadía como si todo lo que
había dicho de sí fuera verdad.

Cenaron todos con mucho contento y retiráronse los deudos a solas con
doña Aldonza, solamente a hablar del consorcio. Propuso doña Aldonza la

primera plática en esto, diciendo el conocimiento que tuvieron con don Fernando (que así le llamaban) y por qué causa, como está ya dicho, y cómo habían sabido quién era; y últimamente, la voluntad que le traía a ver Serafina, su hija; la venida impensada del criado, y que, sobre todo, la afición de Serafina era la que instaba más en aquel empleo, el cual le parecía que era conveniente para su hija por lo noble que era aquel caballero, y justamente por estar a pique de heredar a su hermano mayor, que estaba muy enfermo.

Oyeron todo esto los parientes, y como cuerdos repararon en que no se debían arrojar tan a ciegas a tratar de un casamiento, que si no era como habían sabido, después de efectuado era difícil de deshacer, que era bien no fiarse del crédito del mismo pretensor, sino hacer diligencia por su parte, y que así, pues él decía estar su padre en Madrid y en ocupación tan honrosa como era procurador de Cortes, que era razón informarse si era como él aseguraba, y que para esto —dijo el más anciano tío de Serafina—, que él despacharía un correo a las veinte para que trujese certeza de lo que deseaban saber, que ésta la darían los procuradores de Cortes de Sevilla, que eran sus amigos, a quien escribiría se informasen de todo y le avisasen.

Vino en esto doña Aldonza, que no pasara por ello a estar allí Serafina, porque cada instante que se le dilataba su empleo (como estaba enamorada) se le hacía un siglo.

También les pareció que no era decente tener allí a don Fernando, por excusar la murmuración que desto podía resultar en daño de su opinión, que lo hecho hasta allí había sido con pretexto de ampararle en aquella desgracia y curarle; pero pues ya estaba con salud, sería mal juzgado que hasta hacer la boda él fuese huésped, y que así el mismo que daba este consejo se le quería llevar a Úbeda, donde en su casa le tendría hasta tener respuesta de Madrid. Éste fue para Serafina muy mal acuerdo, pues le quitaban el gozar de la presencia de su amante.

Advirtió el anciano tío que a don Fernando no se le dijese que aquel casamiento se dilataba por hacer nueva información de su persona porque no se disgustase, viendo que no se le había dado crédito, sino que se le diese salida a que estaban aguardando a otro tío suyo que había venido de Jerez, que en llegando se daría conclusión al negocio.

Con esto se retiraron a dormir, llevando otra advertencia de paso doña Aldonza, que era no decir nada desto tratado a Serafina, porque ella no lo revelase a su galán; y así lo prometió. Con esto, pues, se fue cada uno a su aposento, donde les tenía regaladas camas. Quienes lo pasaron mal aquella noche fueron Trapaza y su dama: él deseando saber qué se había tratado en la junta en su favor o contra, y Serafina procurando saber luego de mañana lo mismo de su madre, que no veía la hora de verse esposa del mentido don Fernando de Peralta.

Capítulo XV. De cómo descubierto el enredo de Trapaza, se le desvaneció su maquinado empleo, y el castigo que llevó por él, y cómo se partió a Madrid

Uno de aquellos dos tíos de la hermosa Serafina traía consigo un hijo suyo, como se ha dicho, estudiante, el cual reparó mucho en la persona de Trapaza, no acordándose dónde había visto aquel hombre, que le parecía haber tratado y comunicado mucho; hizo reflexión de su memoria, y al cabo vino a dar en que era parecidísimo al bachiller Trapaza, sujeto tan conocido en la Universidad de Salamanca tanto por sus donosas burlas como por sus enredos.

No se afirmaba en esta sospecha, así por verle tan lucido y en dicho hábito de aquél en que le había visto, como porque vio que muchas personas se parecen tanto a otras que han padecido engaño los ojos con estas similitudes.

Con esta sospecha todas las veces que le hablaba no podía perder de la memoria al conocido Trapaza. Dijéronle que entre las cosas que se habían tratado, era una el que se fuese con ellos a holgar a Úbeda hasta que el tío de Serafina viniese de Jerez. Aceptó esto nuestro embustero, sin caer en lo que se le trazaba. Fuese con ellos a Úbeda, adonde era estimado entre toda la gente principal, porque el picarón, con su buen despejo, labia y graciosos dichos, ganaba la voluntad de todos, y más esto, cayendo en presunción de que era quien él había publicado, que todo era oro sobre azul.

Llegaron las cartas de los tíos de Serafina a Madrid y a manos de uno de los procuradores de Cortes de Sevilla, el cual, aunque conocía no haber de Pamplona procurador de Cortes que se llamase don Fadrique de Peralta, hizo diligencia por todo Madrid, por saber si tal caballero había, o don Sancho de Peralta, su hijo; mas ninguna persona hubo que le diese nuevas dél, ni menos los procuradores de Pamplona, diciéndole que, aunque en aquella ciudad había muchos caballeros de aquel apellido, de los nombres de don Fadrique, don Sancho y don Fernando, ninguno se hallaba en toda Navarra.

Esto escribieron luego a los tíos de Serafina, conque confirmó el estudiante ser el contenido Trapaza en su sospecha.

Consultaron el modo que tendrían para castigarle, y fue que en el mismo lugar adonde cometió el delito se le debía dar la pena, que era en la quinta de doña Aldonza. Allá le llevaron bien descuidado de lo que se le apercibía, diciéndole cómo el siguiente día esperaba doña Aldonza a su primo el caballero de Jerez, con cuyo voto se efectuaría el casamiento de Serafina.

Estaba Trapaza el hombre más contento del mundo, faltándole en aquella ocasión el discurso, pues no le dilató a echar de ver que aquella ficción no se podía lograr.

Llegaron aquella tarde a la quinta, donde fueron todos recibidos con mucho gusto de doña Aldonza, y mucho más de su hermosa hija, que ya no podía sufrir la ausencia de don Fernando de Peralta.

Acabada la cena, a Trapaza le pidieron que se fuese a recoger a su aposento, que tenían que comunicar con doña Aldonza en orden a disponer las cosas de la boda. Él lo creyó todo y se fue a acostar, haciéndolo así sin recelo de lo que le había de venir.

Luego que se vieron estos tíos de Serafina a solas con ella y su madre, les mostraron las cartas que de Madrid habían recibido, conque se admiraron grandemente, viendo que aquel fingido caballero era un gran enredador, y más cuando el estudiante (que se llamaba don Esteban) dijo haberle conocido en Salamanca y llamarse el bachiller Trapaza, nombre que se le puso en su tierra, y él tampoco desdecía dél en sus costumbres. Para averiguación desto, se le ordenó a don Esteban entrase a verse con el embustero y mostrase la carta, y juntamente con esto le llamase por su nombre, diciendo ser conocido, y apercibido lo demás para si se averiguase esta sospecha.

Entró con una luz al aposento de Trapaza, que acababa de entregarse al sueño, muy sin recelo de lo que le esperaba. Así como vio a don Esteban con la luz que entraba a verle, se presumió que, como persona con quien había trabado estrecha amistad, le entraba a dar alguna buena nueva de lo que entre los deudos se había consultado en la junta. Encorporóse en la cama, y esperó que don Esteban pusiese la vela sobre la cama y se acomodase en la silla que estaba a la cabecera della, lo cual hecho, le habló desta manera:

—Aunque le habré hecho al señor don Fernando mala obra en quitarle de su sosiego, se puede todo llevar por una buena nueva que le traigo, con que se ha de holgar mucho.

—Desa persona —dijo Trapaza— no me pueden venir a mí sino cosas de gusto, y así las espero.

—Cuanto a lo primero —replicó don Esteban—, importa que vuesa merced lea esa carta.

Tomóla Trapaza muy alborozado y leyó en ella las siguientes razones:

«En cumplimiento de lo que vuesa merced me ordena que sepa en orden a la persona de don Fernando de Peralta, caballero de Pamplona, puedo decir que tal caballero, como don Fadrique de Peralta, no es procurador de Cortes por aquella ciudad, sino don Francés de Beaumont y don Carlos de Ripalda; y he averiguado que tal caballero no solo no le hay en Madrid, pero ni en toda Navarra. Aviso luego desto con el mismo correo que va a toda diligencia, porque no haya sucedido algo que después no se pueda remediar».

Suspenso y mudado de color quedó Trapaza con la carta, sin hablar palabra, pero don Esteban acudió luego a decirle:

—Mucho me espanto, señor hidalgo, que con tanto despejo y osadía vuesa merced emprenda con mentirosas relaciones de su persona engañar a estas señoras para llegar a dar la mano a quien muchos no la alcanzan por ser despreciados de su belleza, si bien la igualan en la calidad. Estas señoras están muy sentidas de su ruin término y, aunque pudieran quitarle aquí la vida sin costarles nada, lo dejan de hacer por no ensuciar sus manos en un vil sujeto como el suyo, que sabemos que por embustero le han desterrado de Salamanca, donde campaba con el nombre del Bachiller Trapaza, de que soy buen testigo, que le traté y conocí en aquella universidad ser el autor de cualquier enredo y el inventor de cualquier embuste; y esto no hay negarlo, que, desde que le vi, luego le conocí por el mismo Trapaza que no pudo sufrir aquella universidad, pues era en ella el motor de cualquier insolencia.

En lo que estas señoras se han resuelto es en que vuesa merced no se vaya por lo menos alabando de que las tuvo casi engañadas, que fuera gran aventura suya y poca maña nuestra; y así, vuesa merced se apercibe a recibir un castigo que le está prevenido, del cual no saldrá con ningún miembro quebrado ni costilla rota, sino con muchísimos azotes.

Llamó a voces a cuatro robustos mozos de la labor del campo, que aguardaban a esta ocasión con lindas cuerdas de cáñamo torcido y mojado en las manos, los cuales, entrando donde estaba el confuso Trapaza, sacándole de la cama, le comenzaron a poner el cuerpo como merecían sus delitos.

Las voces que daba eran grandes, a las cuales despertó Pernia, que estaba acostado, y conociendo el detrimento que pasaba el pobre Trapaza, no quiso aguardar a que llegase la tanda por él, y así, cogiendo sus vestidos, se fue a la huerta de la quinta y, saltando una tapia della, se puso en salvo sin dejarse ver más en toda esta memorable historia. Díjose que se fue a Sevilla y de allí se embarcó a las Indias.

Volvamos a nuestro Trapaza, que le dejaron tal los cuatro mozos, que no podía aun quejarse, si bien es verdad que él hizo la mortecina, con que a las dos señoras, madre y hija, puso en gran compasión, y temiendo que acabasen con su vida aquellos crueles ministros, les mandó que cesase la vapulación.

Tomáronle en brazos, así en camisa como estaba, y sacándole de la quinta, le pusieron así desnudo en el campo, tendido en la hierba dél, donde era compasión oír los dolorosos gemidos que daba.

No consintió doña Aldonza que esto pasase así, sino que le hizo doblar sus vestidos todos y su ropa, y desde un balcón se lo hizo arrojar en el campo, cerca de donde estaba, diciéndole ella:

—Atrevido pícaro, aunque vuestros atrevimientos merecían daros la muerte, conténtome con ese castigo que os he mandado dar; vuestros vestidos son éstos, que no quiero nada de vos. No me paréis más aquí donde yo os vea, que podrá ser que os cueste la vida. Una joya que tiene Serafina, porque presumo que la habéis hurtado, haré que se dé para rescate de cautivos, que será allí más bien empleada que volvérosla, porque no engañéis a otra con ella.

Cerró con esto la ventana y dejó al pobre azotado maldiciendo la hora en que había intentado aquella empresa con tan mentirosos fundamentos.

Vistióse lo mejor que pudo a la luz de la hermana de Febo, que salió a ver su trabajo; entróse en una alameda allí cerca, donde pasó la noche muy desacomodado por el gran dolor de las heridas que tenía en las posterioridades, de los crueles azotes que había recibido.

Desta manera pasó hasta venida el alba, que salió riendo, como dicen los poetas, y aquí debió de hacerlo, de ver al pobre Trapaza vapuleado hasta más no poder, a cuya luz se fue derecho donde estaba su tesoro y, sacándole de las entrañas de la tierra, donde le tenía escondido, se lo guardó de modo que no fuese visto de nadie.

Desta suerte se puso en camino a pie, hasta que en el primer lugar halló un arriero que caminaba hasta Andújar, ciudad de la Andalucía. Concertóse con él y, puesto sobre un macho, de ocho que llevaba la recua, sufrió por sus jornadas la flema de su caminar, que no es poca.

Llegaron a Andújar, y apeándose en un mesón donde era continuo huésped el arriero, de allí se mudó a otro Trapaza, porque con el capricho que llevaba de parecer más de lo que era, no le estaba bien que se supiese que había caminado en macho de recua; y así, luego que se vio en el otro mesón, pidió un buen aposento para mientras estuviese allí.

Con esto sosegó algo de los dolores de la vapulación, los cuales le quitaron el amor como si nunca hubiese conocido a doña Serafina.

Ofrecióse venir de Écija un coche que iba de retorno a Madrid, y en él venían dos hidalgos de aquella ciudad y un religioso del Carmen. Iba el cochero a ver si en Andújar hallaría más personas para llenar los vacíos de su coche, porque no fuese sin gente a Madrid.

Ofrecióse en el cuarto lugar nuestro Trapaza y dos pasajeros; conque, acomodado con seis personas (aunque él quisiera que fueran ocho), partió de allí para la Corte, cosa que deseaba sumamente ver Trapaza, pareciéndole que en ninguna parte podría él campar mejor que en Madrid, por ser tan gran lugar y a propósito para tratar de hacer trapazas, que aún no había escarmentado del castigo de la pasada aventura.

Eran los compañeros de camino toda gente de muy buen gusto, y ninguno se quedaba en Madrid, que pasaban adelante a varias partes. Entre ellos se trabó conversación, tratando de diferentes materias.

Era el fraile muy leído y sabía bien letras humanas, y uno de los hidalgos de Écija había tratado de lo mismo, realzándose esto con un poco de natural de poeta, de que dio buenamente muestras, diciendo algunos versos suyos de buen aire y que le alabaron los demás, conque se ofreció, si no se cansaban, a entretenerles todo el camino.

Todos dijeron que recibirían gran favor; y así, cuando se cansaban de tratar de diversas materias, él remataba la conversación con versos suyos, y los demás le ayudaban con ajenos, de que Trapaza tenía abundancia en la memoria, entremetiendo algunas sátiras que él había hecho, no vendiéndolas por suyas por no desacreditar la opinión de prudente que entre ellos había cobrado con lo entendido de sus discursos.

Una tarde que iban medio dormidos, Lorenzo Antonio (que así se llamaba el poeta) les dijo que hacía el día pesado, que no se durmiesen, que les quería leer un entremés que había hecho y pensaba dar a la mejor compañía que hubiese en Madrid.

Despertaron todos y rogáronle que se les leyese, que gustarían mucho de oírle.

—Primero —dijo el poeta—, tengo de referirles a vuesas mercedes el motivo que tuve para escribirle, que fue haber salido de Écija una moza que vendía castañas, de buena cara, para Sevilla, llevada de un mercader que se aficionó a ella y la puso en paños mayores. Habiéndola este personaje dejado, volvió a Écija tan dama que no la conocíamos, donde se casó, escogiendo a uno de muchos pretendientes que tenía. Éste es el asunto. Los versos del entremés son éstos:

Entremés de «La Castañera»

Figuras dél
Juana
Lucía
Lacayo
Zapatero
Boticario
Sastre
Músicos

Salen Lucía y Juana.

Lucía   Seas, Juana, a la Corte bien venida.

Juana   Y tú, amiga Lucía, bien hallada,
               que me verás de estado mejorada.

Lucía	Admirada me tiene en gran manera verte ya dama, si antes castañera.
Juana	No vengo muy en ello.
Lucía	Y tan jarifa que el despejo a la vista satisface.
Juana	Estos milagros el amor los hace. Este palmo de cara, amiga mía, dio a un mercader tal guerra y batería que, apoderado amor de sus entrañas, pudo sacarme de vender castañas. Díjome su pasión, su amor, creíle; brindóme con Sevilla, y yo seguíle; llevóme, y al pasar Sierra Morena, troqué la Juana en doña Madalena. Diome vestidos, joyas y dineros, finezas de galanes verdaderos, que dama que se paga de parola vivirá triste, sin dinero y sola. Yo, que supe llevarme con mi amante, rompí galas, campé de lo brillante, no perdí la ocasión, logré las uñas, que fueron de su hacienda las garduñas.
Lucía	¿Y en qué paró el empleo?
Juana	¿En qué? Embarcóse a las Indias, dejóme, y acabóse, pero con gentil mosca.
Lucía	Eso me agrada.

Juana	Quiso gozo, estaféle, y no fue nada.
	Heme vuelto a Madrid desconocida,
	de castañera en dama convertida,
	que por amores no soy la primera
	que de baja subió a mayor esfera.
	Tengo mi casa así bien alhajada,
	soy bien vista, aplaudida y visitada;
	y porque de casarme tengo intentos,
	llueven en esta casa casamientos,
	y éstos de todo género de gentes.
Lucía	No hay duda que te sobren pretendientes.
Juana	Hoy estoy para cuatro apercibida,
	de quien soy con cautela pretendida;
	un boticario, un sastre, un zapatero
	y un lacayo apetecen mi dinero;
	mas todos oficios me han negado
	y que tienen hacienda han publicado.
Lucía	Gatazo quieren darte.
Juana	No en mis días.
	Hoy he de contrastar sus fullerías,
	y en la proposición del casamiento
	verás, que sin salirme del intento,
	les declaro su estado y ejercicio,
	con más los adherentes del oficio,
	hasta salir con mi intención al cabo.
Lucía	Tu ingenio admiro, tu despejo alabo.

(Sale el Boticario.)

Boticario	¿Está en casa la luz que el orbe dora,
	que es, en su parangón, fea la aurora?
Juana	Sea vuesa merced muy bien venido.
Boticario	A mis dos ojos las albricias pido,
	pues llegar a mirar tanta hermosura;
	¿Vivo en vuestra memoria, por ventura?
	¿Merezco ser consorte en este empleo,
	dedicado a las aras de Himeneo?
Juana	Señor Gandul, ya es tanta su frecuencia
	que ha venido a apurarme la paciencia
	y a que llegue a decirle que es mi intento
	que hable en su sazón del casamiento,
	que estar tratando dél tarde y mañana
	a la más inclinada la desgana,
	no en moler, y molerme se desvele,
	que parece almirez en lo que muele.
Boticario	(¿Qué es esto de almirez? Si lo ha entendido...
	pero el símil, sin duda, lo ha traído.)
Juana	Amor, señor Gandul, es como píldora.
Boticario (Aparte.)	Esto es peor.
Juana	Que anima al desganado
	a que la tome viendo lo dorado.
Boticario	(Mucho toca en botica aquesta moza;
	en balde ya mi calidad se emboza;
	mas pienso que, sin duda, se ha sentido
	de que yo alguna joya no le he ofrecido.)

Señora, ya he entendido lo dorado:
me pesa de no haber adelantado.
Una joya os ofrezco.

Juana   ¡Bien lo entiende!
Con eso que me ofrece más me ofende.
Señor Gandul, pues sabe el casamiento,
viniendo a ser unión de corazones,
parece a boticarias confecciones,
diversas calidades ven perfectas
en bocados, trociscos y tabletas,
mas si amor en consorcios no es muy casto,
parecerá pegado como emplastro;
franco ha de ser, sin menguas, no publique
que es amor destilado de alambique,
porque la voluntad nunca le toma
si no es puro como agua en la redoma,
y al dicho, si no quiere su carátula
que se lo desliemos con espátula.

Boticario   Aquí no hay más que hacer, voime corrido.

Juana   ¿Vase?

Boticario   Sí, porque me han conocido.

(Vase.)

Juana   ¿Qué te parece, di?

Lucía   Que va de suerte
que no tratará más de pretenderte.

(Sale el Sastre.)

Sastre	Mil norabuenas les daré a mis ojos,
	porque han llegado a ver esa lindura,
	que el non plus ultra es de la hermosura;
	que esa gala, ese garbo, ese prendido,
	flechas doradas son del dios Cupido,
	y yo despojo suyo, que postrado
	estoy de ese donaire asaetado.
	¿Acaba vuesarced de resolverse
	y al castísimo yugo someterse?
	Que como la respuesta ha dilatado,
	ando de su belleza más picado.
Juana	¿Picado? ¿Es con cincel o con puntilla?
Sastre	(Esto va malo: el juego es de malilla,
	o ya los filos por picarme aguza.)
Juana	¿Es mosqueado o es escaramuza?
Sastre	(Quiero disimular.) Picado muero.
Juana	Pues entiérrenle encima del tablero.
	Señor Zaldívar, voy a lo importante:
	vuested me ofende por pesado amante.
Sastre	¿Por qué?
Juana	Dirélo, pues que lo pregunta.
	Mil veces esta calle me pespunta,
	y es porque vuesarced está con gana
	de verme como en percha a la ventana;
	pero yo con clausura recogida
	quisiera estar en un dedal metida,

porque tengo vecinas tan parleras
que cortan más que pueden sus tijeras.
Deje este casamiento, por su vida,
o se le hará dejar un sastricida.

Sastre   (¡Vive Dios, que es bellaca socarrona!
              Ya tiene conocida mi persona.)
              Aquí no hay más que hacer. Licencia pido.

Juana   ¿Vase?

Sastre   Sí, porque ya me han conocido.

   (Vase y sale el Zapatero.)

Zapatero   Prospere y guarde el cielo esa belleza,
              admiración de la naturaleza.

Juana   Sea vuesa merced muy bien llegado.

Zapatero   ¿Vuesa merced de mí no se ha acordado?
              ¿Hase resuelto en este casamiento?

Juana   Diréle a vuesarced mi pensamiento:
              cualquier mujer que aspira a este contrato
              anda a buscar la horma a su zapato.

Zapatero   (¿Horma dijo y zapato? Soy perdido:
              sin duda que mi oficio le ha sabido.)

Juana   Y yo le busco, porque tengo estima,
              en un novio sin serlo de obra prima,
              que si veo mozuelas baladíes
              que se quieren alzar en ponlevíes,

mejor podré emplearme en un velado
que esté en groserías desvirado,
que la naturaleza (no se inquiete)
también desvira sin tener trinchete;
y así, señor Galván, busco marido,
de solar, no solar tan conocido
como el de vuesarced, que tengo dote,
para que no ande oliéndome a cerote.

Zapatero   (Por Dios, que me sacude y que es discreta.)

Juana   Vuelva a su solio.

Zapatero   ¿A cuál?

Juana   A la banqueta.

Zapatero   Sin responderle nada me despido.

Juana   ¿Vase?

Zapatero   Sí, porque ya soy conocido.

(Vase y sale el Lacayo.)

Lacayo   El cielo le maldiga y remaldiga
                a quien al verla no le da una higa.

Juana   Aqueste, amiga mía, es el lacayo.

Lacayo   ¿Viose entre flores más airoso el mayo
                ni el céfiro que peina los jardines?

Juana   ¿El céfiro los peina? ¿Pues son crines?

	¿No dirá que las flores almohaza?
Lacayo	(¡Vive Cristo, que ha olido la trapaza!
	Y en la empresa que intento me desmayo,
	que esto huele a saber que soy lacayo.)
Juana	¿Qué piensa? Diga.
Lacayo	Pienso en mi cuidado.
Juana	No piense vuesarced, que harto ha pensado,
	y esto sin dar cuidado a pensamientos.
Lacayo	Ya escampa.
Lucía	Ya penetra tus intentos.
Juana	Penetre, porque más no me congoje.
Lacayo	(¡Yo la diré quién es, aunque se enoje!)
Juana	¿Qué tiene vuesarced que está suspenso?
Lacayo	¿Qué ha de tener quien rinde al amor censo?
Juana	¿Tanto ama?
Lacayo	Es mi fuego tan sobrado,
	que el corazón me tiene medio asado.
	¿Ha visto un tostador donde hay castañas
	que ostenta por resquicios las entrañas,
	y éste sobre un alnafe acomodado,
	está siempre de brasa rodeado,
	y contino le soplan con ventalle

sin el aire que pase por la calle?
Pues este corazón enternecido,
al dicho tostador tan parecido,
sufre de amor tal fuego que se abrasa,
y este tormento por amarte pasa,
más fijo siempre en esta pena fiera
que en una esquina está una castañera.

Juana	Lucía, amiga, aquesto va perdido.
Lucía	¿Cómo?
Juana	Que el socarrón me ha conocido.
Lacayo	(Piquéla y repiquéla).
Juana	(¡Oh picarote!)
Lacayo	(Y este pique y repique traen capote.)
	Ya vuesarced, señora, me ha entendido,
	el camino difícil ¿está llano?
Juana	Digo que eres mi esposo: ésta es mi mano.
Lucía	Bueno lo vas parando, por mi vida.
Juana	¿Pues qué he de hacer, si soy ya conocida?
Lacayo	Los músicos traía prevenidos,
	con tres lacayos, todos conocidos.
Lucía	Salgan con las vecinas y bailemos,
	y estas alegres bodas celebremos.
(Baile.)	Una niña hermosa

que subió el amor
de tostar castañas
a más presunción
para casamiento
galanes juntó,
y entre cuatro amantes
escogió el peor.
Oigan, tengan, paren, escuchen y den atención,
que hoy se juntan la almohaza y el tostador.
La que con donaire
de los tres fisgó,
en el cuarto halla
tretas de fisgón.
Lacayo profeso
por marido halló
la que para dama
hace aprobación.
Oigan, tengan, paren, escuchen y den atención,
que hoy se juntan la almohaza y el tostador.
Castañeras que estáis en Madrid,
venid, venid, venid a la fiesta,
pregonando castaña cocida enjerta.
Lacayitos de almohaza y mandil,
venid, venid, venid a la boda,
pregonando miseria con calzas rotas.

Fin

Alabaron todos los oyentes con muchos encarecimientos la agudeza del entremés y la extraordinaria invención suya, con que Lorenzo Antonio, su autor, se dio por favorecido.

Tomó la mano Trapaza (a quien llamaban don Vasco Mascareñas, nombre que tomó para conseguir ciertos designios que después ejercitó valiéndose de Portugal para esto, aunque se quejase el noble apellido de Mascareñas) y dijo al poeta si había escrito alguna comedia. Respondióle que nunca tal pensamiento había tenido, no porque le faltaba para hacerla ingenio, aunque la tal obra pedía muchas cosas para ser como pide el arte cómico que ahora corre, no el Terencio que con más vigor aprieta con preceptos esta composición, pero gracias a una florida vega que los ha dado más puestos en razón y ajustados al gusto, aunque pasen más horas que las pide Terencio.

—Yo —prosiguió el poeta— bien me atrevería con espacio a escribir una comedia siguiendo el estilo de las que nuevamente se han representado en España con tanta aprobación y aplauso de los oyentes. Pero doy por constante que con el trabajo y estudio consigo haberla tratado bien y que con esto sale realzada de versos, ajustándolos a los sujetos de cada personaje, de manera que el galán enamore fino, la dama le escuche tierna, el competidor lo oiga celoso, el padre aconseje prudente, el gracioso diga donaires y algunos cuentos donosos a propósito, sin traerlos por los cabellos como vemos que hacen algunos, que, acabada de poner en limpio, la muestro a dos amigos de quien tenga satisfacción que no me han de adular, sino decirme las verdades desnudamente, como lo deben hacer los tales, que éstos me la aprueban y dicen que la puedo dar a que se represente. Conseguido todo esto, falta ahora la mayor dificultad, que, como cortesano antiguo en Madrid puedo saber, y ésta es que la llevo a uno de los dos autores que allí asisten siempre, al que me parece en su aspecto más jovial de fachada. Dígole cómo tengo escrita una comedia, que la quiero dar a que me la honre, con todas aquellas razones que para captarle la benevolencia son necesarias. Pregúntame mi nombre, dígosele; recorre su memoria y hállame no ser de los de su catálogo; mírame con un modo de desprecio y al cabo dice:

—Señor mío, bien creo que será la comedia como de su ingenio de vuesa merced —cosa que diciéndola no miente—; mas hállome tan persuadido destos señores poetas de que abunda esta Corte, que no sé cuándo tendré lugar para que vuesa merced lea.

Y no es poca dicha que entonces señale día a largo plazo. Señálale; acudo con mayor puntualidad que a cumplir con la parroquia. Hállole una vez ensayando, otra haciendo alguna cuenta con alguno de sus compañeros, que, habiéndome visto, dilata porque de cansado me vaya; otra vez, si me ha visto antes, niégase. Échole algún amigo poderoso, y a más no poder, viene, ya que me he cansado, a darme audiencia con limitación, diciéndome que lea una jornada, que no tendrá lugar para más. Llama a dos poetas déstos de la mayor clase, de quien ha representado comedias. Éstos convocan a otros amigos suyos calificados por fisgones en Madrid, y con ellos júntase la compañía. Ponen al poeta cerca de un bufete, entre dos luces, como tumba de difunto. Comienza su comedia con la buena o mala gracia que Dios le ha dado en leer; que si la tiene mala es harta desdicha para él, porque como van los poetas para hacer donaires, y más no siendo conocido por de los de su runfla, están muy falsos escuchando. Si el autor no es muy entendido de comedia, está atento a cada copla a ver los semblantes que hacen los poetas, los cuales nunca le muestran bueno, o porque les parece bien o porque es cosa ridícula, pues lo uno lo deshacen y lo otro lo fingen.

Acaba su primera jornada, comienza la segunda, hay paso apretado en el medio della, acaba con otro que admire. Ya menos falsos, se hablan al oído los poetas, arquean las cejas a hurto de los representantes, y más a hurto del autor. Acábase la comedia, apretando el caso cuanto es posible y cerrándole con llave de oro; alábansela de bien escrita por no incurrir en lisonja, pues la primera procura el poeta de llevarla de buena letra, y así, dicen en esto verdad. Dilátale la respuesta de ahí a dos días; vase el poeta con buen cuidado de volver a saber qué le dirá. Quédase el autor con los que convidó: si los poetas no son envidiosos (qué será milagro raro), alaban la comedia, diciendo ingenuamente lo que sienten della; si lo son, deshácenla cuanto pueden, hallándola más impropiedades que átomos tiene el Sol. Si el autor se guía por estos pareceres, al segundo día despide al poeta, diciéndole que le pesa de estar obligado a tal príncipe, el cual le ha mandado poner dos comedias y es forzoso por esto no la poder representar, que se holgara. Si ha conocido que la comedia merece hacerse, haciéndose muy de rogar, la toma, encareciendo que solo por el amigo que le ha rogado la oiga, lo hace.

Pónese la comedia: aciertan a saberlo los poetas que se hallaron presentes, y cuando ven que no ha aprovechado su malicia a estorbar el ponerla, válense de la mosquetería, a quien tienen sobornada, y suele malograrse una comedia aunque sea la más perfecta cosa del mundo. Cuando hay desapasionados oyentes que atajan el tumulto de los mosqueteros, acábase y continúase otros días, conque, aunque cobre fama el poeta, se le queda la dificultad para con otros autores cuando les quiere dar otras.

Ésta es la causa, señores, por que no me pongo a escribir comedias como conozco que hay mucho para llegar a alcanzar que sea oído un poeta novel.

Mucho agradó a todos el discurso del poeta y la cordura con que se abstenía de no escribir comedias. Díjole Trapaza:

—Pues si vuesa merced, con la experiencia que tiene, le parece que tiene dificultad el ser oído, ¿cómo quiere dar ese entremés a un autor de los que estuvieren en Madrid?

—Porque como cosa breve —dijo él—, es admitida, y si no le quiere representar, rómpele en su presencia, que tal vez es esto darle un bofetón cuando él conoce que es bueno. Pero las más veces le admiten, aunque se queden con él y le pongan con los otros papeles, que es para no salir más a luz.

Discurrieron sobre esto los compañeros en cuán admitida estaba la comedia y cuáles eran las que se debían dejar representar, dignas de alabarse. Encarecieron los ingenios que ahora lucen, como son: un fénix de la poesía, Fr. Lope de Vega Carpio, don Mescua, don Pedro Calderón, don Montalbán, un doctor Godínez, Gaspar de Ávila, don Antonio Coello, don Francisco de Rojas y otros insignes poetas que aplaude nuestra España por sus escritos, en particular aquel divino ingenio del Maestro Tirso de Molina, cuyas obras y comedias merecen eternas alabanzas a pesar del tiempo.

Con esta plática acabaron su jornada, y en las siguientes vinieron a parar en Illescas, habiendo de entrar aquella noche en Madrid. Quiso nuestro Trapaza informarse de Lorenzo Antonio, como prático en las cosas de la Corte, de todo lo que había en ella, y así se lo preguntó para que le sirviese de instrucción. Oyóle el poeta y le dijo estas razones:

—Madrid, insigne Corte del cuarto Filipo, monarca invicto de las Españas, es una villa de sanísimo temple, de sutiles aires y regalados mantenimientos; sus edificios son suntuosos: edifican en esta insigne villa los más títulos y señores de España casas suntuosísimas en que vivir. Aunque Madrid es antigua villa y tiene por naturales suyos muchos calificados caballeros, sus patriotas, el concurso de la gente forastera que asisten en ella, o a sus negocios y pretensiones, o a sus ganancias, como son los oficiales, o a vivir en la Corte, la hacen más populosa, y así viene a ser una patria común. Aquí no falta todo cuanto pedir puede el deseo. Hay de todas naciones, y aun entre los nuestros hay distinciones, fuera de las dos sabidas, que son nobles y plebeyos, pues aun en éstos hay más y menos. Hay de todo género de costumbres, mas aunque hay mucho mal, no falta mucho bien en la gran religión que se ve en sus devotos templos, donde hay grande frecuencia de sacramentos, y por las oraciones y santos ejercicios destos buenos no castiga Dios a los malos.

Volviendo, pues, a nuestro propósito, digo, señor don Vasco, que hay en Madrid mucha cantidad de caballeros que, portándose lucidamente, se comunican familiares con títulos y grandes con quien andan. Déstos se dividen conforme a las edades e inclinaciones: unos se inclinan a los ejercicios bélicos, y tratando de la destreza de las armas, de torear, de justar y torneos; otros, más pacíficos, tratan de oír comedias, acudir a la calle Mayor a su cotidiano paseo, no olvidando el del Prado, galantear y servir damas; otros acuden a casas del juego, donde, siendo perpetuos tahúres, no dejan alhaja que no jueguen, y hoy se ven prósperos, y mañana sin qué gastar.

Bajemos el punto. Hay cierto género de gente que llaman hijos de vecinos. Estos andan tan al uso que no perdonan al estío, primavera ni invierno. Son los que primero estrenan los trajes y con desproporción usan dellos; los que inventaron en cimentar los mostachos con cabello de las mejillas, los que subieron las ligas a las rodillas, ajustaron las mangas, acortaron las faldillas de las ropillas. Éstos pecan los más en valientes y hablan grueso. Desdichada de la moza que se somete a su voluntad, que, a título de lindos, ayuna todo el año y viste de memoria; tendrá defensor en la persona de un hijo de vecino, mas no lo será de la escarcha del invierno, dándola que se vista; mantendrá cualquier pendencia por ella, pero no le dará mantenimiento; lo que suelen dar a menudo son bofetadas y coces, que es moneda que corre en éstos para con ellas, porque la que tiene las armas de rey es para sus galas y para su juego, al que también son inclinados. Son los perpetuos cursantes de la comedia, no porque la penetren, sino por seguir el uso de sus mayores; y si uno déstos es caudillo de la mosquetería, triste del poeta que le tuviere enojado, que perecerá con sus comedias.

En cuanto a trato de mujeres, si os hubiere de decir todo lo que hay en esto, sería nunca acabar; y así, la experiencia os hará científico en esta mercaduría. Lo que os aconsejo es que gastéis con prudencia y procuréis no empeñaros a reñir por ninguna que no lo merezca.

Agradeció Trapaza la relación que Lorenzo Antonio le hizo de Madrid, y a su imaginación dejó el pensar aquella noche cuál de los caminos de aquellas jerarquías de cortesanos seguiría.

Bien se pensaba que era hora de partir; mas había sucedido bien diferente, porque como el cochero diese priesa al maestro que aderezaba el coche, que había de llegar aquella noche a Madrid, él se iba con alguna flema: de modo que, engendrando cólera en el apresurado, dijo algunas razones pesadas al maestro de coches, conque él y el cochero llegaron a las manos, sacando el cochero una herida en la cabeza, conque se entró la justicia en el caso. Al herido prendió en el mesón, dejándolo allí, y al otro en la cárcel. Curáronle, y en la primera cura no pudo determinar el cirujano cómo estaba el herido, conque los pasajeros hubieron de prestar paciencia hasta otro día.

No le estuvo mal a nuestro Trapaza, porque habiendo llegado un coche de mercaderes de Toledo, que también pasaban a Madrid, quisieron jugar un poco a las pintas después de cenar; trabóse el juego, y Trapaza estuvo un poco atento en él y vio cómo uno de los tahúres metió en él naipes hechos.

Entendía él toda las flores con eminencia y quiso por los mismos filos pegarle al tahúr; y así comenzó a parar de poco a las pintas, dejándose primero ganar cosa de veinte escudos; mas luego, volviendo sobre sí, comenzó a ganarles a todos, de suerte que antes que fuese medianoche ya les tenía pescados más de dos mil escudos en oro, plata y joyas.

Bien quisiera levantarse por consejo de Lorenzo Antonio, que le tiraba de la capa; mas como estaba de dicha, no quiso perderla; y así les sustentó el juego hasta las tres de la mañana, acompañándole don Lorenzo Antonio, y vino al cabo a ganarles más de cuatro mil escudos, los más en moneda.

Con esto se dejó el juego, retirándose Trapaza a su aposento con su compañero, a quien dio cincuenta escudos de barato, con que le dejó muy contento.

A la mañana, curado el cochero, vieron no ser la herida de consideración para que le estorbase caminar; y así, recabando con la justicia le diesen libertad, partiendo de allí a Madrid, llegando a aquella insigne villa a mediodía, donde, acomodándose cada uno en la parte que más a propósito le pareció posar, se dividieron. Trapaza se fue con Lorenzo Antonio a la calle de Silva, y tomaron una posada muy buena, si bien el de Écija por pocos días, pues no pasaron de tres los que estuvo en Madrid, partiéndose a Navarra, donde tenía un pleito. Los demás compañeros del coche también pasaban adelante; y así, solo Trapaza se vino a quedar solo en la Corte, cosa que él deseaba mucho por ejecutar el capricho que tenía pensado.

Capítulo XVI. De cómo se entabló en la Corte Trapaza y de lo que en ella le sucedió

Bien le había favorecido la suerte a Trapaza si él supiera usar bien después de haber adquirido mal; mas su depravada inclinación, dirigida a engañar siempre, no le inclinara a seguirla, no hallándose sin hacer embustes y enredos, cosa con que vienen los hombres a perecer después y a ser escarmiento de otros.

Hallábase nuestro Trapaza con dineros muchos, no conocido en Madrid; y así le pareció con la moneda que tenía entablarse con mayor esfera.

Lo primero que hizo fue salir de embozo a la calle Mayor y comprar en casa de un bordador media docena de hábitos de Cristo y ponerlos en tres vestidos que tenía, uno negro y dos de color. Mudó de posada, yéndose a los barrios de Lavapiés, adonde dijo al huésped que él era un caballero portugués recién venido de la India de Portugal, a quien dos jornadas antes de llegar a la Corte habían hecho un hurto dos criados suyos, llevándole más de mil escudos en joyas y dineros, conque le habían dejado solo, y que así quería recibir otros dos, uno de espada y un muchacho para paje; que si tenía algún conocido que le sirviese, le recibiría como le diese fianzas bastantes de fidelidad.

El huésped, que deseaba dar gusto siempre a los que venían a su casa, pues con eso la acreditaba para que no le faltase gente en ella, le ofreció buscarle dos criados a propósito de cómo los pedía; y así los trajo estotro día, con las fianzas necesarias para que Trapaza estuviese seguro de que no le faltaría nada de su hacienda.

Fundó el hacerse portugués Trapaza en saber bien la lengua portuguesa por haber comunicado mucho con un estudiante de aquella nación en Salamanca; y así, de propósito, hablando castellano tenía acentos de portugués, que parecía haber nacido en Lisboa. Lo primero que hizo fue vestirse muy al uso de la Corte, sin afectar como figura los trajes, sino muy ajustado a lo de Palacio. Procuró tener un macho en que andar, con muy buen aderezo; y con esto fue necesario tener otra boca más, que fue un lacayo, para que cuidase así del macho como de un caballo que después compró para salir en él al Prado y a la calle Mayor, en tanto que tenía amigos que le llevasen en sus coches.

En cuanto a mostrar gravedad y tenerse en estima, no fue necesario ins-
truciones para ello, porque él sabía bien fingir lo caballeroso, y con los ejemplares que tenía se habilitaba más.

Comenzó a acudir a la comedia, a las casas de juego, donde presto vino a
tener amigos, y más ofreciendo dineros para jugar, cosa con que presto ce-
gamos las voluntades. Anduvo siempre en aviso en no acudir adonde había
caballeros portugueses, que, como era fuerza ser notado por el hábito de
Cristo, quitósele de la capa y ropilla, andando en éste muy al uso (aunque ya
lo ha remediado su Consejo de órdenes); desta suerte se ocultaba más de
los caballeros portugueses.

Un día, que fue de los célebres de Madrid, por ser de San Blas, a cuya ermita, que está fuera de sus muros, acude todo lo noble y plebeyo de la Corte
y es de los más festivos della, salió nuestro Trapaza a caballo, acompañado
de otro caballero mozo del hábito de Santiago.

Olvídaseme de decir que Trapaza se puso antojos por disimular mejor el
ser conocido en Madrid. Pues, como los dos hubiesen dado muchas vueltas
a aquel campo de la ermita, que se ocupa de varias gentes, y en él gozasen
ya de las meriendas, ya de los bailes, ya de las damas, donde muestran lu-
cidas galas aquel día, pasaron cerca de un coche donde iban cuatro damas
de grande hermosura y, con ellas, una viuda moza, que les hacía la ventaja
que el Sol suele a las lucientes estrellas.

Diole a Trapaza deseo de volver por allí porque la viuda le pareció bien y
porque le dio el aire de haber visto aquella cara otra vez; y así rogó al compañero que tornasen a encontrarse con el coche. No fue dificultoso de acabar
con él, porque también le había aficionado una bizarra dama de las cuatro,
que iba al estribo del coche por aquella parte donde pasaron.

Vueltos a dejarse ver de las damas, el caballero procuró trabar conversación con la señora que iba al estribo; y como en Madrid está tan en su punto
el despejo y el estar recibido hablar en los coches cuando no hay recelo de
quien lo pueda impedir, fue fácil de hallar lo que pretendía. Trapaza se puso
al otro lado, adonde caía la viuda, que iba en la popa, como convidada de la
señora del coche, y, por ir el estribo vacío, fuele fácil de tener plática con ella.

Admiróse Trapaza en llegando a ver la viuda más de cerca, porque le
pareció ver el rostro de Estefanía, aquella moza que sacó de Salamanca y le

dejó a la entrada de Córdoba. Veíala llamar doña Andrea de las demás, y que estaba en aquel hábito de viuda, si bien con tanto aliño y cuidado que no hacía falta el moño ni tampoco los adornos de las galas, porque ya que no los llevase en el vestido, que era de una sedilla lustrosa, las muchas sortijas de las manos y lo oculto, era para competir con la más bizarra, porque en enaguas y manteo llevaba más gala que la más compuesta dama de Corte; dieron, pues, lugar a conversación.

Don Álvaro, que así se llamaba el del hábito de Santiago, quiso la plática singular, por estar aficionado a aquella dama; Trapaza la hubo de tener general con todas, no dejando menos admirada a la viuda, que dudaba si era Hernando Trapaza, su primer amor, porque le veía tan bizarro, con un hábito de Cristo en una venera de diamantes, ir acompañando a otro caballero con otro hábito. La habla le aseguraba ser Trapaza, y la insignia y traer antojos le desvanecía la presunción de tenerle por él. Esto mismo pasaba por el fingido don Vasco de Mascareñas, el cual, por si era Estefanía la que pensaba, procuró hablar, como que era descuido, algo portugués en los agudos dichos que decía, conque le cayó a una de aquellas damas en gracia, de modo que se le inclinó, y desto dio demostraciones de querer hablar a solas con él.

Siempre quiso bien Estefanía a Trapaza, y si se vino de su compañía fue por ver que la desestimó en poner las manos en ella en presencia de otros, y aquel enojo la obligó a ejecutar lo que después sintió haber hecho. No sentía menos ahora que aquella dama manifestase en sus acciones parecerle bien aquel fingido caballero que a ella la enamoraba, por parecerse a quien tanto había querido, y también de su parte procuraba meterse en toda la plática sin dejar hacer baza a la aficionada dama, la cual era doncella y hija de un hidalgo honrado de la Montaña, que poco había saliera con un gran pleito en Madrid y tenía para su hija más de treinta mil escudos que la dar, sin los que había de heredar después de sus días. No llegó a saber esto Trapaza, porque había puesto sus ojos en la viuda, no perdiendo la sospecha de que era Estefanía, pues lo aseguraban su donaire y sus acciones.

Entretuvieron la tarde los dos amigos con las damas, de manera que cerrando la noche, con acompañarlas supieron las posadas de todas. La viuda y la que el otro caballero hablaba eran vecinas de una casa, y las otras, cerca dellas tenían las suyas.

Al despedirse los dos, don Álvaro tuvo licencia de la dama con quien hablaba, que era casada, para visitarla otro día. Trapaza pidiósela a su viuda, de quien fue fácil el alcanzarla, porque deseaba sumamente salir de aquella sospecha y saber quién era aquel caballero que tanto se parecía a su Hernando Trapaza.

Llegóse el otro día la hora de la visita, y juntos, los dos amigos se fueron en casa de las damas, acompañados de sus criados. Bien pensaron que las hallarían juntas, pero no fue así, porque entrando los dos en el cuarto de doña Teodora, que así se llamaba la dama casada, después de haberles ella recibido con mucho agrado, dijo a Trapaza:

—Señor don Vasco, mi amiga doña Andrea me avisó que en viniendo aquí, os suplicase de su parte que la visita se la fuésedes a hacer a su cuarto, adonde os espera. No perdáis aquí tiempo, que visita de tal dama, y más aplazada a solas, será justo de gozarla.

Con esto se despidió de doña Teodora, diciéndole que él iba muy contento, porque la comodidad que le pedía su deseo se la dejaba con ausentarse, dejándolos solos. Así se fue al cuarto de la viuda, a la cual halló en su estrado.

Estaba en una cuadra colgada de tapices pardos de bordaje, adorno de casa de viudas, un estrado de veinte y cuatro almohadas de terciopelo negro, que estaban sobre una alhombra de buen tamaño, blanca, parda y negra; a los lados, dos bufetillos de ébano y marfil, muy curiosos, y en el que la viuda tenía a su lado estaba un pequeño contador de las mismas maderas. A un lado estaba una criada con medias tocas de viuda, de buena persona.

Recibió la viuda al esperado galán con muestras de mucho gusto. Preguntáronse por sus saludes y después fueron entablando su conversación con tratar de la fiesta pasada. Quiso la viuda saber el pecho del galán, y así le dijo:

—Señor don Vasco, que no entendimos tener tan buena tarde ayer, y que el remate della fue quien nos dejó muy deseosas de ocupar otras así, si lo permitiese la soledad; pero en Madrid es dificultoso. Y esto os dijera mejor una dama de las que venían conmigo, que después que os ausentasteis, todo fue exagerar en vos vuestra cortesía, vuestro talle, vuestra agudeza de entendimiento, partes por que debéis dar muchas gracias a Dios, que os adornó dellas para enamorar a las damas, como lo quedó aquélla, según colegimos de la pasión con que os alabó, aunque confieso que quedó corta para lo mucho que se debe decir.

—No sé con qué palabras —dijo Trapaza— estime y agradezca tan colmados favores, viniendo sobrados a mis merecimientos; pero sé os decir que si me conociese el pensamiento, no ponderara de mí lo que oísteis a esa dama, por deberme menos inclinaciones de cuantas iban en el coche.

—Eso es pagar con ingratitud —dijo la viuda—, pues sus conocidos afectos, aun a uno de muy corta vista, pudieran ser intérpretes de su afición.

—Yo advertí poco en ellos —dijo Trapaza.

—¿Pues qué fue la causa? —replicó ella.

—El tener más atención a otra que a esa dama, en quien me holgarla hallar ese agasajo que significáis de esa señora —dijo él.

—¿Y no podré saber quién es? —dijo ella.

Reparó en la presencia de la criada Trapaza, y la viuda, conociéndolo, la mandó que los dejase a solas. Hízolo con una grande reverencia, y viendo la ocasión Trapaza, prosiguió diciendo a la dama:

—Quien mis ojos dirigieron la inclinación sois vos, así por la parte de hermosura y entendimiento que en vos descubrí, como por pareceros a una dama a quien yo quise mucho.

Esto deseaba saber la viuda, y así le dijo:

—De manera, señor mío, que si algún favor me habéis hecho ha sido en conmemoración de la que estimasteis, por la similitud; pues no me habéis obligado en nada, que con ese recuerdo diérades más estimación a esa inclinación, y así fuera bueno haberlo callado, conque me obligárades más. Con todo, os agradezco el favor; pero no tenéis buen gusto en dejar lo más por lo menos, aunque muchas elecciones de amor no se fundan en razón.

—Aquí no milita esa regla —dijo Trapaza—, y así yo la he hecho de lo que pidía mi gusto, conociendo cuán bien le empleo, pues hallo que no le aventaja al objeto de mi afición otro alguno.

—Bésoos las manos por eso —dijo ella—; pero, porque quedemos iguales, os quiero decir que también me habéis consolado con vuestra presencia, porque os parecéis notablemente a un caballero a quien yo quise mucho;

y así, os quiero preguntar si habéis tenido algún hermano de vuestra tierra en Salamanca.

Quiso declararse tanto Estefanía para dar pie a Trapaza que, si era él, se declarase, y así la dijo:

—Un hermano mío fue allí a estudiar, que se llamaba Fernando, y cuando le llevé a aquella insigne Universidad, fue allí donde yo conocí esta dama a quien vos os parecéis tanto.

—Declarémonos más —dijo ella— señor don Fernando.

—Sea en buena hora, señora Estefanía —replicó Trapaza—; que tanto me admiro de veros cuanto vos lo estaréis de mí en el estado en que veis.

Levántose Estefanía del estrado y él de la silla, y con dos abrazos muy apretados que se dieron confirmaron haberse conocido. Con esto, pues, se tornaron a sentar, y muy de espacio se dio cuenta el uno al otro de sus vidas.

Estefanía comenzó primero la suya, siendo su principio la acción de haberle dejado por el mal tratamiento que la hizo, cosa que ella refirió con vergüenza por estar a los ojos de quien vio aquella ingratitud. En efecto, ella dijo que fue persuadida de Varguillas para hacer aquella fuga. Claro estaba: alguna disculpa había de dar, y más estando Varguillas ausente, a quien hizo cargo de su huida.

Dijo, pues, que en su compañía había llegado a Madrid, donde la primera casa en que quiso entrar a servir fue en la de un cajero de un rico genovés, adonde procuró dar gusto a sus señores, de modo que por hacerle lisonja el cajero a su dueño, viéndole falto de una criada para el gobierno de su casa, le dio a Estefanía. Allí mejoró de dicha, porque todos la querían y estimaban.

Murió la mujer del genovés, por lo cual le fue forzoso a él, de allí a dos meses, ir a Génova a hacer ciertas comparticiones con un paisano que había quebrado su crédito y le quedaban debiendo algunas personas cantidad de ducados. Llevóse a Varguillas a Génova a intercesión de Estefanía, que por hacerle bien, había dicho ser su hermano. Allá estuvo medio año, en el cual tiempo Vargas se pasó al estado de Milán a servir al rey y el genovés volvió a Madrid. Halló a Estefanía en casa de una deuda suya, donde la había dejado, muy dama, y parecióle tan bien que trató de enamorarla; mas ella supo hacer su negocio de modo que, dándose a estimar, no quiso oírle palabra alguna de afición sin que se la diese primero de esposo.

Estaba el genovés amartelado, que, cuando el amor se apodera de canas, es dificultoso el poderse echar dellas. Como se vio desdeñado de la moza, con la resolución de que, si no la daba palabra de marido, no le había de oír por ninguna vía y que no se cansase. Y así él se resolvió con sesenta y ocho años a juntarlos a veinte y seis que tenía Estefanía; y así se casó con ella con mucho contento, sabiendo ella muy bien disimular la falta con que la había de hallar para pasar por mujer honrada.

Vivió muy gustosa con el anciano genovés, estimada, regalada y querida dél; mas como el casarse es para mozos, habiéndolo de ser en el consorcio, este viejo, trocando los frenos a las edades con la hermosura de Estefanía al lado, olvidóse de las muchas navidades que tenía y, sacando esfuerzos de su flaqueza, quiso mostrarse más alentado que pedían sus años; y así, dentro de seis meses, dio consigo en la sepultura, no olvidándose de su querida esposa en el último trance de su vida, pues de lo que pudo la hizo heredera.

No le faltaron contradiciones a la herencia, porque como el genovés tenía trato de compañía sobre ajustar unas cuentas con Su Majestad en unos asientos que había hecho, le embargaron toda su hacienda hasta dar las cuentas.

Tomóselas persona que oyó con atención los ruegos de la señora doña Estefanía, y quiso hacerla todo buen pasaje. Si fue caridad o segunda intención, no nos toca el juzgarlo; lo que resultó fue que las cuentas se acabaron, y, pagado el alcance de lo que le tocaba al difunto por su parte, quedó Estefanía señora de más de quince mil ducados en muy lindos juros, joyas y menaje de casa; menos mal, pues esta hacienda la ayudó a enjugar las lágrimas de la pérdida del viejo, con esperanza de hallar otro; y así, pasado el año de viudez, se ostentó con aligerado luto a fuer de las medio viudas del siglo, y campaba con esto por la Corte, no perdiendo comedia, calle Mayor, Prado y cualquiera pública fiesta que se hiciese.

Esta relación le hizo a nuestro Trapaza Estefanía, dejándole no poco gusto de verla tan de buena dicha. Quiso darle cuenta de la suya, y como era tan pronto en mentir, la dijo que luego que se ausentó dél, se había partido despechado a Sevilla buscándola, y que como no la hallase en aquella gran ciudad, se determinó irse a Lisboa, adonde le fue la suerte tan favorable que, habiendo librado a un caballero de aquella ciudad, de lo más noble della, de que no le matasen sus enemigos, agradecido desto, le tuvo en su casa por camarada suya y de allí se le llevó a Tánger, donde en aquel presidio aprobó tan bien en las ocasiones que se ofrecieron con los moros de África, que ganó mucha opinión, y por consejo deste caballero (que se llamaba don Jorge Mascareñas), mudó el nombre de Hernando en don Vasco Mascareñas, gustando el caballero que se honrase con su apellido, y que éste había dado tanto en favorecerle que, por sus servicios, le pidió un hábito en Consejo de Portugal, el cual traía en el pecho.

Díjola cómo don Jorge había muerto en África y le había dejado tres mil ducados y heredero de sus servicios, con lo cual se había venido a la Corte a pretender un oficio para la India de Portugal.

Aunque Estefanía tenía buen entendimiento y conocía a Trapaza, no discurriendo sobre esto del hábito como poco versada en saber que no se podían hacer bien las informaciones de quien había tomado nombre supuesto, pasó por todo y creyó a Trapaza cuanto le dijo, esforzando a esto el ver que por ella había pasado otra tanta dicha, con que se hallaba señora de muy buena hacienda.

Diéronse uno a otro los parabienes de sus buenas fortunas, y quedó asentada amistad entre los dos. Bien quisiera Estefanía que fuera con pretexto de casamiento, pero Trapaza le desvaneció este propósito, dando salida a esto: hasta ver en qué paraban sus pretensiones no podía disponer de sí, pero que le aseguraba que no sería otra su esposa sino ella. Esto hizo por informarse de secreto si Estefanía tenía algún empleo, que al verla tan bizarra y tan alhajada, aunque en traje viudo, le dio recelos desto; y aunque pícaro en las costumbres de mentir, engañar y ser fullero, quiso que, caso que se emplease en Estefanía, por vea de consorcio, no tuviese martelo, porque después no le obligase a venganzas si hallase fantasmas en casa, cuerda resolución de quien se opone a marido y que la debían mirar todos, con que después se excusaran muchas desdichas, que por mal informados y poco advertidos suceden.

Salió de aquella visita Trapaza muy amigo con Estefanía, habiendo concertado el verse muy a menudo, que la viuda quedó muy pagada de su don Vasco, y con lo pasado había poco que conquistar. Bajó Trapaza donde estaba su amigo, a quien halló bien entretenido. Con su venida se acabó la conversación, no llevando menores esperanzas de comunicarse que Trapaza, conque los dos comunicaron, después de despedidos de la dama, en el paraje que se hallaron. Mintióle Trapaza el antiguo conocimiento de Estefanía, dándole a entender que desde aquel día comenzaba la conquista de aquella dama. Conformáronse en venir juntos a visitarlas, y con esto cada uno se dividió, yéndose a su posada.

Estefanía y su vecina se vieron aquella noche, y también trataron de sus galanes, huyendo Estefanía de darle cuenta de su antiguo empleo, como lo hizo Trapaza con don Álvaro; concertaron de sus salidas a solas para verse con ellos y de sus venidas a su casa a las horas que menos nota diesen.

Finalmente, estos dos empleos se hicieron, habiendo precedido muchas finezas de ambos galanes, que, por desmentir el antiguo conocimiento, quiso Estefanía que se hiciese con ella lo que don Álvaro con su amiga, por lo cual pasó Trapaza con mucho gusto, teniendo dispuesto entre él y su viuda de casarse para adelante, porque en dos meses que duraba la frecuencia de verse, ese tiempo se hallaba Estefanía con sospechas de preñada, por lo cual le instaba cada día que se hiciese el consorcio.

Una de las cosas que se lo estorbaban a Trapaza era haberse puesto en astillero de tan gran caballero en Madrid, huyendo no poco de verse donde estuviesen portugueses; porque, como la Corte es grande, érale fácil excusar las ocasiones de encontrarlos, por obiar el que se quisiesen informar de su persona, de quien había de dar mala relación si le preguntaban cosas de África.

En este tiempo que Trapaza era absoluto dueño de su Estefanía, y ella estaba muy contenta con su empleo, sucedió que aquella dama que hallaron en el coche, cuando las encontraron el día de San Blas, y se apasionó por Trapaza, habiendo estado ausente, volvió a la Corte. Pues como comunicase a sus amigas, en dos ocasiones de fiesta que tuvieron en sus casas, sucedió hallarse en ellas Trapaza y don Álvaro, no porque presumiesen de su estada allí alguna cosa de sus amistades, sino dando a entender que aquel era solo conocimiento. Estuvo, pues, en las dos ocasiones nuestro Trapaza tan sazonado y donairoso que la recién venida dama (cuyo nombre era doña María) volvió a aficionarse dél, dándoselo a entender con los ojos, a hurto de las amigas. Tenía linda cara, haciendo grande ventaja a todas en hermosura.

Diose por entendido Trapaza, y también huyendo de los ojos de su Estefanía, le mostró con los suyos que deseara verse favorecido.

Salió de allí, informóse con fundamento de quién era la dama; supo lo que está dicho della y que tenía dote para apetecerle un título, con lo cual quiso comenzar esta empresa con todo secreto.

Antes de dar el primer paso en ella, un día que estaba a solas en su posada, y era día que llovía mucho, paró un coche a la puerta della; y habiendo un hombre anciano que en él venía, preguntado por él y díchole que estaba en su cuarto, subió allá, halló a nuestro fingido caballero entreteniéndose con un laúd, instrumento que tocaba diestramente, a quien arrimaba su poco de bajete con buena gracia.

Estúvole el anciano escuchando un poco, muy pagado de su voz, y habiendo acabado de cantar una letra, avisó al paje le dijese cómo estaba allí. Hízolo, y mandóle Trapaza entrar. Luego que se vio en su presencia, le puso un papel en las manos, el cual abierto decía así:

Papel de doña María a don Vasco

«Para cierta cosa que tengo que comunicar con vos, señor don Vasco, me importa que os vengáis en ese coche, donde el portador désta os guiare, asegurándoos que quien esto hace no os desea sino todo bien, porque de que le tengáis pende su gusto. El cielo os guarde.

Una servidora vuestra».

Muy descuidado Trapaza de que fuese doña María la que le escribió, se puso en el coche, pensando en el camino quien podría ser la dama del papel, y en cuantos discursos hacía no daba en lo cierto. Pasaron calles, y de unas en otras vinieron a dar en la del León, donde en una casa, a la malicia hecha paró el coche; apeáronse dél Trapaza y el escudero, y entrando en la primera sala, hallaron en ella una mujer anciana sentada en un estrado negro, por quien mostraba tener el estado de viuda. Levantóse para recibir a Trapaza, y él la saludó cortésmente, tomó asiento, y habiéndose preguntado por sus saludes, dijo la anciana desta suerte:

—Yo he sido, señor don Vasco, quien os ha escrito el papel que poco ha habéis recibido, consiguiendo con vuestra venida el intento de haber venido aquí; gracias que doy a vuestra cortesía, pues en esto habéis andado tan puntual, cosa que me da premisas lo seréis más en lo que os tengo de proponer. Una dama, amiga y señora mía, me mandó os diese este aviso: quiere que yo sepa en su nombre quién sois, vuestra patria y a qué asistís en esta Corte, reservando otra que os tengo de hacer para cuando esté satisfecha desto.

Admiróse Trapaza del modo con que vino allí para saber su origen, y aunque pudo temer por lo pasado no se le hiciese algún pesar, en esta ocasión se animó a responder en orden a la quimera que había fabricado de su calidad. Y así la dijo desta suerte:

—Digo, señora mía, que satisfagáis a esa dama con decirla que yo me llamo don Vasco Mascareñas, apellido bien conocido en Portugal por noble; mi patria es Lisboa, mi profesión ser soldado; y así, por mis servicios hechos en África, pretendo que Su Majestad me dé un gobierno en la India de Portugal para volverme luego. Esto es todo lo que en las preguntas que me habéis hecho puedo informaros de mí.

—Ahora resta —dijo la anciana— que me digáis si tenéis en esta Corte algún empleo de amor, que caballero de vuestras partes, tan galán y discreto, no es posible que no esté bien ocupado.

—Prométoos —dijo Trapaza— que me han dado tan poco lugar mis ocupaciones que no he atendido a esto, conociendo de mí que cuando lo emprendiera no había de hallar cosa conforme a mi deseo, y así he vivido libremente.

—Siendo verdad lo que me aseguráis —dijo ella—, como lo creo de vuestro honrado término, os quiero decir que si sabéis agradar a quien se os muestra inclinada, que es esta dama, podréis con su empleo dejar de solicitar otras, porque ella es señora de un mayorazgo razonable, y que su padre tiene para ella sola sin otros muchos ducados de bienes libres. Esta señora os ha estado oyendo cuanto me habéis dicho detrás de aquella cortina que cubre aquella entrada de la alcoba.

A este tiempo salió la hermosa doña María, muy bizarra, con algunos colores en el rostro, que la vergüenza le acrecentó, para que diesen realce a su hermosura.

Levantóse Trapaza y, con rostro alegre, la recibió; ocupó una almohada del estrado, y volviendo la anciana a referir en su presencia las preguntas y Trapaza las respuestas, quedó asentado entre los dos que allí se hablasen ciertos días, prometiendo Trapaza de ser un fino enamorado suyo, porque aquella acción le dejó obligadísimo.

Encargóle el secreto de todo doña María, y, habiendo pasado la tarde en varias cosas de gusto, se hizo hora de volverse doña María a su casa, con no poco sentimiento suyo, porque le quería bien; y Trapaza quedó tan obligado a la fineza suya que desde aquel día comenzó a olvidar a Estefanía en cuanto a quererla bien; mas en cuanto a comunicar con ella, por razón de estado, lo conservó hasta que se descubrió este empleo como adelante se dirá. Con saber Trapaza que su dama era amiga de aquella señora anciana, no había día que no la viese.

Acudían a su casa otros caballeros mozos, y la causa era que esta señora era algebrista de voluntades y zurcidora de amores, cosa que corre en los grandes lugares como la Corte y de que deben andar advertidos los casados, pues de un enemigo encubierto con máscara de amistad es de quien se debe más guardar el honor.

Con este trato que usaba esta anciana señora era regalada, servida, festejada de todos sus parroquianos. Pues como un día acudiesen Trapaza, su amigo don Álvaro y otros cuatro caballeros a visitar la anciana, ella les dijo:

—Señores míos, una hermana mía, monja de Pinto, me ha enviado unos curiosos lienzos que le haga rifar; tres docenas son y cosa necesaria para caballeros mozos que carecen de quien les haga ropa blanca. Aquí los tengo; vuesas mercedes me los han de rifar a como quisieren, porque mi hermana despache esta ropa blanca.

Todos dijeron que eran contentos de rifar los lienzos. Trujeron naipes y ganó la rifa don Álvaro; picóse un caballero andaluz de haberla él solo pagado, y quedándose con los naipes en las manos, sacó un bolsillo con más de doscientos doblones que derramó en la mesa, conque convidó a jugar unas pintas a los otros. Eran los más tahúres, y el oro les hizo cosquillas a la vista; conque se llegaron al bufete a jugar, y Trapaza entre ellos, el cual dijo a la anciana que solo jugaba por darla barato.

Anduvo el juego vario, ya favoreciendo a unos y ya a otros, hasta que la dicha se arrimó a Trapaza tan de veras que en espacio de dos horas les ganó dos mil y quinientos escudos en moneda, sortijas y cadenas.

Dejaron el juego, y nuestro Trapaza dio treinta escudos de barato a la señora del repentino garito, y doscientos que diese a su dama en su nombre; sin esto contentó a las criadas y al escudero de la casa, conque cobró fama de liberalísimo caballero.

Estaba haciendo papel de mirón un estudiante que vino allí en busca del caballero andaluz, a quien Trapaza dio cuatro doblones de barato, dejándole muy aficionado a su persona. Presto vio el efecto desto, porque esotro día este mismo estudiante a las ocho de la mañana acudió a la posada de Trapaza y, sabiendo que aún no había despertado, aguardó más de una hora entreteniéndose con los criados. Fueron llamados a las nueve de Trapaza para que le diesen de vestir; dijéronle cómo aquel estudiante le buscaba y había más de una hora que le estaba esperando para hablarle. Mandóle entrar Trapaza, bien ignorante de lo que podía querer; entró, pues, dándole los buenos días y preguntándole por su salud y habiendo sabido dél que la gozaba buena, hizo el licenciado su plática desta suerte:

—Señor don Fernando, habiendo yo nacido hijo segundo en la casa de mis padres, que está en la villa de Yepes, fue fuerza pasar con unos pobres alimentos que me daba mi hermano mayor, tan cortos que no pude estudiar con ellos más de tres años en Salamanca. Visto esto, determinéme venir a esta Corte con ánimo de procurar entrar en servicio del primero obispo que saliese electo para Indias. Con este presupuesto llegué aquí donde paso bien pobremente, que si no fuese por algunos caritativos caballeros que me conocen y me dan su mesa, no sé qué fuera de mí. En este tiempo me he valido de mi ingenio, porque soy inclinado a la poesía: he escrito algunas comedias que se me han representado con aplauso de los oyentes, que no es poco cuando el poder de los mayores ingenios que lucen en esta Corte tratan de que no haya más número de poetas cómicos porque estimen sus obras; y así se valen de la crueldad de la plebe. Pues, no está en más que su voluntad parecer bien las cosas del tablado o que la destierren a silbos dél. Yo, habiendo pasado por algunos lances déstos, he mudado rumbo mi ingenio, y así me doy a escribir libros; he impreso algunos en prosa y otros en verso, y ahora, habiendo acabado uno que intitulo Los mal intencionados destos tiempos, juguete cortesano y obra de divertimiento, me ha parecido ofrecerle a vuesa merced para que me la patrocine. Dígnese vuesa merced de aceptar su dirección, premiando esta voluntad de hacerle este servicio, para que mi buena elección tenga en esto el premio que se espera.

Con esto sacó el libro, que si bien estaba manuscrito, la encuadernación dél era curiosa.

No se había visto nuestro Trapaza en tales honras; y así, con esto echó de ver las obligaciones en que se ponían los caballeros, pues por serlo les ofrecían estos trabajos.

Estimó Trapaza el que se hubiese acordado dél antes que de otro; y así le remitió la respuesta de la aceptación del libro para el otro día, conque se despidió el licenciado dejándole el libro sobre la cama para que viese la dedicatoria dél y lo que más gustase. No se le sosegó el corazón a Trapaza hasta que vio el título del libro y fachada dél. Era el estudiante grande iluminador; y así de aguadas traía el principio del libro muy adornado de orlas brutescas. El título decía: «Los mal intencionados destos tiempos, compuesto por el licenciado Benito Díaz de Talamanca, dirigido al ilustre señor don Fernando Mascareñas, caballero del hábito de Christus», y debajo desto, las armas de los Mascareñas que él habría pedido a algún rey de armas.

Envaneciose Trapaza con la ofrenda y, como nuevo en esto, deseaba informarse de lo que debía hacer con el licenciado. Entró en esta ocasión don Álvaro, su amigo, con quien había concertado aguardarle en su posada, al cual le preguntó qué era lo que debía hacer con el que le ofrecía aquel libro. Lo que don Álvaro le dijo fue con estas razones:

—Cualquiera que escribe libros, para que se logran bien las direcciones dellos, lo primero que hace es poner los ojos en persona de partes, que sepa estimar y agradecer su ofrenda; y, haciendo su eleción, debe el escogido estimar el haber puesto en primer lugar que a otros y juntamente agradecer con dádivas aquel particular cuidado que tuvo con él. Esto os aconsejo que hagáis con el autor de esa obra, el cual ha andado prudente en haberos escogido antes a vos que a alguna comunidad, en quien se logran menos la estimación y el agradecimiento; y hablo desto con experiencia, pues de un escritor sé que después de haber acabado un libro con no poco desvelo y cuidado suyo, revolviendo papeles y escudriñando autores, le dirigió a una ciudad de las insignes de España, y cuando pensó que su trabajo tendría estimaciones y agradecimiento, le fue admitido; mas lo que resultó fue poco conocimiento de la obra y menos logro de su estudio, dictamen que tuvieron aquéllos a quienes tocaba el conservar la autoridad de su república, por parecerles que el ahorrar aquel donativo era el total desempeño suyo; conque recogió el autor su libro, proponiendo hacer empleo dél en otro.

Continuó Trapaza la correspondencia con doña María, y con las nuevas que de su liberalidad le daba la tercera destos amores le mostró querer con afecto. Sintió Estefanía esto y verle tan frío en su amor, pues dilataba el casarse con ella; y así quiso saber de raíz de qué procedía esto, andando de allí adelante con un poco de cuidado por saber adónde acudía.

En este tiempo se ofreció que el padre de doña María se la llevó a Alcalá de Henares para que allí la conociesen sus deudos y se holgase con ellos. Viéronse antes de la partida los dos amantes; hubo lágrimas en la dama, suspiros en el galán. Había de ser la ausencia por tiempo de quince días, que exageró Trapaza que se le había de hacer quince años; partió la dama, y él quedó sintiendo su partida tiernísimamente.

Acudió en el tiempo que duró esta ausencia a casa de Estefanía, mas tan melancólico que ella extrañaba esta mudanza. Algunas veces le preguntaba qué era lo que tenía, hallando en él esta novedad; mas Trapaza, suspirando, no sabía responderla, sino solo decirla que padecía una grande aflición que le causaba aquella tristeza.

No era Estefanía tan lerda que no sospechase ser la causa algún nuevo accidente de afición que de pocos días a aquella parte tenía. Disimuló con él, procurando con su conversación divertirle y con sus donaires alegrarle, no obstante que la basca de los celos ya comenzaba a alborotarla el pecho.

Retiróse Trapaza por cuatro días de ver a Estefanía, no saliendo de su posada, ni enviando a criado alguno a saber de la viuda Estefanía, con lo cual ella, cuidadosa, pidió un coche prestado y en él fue a ver al galán. Llegó a tiempo que, subiendo a su cuarto sin avisarle, le halló escribiendo, cosa que la puso en recelo. No quiso averiguar a quién escribía, aunque conoció que eran versos. Él apartó la escribanía, y esforzándose más de lo que pedía su condición, la recibió con muestras de alegría, disculpándose de no la haber ido a ver por hallarse tan melancólico que verla con aquella tristeza más era afligirla que entretenerla. Mostró Estefanía pesarle de que su mal pasase adelante, y esto no lo fingía, que lo quería tiernamente.

Estuvieron en conversación los dos cosa de media hora, poco más, cuando al cabo deste tiempo entró un paje de Trapaza a decir que don Álvaro venía a verle. No quiso Trapaza que viese con él a Estefanía; y así la hizo retirar a la pieza en que tenía la cama, y él salió luego a verse con su amigo don Álvaro. Era allí donde Estefanía halló escribiendo a su galán, y por no estar ociosa mientras los dos amigos estaban en conversación, quiso ver entre los papeles de Trapaza qué era lo que estaba escribiendo, y buscándolo halló este romance, el cual leyó con alguna turbación:

> Amarilis, si contemplas
> cuando el espejo consultas,
> la gala de tu buen talle,
> el primor de tu hermosura;
> si adviertes en tu cabello,
> que tanta beldad ilustra,
> lazos que prenden las almas,
> flechas que hieren agudas;
> si reparas en tus ojos,
> que son, con luces tan puras,
> cárceles de libertades,
> faroles que al Sol deslumbran;
> si miras en tus mejillas
> que para rendir se aúnan
> roja púrpura nevada
> y blanca nieve purpúrea;
> si atiendes en un clavel
> (que es de perfeciones suma)
> primor que hechiza elocuente,
> beldad que aficiona muda;
> con más cierta confianza,
> con fe más firme y segura
> puedes perder en la ausencia
> temores que te disgustan.
> Considera que a mi amor

fuertes lazos le vinculan
por elección que fue mía
más que por violencia tuya.
   Pecho que de veras ama
no le inquietan hermosuras,
que es su libertad muy poca
cuando la afición es mucha.
   ¿Cómo ofender a quien sabe
que la opinión más augusta
la facilidad la postra
y la fineza la encumbra?
   Firme en amar persevero,
no tus temores presuman
que solicito tu agrado
cuando te forjo la injuria.
   Si ausencia, crisol de los amantes,
su misma opinión perturba,
aquel que lo cierto pierde
por lo dudoso, ¿qué busca?
   Ley de mi amor es amarte;
si la observo en mi Instituta,
¿cómo romperá esta ley
el mismo que la promulga?
   Cesen tus temores vanos,
huyan de tu pecho, huyan;
no legítima afición
la intentes hacer espúrea.
   Cuando el veloz pensamiento
continuamente se ocupa
en contemplar tu beldad,
ocasión de mi ventura.
   Si la memoria se acuerda
joven siempre, no caduca,
de glorias que ausente pierdo

entre penas importunas;
si los suspiros volantes
las vagas regiones cruzan,
sintiendo dichas pasadas
que las contemplan futuras,
ni recelos te inquieten,
ni pesares te confundan,
ni sospechas te persuadan,
ni celos te den angustias;
    que aunque amante soy esclavo
desa beldad sin segunda,
para venerarla siempre
y para olvidarla nunca.

Con grandísima atención leyó Estefanía el enamorado romance de Trapaza, dejándola abrasada en celos, y púsose con esta pena a discurrir quién sería la ausente dama que le dio motivo a escribirla aquel romance. Volvióle a leer, y como el nombre de Amarilis corresponde al de María y sabía ella que esta dama estaba en Alcalá y cuán aficionada le estaba a Trapaza desde que le vio en el Prado, confirmó que ella era sin duda la que le tenía enamorado. Sin esto, echó de ver que el romance la aseguraba de sus recelos, y esto era señal de haberle avisado; y considerando que habría precedido carta della, buscó entre los demás papeles que había en el bufete si hallaría la tal carta. No estaba muy dificultosa de hallar, porque el mismo Trapaza la había sacado para escribir el romance y la tenía debajo del borrador, y en ella leyó estas razones:

«Dueño mío, la priesa del portador no me dejó ser tan larga como quisiera; lo que os digo es que me trata mal esta ausencia, pues sin tu vista todos los divertimientos son penas y los gustos pesares. No pienso que me imitarás en esto, porque los hombres tienen los corazones muy anchos; y así, temo que en esta ausencia te consueles con otra hermosura; mas aunque en ella me exceda, no lo hará en amor. De hoy, jueves, en ocho días estaré en esa Corte; el viernes acudirás a casa de doña Eufrasia, donde nos veremos, que hasta entonces viviré tan recelosa como soy amante. El cielo te me guarde para mi esposo.

De Alcalá, hoy jueves.

Tuya siempre».

Con esta carta acabó de confirmar Estefanía ser doña María la dama que amaba Trapaza, admirándose mucho de ver cuán adelante estaban estos amores, porque conocía bien a la doña Eufrasia, cuya casa era receptáculo de aficiones, y en ella se había visto más de dos veces.

Sintió mucho que doña María le hubiese salteado el galán, y desde entonces toda cuanta afición le tenía se le convirtió en odio, aborreciéndole, que ya se le hacía cada instante siglos de años por volver a su casa.

Procuró Trapaza concluir con don Álvaro para que se fuese de allí; y así le dijo que le aguardase en una casa de juego, que luego acudía a ella, porque por entonces tenía cierta ocupación; hízolo don Álvaro y despejó la sala, dando lugar a que Trapaza se volviese a ver con Estefanía, la cual, por entonces, quiso disimular su enojo y hacer otra prueba del galán, que fue decir:

—Fernando mío, ¿cuándo este amor ha de tener el último vínculo de su seguridad con el santo himeneo? No estorban tus pretensiones el que nos casemos, pues lo que tú pretendes, que es oficio de asiento, no le negarán porque te cases, aun si volvieras a África a verte con los moros, creyera que dudaran darte cargo en la guerra, dejando en España mujer moza. Acaba ya con estas largas, y vea yo cumplidos mis deseos.

Con linda cosa le convidaba Estefanía a Trapaza, que era con matrimonio, cuando él trataba el suyo con su querida doña María; y así, no haciéndole buena cara a la pregunta, la dio por excusa de no lo hacer luego por estar su pretensión muy cerca de tener buen suceso, saliendo con el cargo que pretendía y que, así, la daba la palabra de que luego que saliese, casarse con ella.

Con esto la despidió, y ella, tomando el coche, no quiso volver luego en él a su posada sino irse a casa del secretario de Portugal, adonde hizo preguntarle que en qué estado estaba la pretensión de don Vasco Mascareñas, caballero portugués.

Diose este recaudo al secretario, y él, estrañando el nombre, la envió a decir que tal caballero no pretendía nada en el Consejo de Portugal. Con esto que oyó Estefanía, quiso ella saber de la boca del secretario esto para informarse de raíz, y viéndose con él le dio las señas del caballero, así de su presencia como de su hábito. Ratificóse en lo que había dicho, conque la viuda se fue sospechosa de que todo cuanto Trapaza la dijo era embuste, y como ya le conocía de atrás, fue fácil el persuadirse que la engañaba.

Con esto se fue a su posada y aguardó con harta pena el día que los dos amantes tenían concertado el verse en casa de doña Eufrasia. Llegó el plazo, que viviendo todo se acerca, y haciendo espiar a Trapaza por una parte y por otra a la dama, supo estar ya juntos en casa de la anciana, tercera de sus amores. Fue allá en una silla y aguardó que el escudero de la vieja saliese, y, sin aguardar a que la puerta la cerrase una criada, se entró en el cuarto, donde halló a Trapaza sentado en la almohada de un estrado y en otra a doña María, muy gustosos y conformes. Lo que hizo fue no más de descubrirse y decir al galán:

—Mucho me huelgo, señor mío, que con esta visita cesen vuestras melancolías; yo llevo della el desengaño bastante para conocer la falsedad de los hombres y el doblez de las amigas.

Con esto les volvió las espaldas, dejándoles no poco disgustados con lo que hizo, y a Trapaza con mucho cuidado de que su enojo no descubriese quién era y se diese con toda la pretensión y martelo en el suelo.

Aseguróle doña Eufrasia que ella apaciguaría la cólera de doña Andrea, que esto era para con ellas, aunque la acción declaró que Trapaza era cosa suya. Lo que confesó fue que antes de conocer a doña María la servía, pero que no había cosa entre los dos para estar con raíces este amor.

Estuviéronse allí hasta la tarde comiendo Trapaza con ellas, y más valiera que no, porque Estefanía, con la cólera de celosa y con la envidia que de doña María tuvo de que la sirviese su galán, se fue a verse con los consejeros del Real Consejo de Portugal y les dijo cómo un embustero engañador, con fingirse caballero, se había atrevido a hurtar el apellido de los Mascareñas de Portugal y a ponerse un hábito de Christus; dijo dónde estaba y también su posada. Enviaron allá un alguacil, el cual le halló en la misma visita y le prendió, diciéndole la causa por que le prendía, conque le vieron mudado de semblante, indicio de su culpa.

Pareció luego ante el presidente de aquel Real Consejo, y por las preguntas que le hizo, vio ni ser caballero ni traer legítimamente como tal aquel hábito. Amenazóle con tormento si no confesaba lo que le preguntaba, y él, temiendo ser jinete de un potro nunca domado, dijo todo su embuste y ficción. Lleváronle a la cárcel, embargáronle cuanto tenía, y, sustanciado el proceso dentro de quince días, fue condenado a doscientos azotes y seis años de galeras.

Hubo algunos intercesores para que los azotes no se le diesen, no porque no los merecía, sino por no ver por las calles, desnudo y a caballo en una humilde cabalgadura, a quien había andádolo en un caballo al lado de muchos caballeros bien nacidos.

Notificósele la sentencia, consintió en ella, fue rapado a fuer de bogavante galeote y puesto en el rancho de los tales.

Sintió doña María haber sido engañada de un buen talle y un hábito fingido, y corrida, se volvió a Alcalá; consolábala el no haber pasado de los límites desta materia su amor.

Estefanía se arrepintió de haber sido la causa del mal de Trapaza, ya que no tenía remedio: tan repentina es la cólera de una mujer fundada en celos que es comparada a la pólvora, presta en hacer daño.

Nuestro infelice Trapaza, con los azotes menos, salió en la cadena de los galeotes a Toledo, y de allí a Sevilla y Puerta de Santa María, donde estaban las galeras de España juntas; en una dellas entró a servir a Su Majestad nuestro Trapaza, sin sueldo.

Los sucesos de su vida se remiten a la segunda parte, que se intitulará La hija de Trapaza y polilla de la Corte, que saldrá presto con los Divertimientos alegres en torres de Zaragoza, libros de entretenimiento y gusto, esforzándose su autor en darle, si este libro se le recibe bien.

LAUS DEO

Alabado sea el Santísimo Sacramento y la Purísima Concepción de Nuestra Señora, concebida sin pecado original.
Todo debajo la corrección de la Santa Madre Iglesia.
Alonso de Castillo Solórzano

Libros a la carta

A la carta es un servicio especializado para
empresas,
librerías,
bibliotecas,
editoriales
y centros de enseñanza;
y permite confeccionar libros que, por su formato y concepción, sirven a los propósitos más específicos de estas instituciones.

Las empresas nos encargan ediciones personalizadas para marketing editorial o para regalos institucionales. Y los interesados solicitan, a título personal, ediciones antiguas, o no disponibles en el mercado; y las acompañan con notas y comentarios críticos.

Las ediciones tienen como apoyo un libro de estilo con todo tipo de referencias sobre los criterios de tratamiento tipográfico aplicados a nuestros libros que puede ser consultado en www. linkgua. com.

Linkgua edita por encargo diferentes versiones de una misma obra con distintos tratamientos ortotipográficos (actualizaciones de carácter divulgativo de un clásico, o versiones estrictamente fieles a la edición original de referencia).

Este servicio de ediciones a la carta le permitirá, si usted se dedica a la enseñanza, tener una forma de hacer pública su interpretación de un texto y, sobre una versión digitalizada «base», usted podrá introducir interpretaciones del texto fuente. Es un tópico que los profesores denuncien en clase los desmanes de una edición, o vayan comentando errores de interpretación de un texto y esta es una solución útil a esa necesidad del mundo académico.

Asimismo publicamos de manera sistemática, en un mismo catálogo, tesis doctorales y actas de congresos académicos, que son distribuidas a través de nuestra Web.

El servicio de «libros a la carta» funciona de dos formas.

1. Tenemos un fondo de libros digitalizados que usted puede personalizar en tiradas de al menos cinco ejemplares. Estas personalizaciones pueden ser de todo tipo: añadir notas de clase para uso de un grupo de estudiantes,

introducir logos corporativos para uso con fines de marketing empresarial, etc. etc.

2. Buscamos libros descatalogados de otras editoriales y los reeditamos en tiradas cortas a petición de un cliente.